suhrkamp nova

Friedrich von Borries

RLF

Das richtige Leben im falschen

Roman

Suhrkamp

Erste Auflage 2013
suhrkamp taschenbuch 4443
Originalausgabe

Druck: CPI – Ebner & Spiegel, Ulm
Umschlag: Moritz Ahlert/Projektbüro Friedrich von Borries
Printed in Germany
ISBN 978-3-518-46443-4

RLF

Dieser Bericht beruht auf Angaben und Unterlagen, die Mikael Mikael mir zur Verfügung gestellt hat. Ich habe sie meinen Möglichkeiten entsprechend überprüft. Einige Orte und Namen habe ich geändert, um die für das Gesamtprojekt »RLF« notwendige Anonymität der Beteiligten zu wahren.

Berlin, Mai 2013
Friedrich von Borries

»Es gibt kein richtiges Leben im falschen.«

Theodor W. Adorno, *Minima Moralia*

»Revolution geht nur, wenn du Teil eines Systems bist. Du musst es von innen aushöhlen.«

Oliviero Toscani, *Süddeutsche Zeitung, 21. Juli 2011*

»Das einzige, was man vielleicht sagen kann, ist, daß das richtige Leben heute in der Gestalt des Widerstandes gegen die von dem fortgeschrittensten Bewußtsein durchschauten, kritisch aufgelösten Formen eines falschen Lebens bestünde.«

Theodor W. Adorno, *Probleme der Moralphilosophie*

»In der wirklich verkehrten Welt ist das Wahre ein Moment des Falschen.«

Guy Debord, *Die Gesellschaft des Spektakels*

Prolog

»Pronto?«, grummelt Kommissar Volcare ins Telefon. »Im Hotel Bauer? Ja, ich mach mich auf den Weg. Ja, ich ruf da gleich an.«
Wenn die Dienststelle ihn vor Sonnenaufgang aus dem Bett klingelt, kann es sich eigentlich nur um eine Leiche mit ungeklärter Todesursache handeln. Er holt ein frisches Hemd aus dem Schrank und sucht seine Hose. Seit er wieder alleine lebt, räumt er abends seine Kleider nicht mehr ordentlich zusammen. Volcare fasst sich an die Stirn, setzt sich wieder auf die Bettkante und zündet sich eine Zigarette an. Langsam knöpft er das Hemd zu. Er hat Kopfschmerzen, vor ein paar Stunden war er noch in einer Kneipe. Einer der Vorzüge, wenn man geschieden ist, denkt Volcare.
Er nimmt das Handy vom Nachttisch und ruft den Concierge im Hotel an.
»Hallo. Hier Kommissar Volcare. Sie haben die Polizei gerufen?«
»Oh ja. Ein Mann ist heute Nacht aus dem Fenster gesprungen.«
»Okay. Ich bin gleich da.« Volcare legt auf.
Die Aussicht auf eine Leiche macht ihm schlechte Laune. Erst die entsetzten Gesichter. Dann die langatmigen Verhöre. Und am Ende kommt nichts dabei raus. Zum Glück ist Mord in Venedig ein eher seltenes Verbrechen. Venedig ist eine ruhige Stadt, nur hin und wieder kommt es zu unnatürlichen Todesfällen – ein Selbstmord, ein Totschlag nach einem Streit unglücklicher Liebespaare, die extra nach

Venedig gereist sind, um sich an einem romantischen Ort zu versöhnen. Volcare hat schon in einigen dieser tragischen Fälle ermittelt.
Drei Jahre noch, seufzt Volcare, dann hab ich meine Ruhe.

RLF handelt nicht von Volcare. Er ist nur eine Nebenfigur. RLF handelt von Angélique, Jan, Slavia und Mikael, die sich, jeder auf eine eigene Art und Weise, mal mit-, mal gegeneinander, auf die Suche nach dem richtigen Leben im falschen gemacht haben. Was auch immer das ist.

Als Volcare in sein Boot steigt, dämmert es schon. Wahrscheinlich ein Deutscher, denkt Volcare, das passiert immer wieder - Tod in Venedig. Er fährt den Canal Grande entlang, passiert die Rialto-Brücke. Hinter den Giardini geht die Sonne auf, die Strahlen blitzen auf dem Wasser. Keine Wolke steht am Himmel. »Wenigstens schönes Wetter«, sagt Volcare leise vor sich hin.
Das Handy klingelt. Der Hotelmanager fragt, ob alles geklärt werden könne, bevor die ersten Gäste aufwachen, schließlich sei man das erste Haus am Platze, man wolle Unruhe vermeiden. »So oder so eine unangenehme Geschichte, das werden Sie ja vor Ort sehen.«
»Leichen sind immer unangenehm«, entgegnet Volcare.
»Ja, aber die Leiche liegt mitten auf der Terrasse. Er hat sich umgebracht!«
Volcare kennt das schon, immer war es Selbstmord, wenn schon eine Leiche, dann soll es wenigstens zum melancholischen Image von Venedig passen. Und

ansonsten gilt bei Hotels: Diskretion, Diskretion, Diskretion. Immerhin keine Wasserleiche. Er hasst die aufgedunsenen Gesichter von Ertrunkenen.
Auf dem Canal Grande sind nur wenige Boote unterwegs. Noch zu früh für Touristen, denkt Volcare. Zum Glück. Die glauben sonst wieder, dass ein Film gedreht wird. Leiche vor Palazzo. Wie aufregend. Dann werden die Kameras gezückt und Fotos geschossen.
Volcare legt mit seinem Boot an. Der Hotelmanager eilt ihm entgegen. »Bitte so wenig Unruhe wie möglich«, fleht er. »Die Begleitumstände, nun ja, sie passen nicht ganz zum Stil unseres Hauses.«
Auf der Terrasse sind Stühle und Tische weggeräumt. In der Mitte steht ein Paravent, der zusätzlich mit weißen Laken abgedeckt ist.
»Der Mann ist Ende dreißig, vielleicht Anfang vierzig«, rapportiert ein junger Polizist von der Nachtstreife aufgeregt. »Fesselspuren an Hand- und Fußgelenken.«
Wahrscheinlich seine erste Leiche, denkt Volcare.
»Die Leute vom Hotel sagen, er sei aus dem Fenster gesprungen.«
»Gesprungen?«
»Ja, so haben die das gesagt.«
»Hmh«, brummt Volcare.
»Geile Party!«, ruft der Gerichtsmediziner, »mindestens 2,5 Promille, enorm geweitete Pupillen. Sieht nach Drogen aus.«
»Danke«, ruft Volcare zurück. »Und die Todesursache?«
»Der Aufprall.«
»Weitere Auffälligkeiten?«

»Fesselspuren. Und zwei Tattoos, sollten beim Identifizieren helfen. Hab Fotos davon gemacht.«
»Gut.« Volcare wendet sich wieder dem jungen Polizisten zu. »Zeugen?«
»Ja, sie warten oben im Zimmer.«
»Mehrere also?«
»Es sind zwei ...«, er stockt einen Moment, »... es sind zwei ... zwei Damen.«
Der Hotelmanager wippt nervös auf und ab.
»Der Tote war nicht allein«, beginnt wieder der junge Polizist. »Die beiden Frauen sind oben.«
Volcare schaut zum Hotelmanager. »Dann gehen wir mal hoch.«
Der Manager führt Volcare und den jungen Polizisten in den dritten Stock.
»War das sein Zimmer? Oder besser: Seine Suite?«, fragt Volcare.
Auf dem Boden liegen Kleider, Strapse, Slips, BHs herum. Neben dem Bett zwei leere Champagnerflaschen. Volcare tritt zum Fenster. Kleiner Balkon, toller Ausblick. Er sieht nach unten. Zwölf, vielleicht auch vierzehn Meter.
»Wir haben nichts angerührt«, erklärt der Hotelmanager. »Es gibt einen Abschiedsbrief.«
»Dann geben Sie den mal her.«
Er schaut auf den Brief. »Wusst ich's doch. Ein Deutscher.« Er überfliegt den Brief, versteht aber nicht alles. »Kann jemand das hier lesen?«
Im Wohnzimmer sitzen zwei Frauen in Bademänteln auf dem Sofa. Volcare grinst. Das meinte der Typ vom Hotel also mit »Begleitumständen, die nicht zum Stil des Hauses passen«. Er betrachtet die beiden Frauen, die eine blond, die andere schwarz-

haarig. Beide tun gelangweilt. Die Blonde hat sich weit zurückgelehnt, fast lasziv. Sie schaut aus dem Fenster. Die Schwarzhaarige betrachtet ihre Fußnägel.
Volcares Blick bleibt am tiefen Ausschnitt der Blonden hängen. Die Haut an Dekolleté und Hals sieht glatt aus. Nicht schlecht, denkt er. Ich hab einfach den falschen Beruf. Er stellt sich vor die beiden Frauen, die ihn aber nicht sonderlich beachten.
»Ziehen Sie sich was an.«
»Danke«, zischt die Schwarzhaarige. Die Blonde geht wortlos an Volcare vorbei.
»Scheint ja eine nette Orgie gewesen zu sein«, grummelt der Polizist und schaut auf seine Uhr. Schon sechs, um sieben ist er auf einen morgendlichen Kaffee verabredet.
Die Frauen kommen aus dem Badezimmer, die Blonde hat eine kleine Tasche dabei.
»Was ist da drin?«, fragt Volcare.
»Klamotten, Schminkzeug.«
»Aufmachen, bitte.«
Volcare kramt in der Tasche rum. Pillen, Schminkzeug, Notizbücher. Er holt ein weißes und ein schwarzes iPhone heraus. »Zwei Telefone?«
Die Blonde nickt.
Volcare zieht die Augenbrauen hoch.
»Eins privat, eins geschäftlich«, antwortet die Frau.
Volcare grinst. »Manche Dinge soll man nicht vermischen, nicht wahr?«
Er steckt die beiden Telefone zurück in die Tasche und winkt den jungen Polizisten zu sich. »Nehmen

Sie ihre Personalien auf. Geben Sie ihnen einen Termin fürs Präsidium. Dann können die beiden erst mal gehen.«

Der junge Polizist nickt.

»Und machen Sie ein paar Fotos. Das Protokoll will ich heute Mittag haben. Verstanden?«

»Das heißt, Sie sind hier fertig?«, fragt der Hotelmanager.

»Ich brauche nur noch die Adresse von dem Deutschen«, sagt Volcare, »wir müssen die Angehörigen benachrichtigen.«

Er blickt sich noch mal im Zimmer um, die Kronleuchter, das breite Bett, die Spiegel an den Wänden. Die Frauen mit den goldenen Ohrringen und den rot geschminkten Lippen. »Scheiß Party«, sagt er, schüttelt den Kopf und verlässt den Raum.

Blende.

Das weiße iPhone. Fast ein Jahr ist es her, dass Mikael mir das Telefon mit den Daten gegeben hat. Voll mit Bildern, Tonaufnahmen, Videos. Paris, London, Berlin. Und natürlich das Hotelzimmer in Venedig. Der Moment, als er mir das Telefon in die Hand drückte, ja der ganze merkwürdige Überraschungsbesuch steht mir noch deutlich vor Augen. In diesem Moment war etwas Neues in mein Leben getreten. Aber der Reihe nach.

Es war ein sonniger Tag. Ich saß im Garten, als es an der Haustür klingelte. Ich öffnete die Tür, und vor mir stand Mikael.

Er begrüßte mich so unbefangen, als ob wir uns erst vor ein paar Tagen getroffen hätten. Dabei hatten wir in den letzten Monaten nur unregelmäßig per Mail Kontakt gehalten. Er habe ein neues Projekt begonnen und deshalb wenig Zeit. Was es mit diesem Projekt, das er immer nur »RLF« nannte, auf sich hatte, wusste ich nicht. Jedenfalls sagte Mikael nach einer Sekunde des Zögerns: »Entschuldige, dass ich mich nicht früher gemeldet habe. Hast du einen Moment?«

»Klar, komm rein«, antwortete ich.

Während ich einen Tee aufsetzte, lief Mikael unruhig im Wohnzimmer auf und ab.

»Und, was macht RLF?«

»Deshalb bin ich ja hier.«

Ich goss uns Tee ein.

»RLF kann losgehen. Eigentlich ist alles schon am Start, aber einige Sachen sind anders gelaufen, als ich es erwartet hatte.«

»Schiefgegangen?«

»Ja, so kann man das auch sehen. Vielleicht passt ›haben sich verselbstständigt‹ besser. Egal.« Hastig schluckte Mikael seinen Tee herunter. Dann zog er ein weißes iPhone aus seiner Tasche.

»Kuck dir mal alle Daten an, die da drauf sind. Mails, Fotos, Filme, und vor allem die Voice-Recordings. Außerdem hast du Zugriff auf die Cloud, da ist noch mehr Zeug.« Er reagierte sofort auf meinen fragenden Blick. »Ja, das ist alles mit dem Telefon aufgenommen. Ja, natürlich, ohne dass es der Benutzer gemerkt hat.«

»Warum? Und wem gehört das Telefon überhaupt?«

»Das kann ich dir jetzt nicht erklären, das ist ja Teil dessen, was aus dem Ruder gelaufen ist. Kuck's dir einfach an, dann bekommst du auch den Durchblick. Und ein paar andere Sachen über RLF habe ich dir auch noch draufgepackt, dann siehst du, wie weit wir damit sind. Wenn du damit durch bist, setzen wir uns zusammen und besprechen, wie es weitergeht, okay?«

Ich zögerte einen Moment. »Ich nehm mal an, die Daten wurden mit irgendeiner Spyware gesammelt?«

Mikael zuckte mit den Schultern. »Komm, stell dich nicht so an. Du wirst bestimmt nicht enttäuscht sein.«

iPhone. Mobiltelefon der Firma Apple, am 9. Januar 2007 erstmals der Weltöffentlichkeit vorgestellt. Vermeintliche Revolution der Kommunikation, die permanent erneuert wird. Seitdem verstecken sich hinter den glatten, sachlich-neutralen Oberflächen (Glas und Aluminium, als Farben: Schwarz, Weiß, Silber) die neuesten Tricks des unterhaltungsindustriell-militärischen Komplexes. Die Ortungsfunktion des aktuellen iPhone, als praktische Service-Dienstleistung angepriesen, sammelt Informationen über den Nutzer: Wie bewegt er sich im Tages- und Wochenrhythmus? An welchen Orten hat er welche Webseiten besucht, was hat er bei Google recherchiert, was, wann und wo im Netz gekauft? Die neueste iPhone-Generation verfügt für die vermeintlich »intuitive« Bedürfniserkennung über ein Sprachsystem. Das Telefon wird zum Gesprächspartner, zum persönlichen Freund – der alle Geheimnisse an die unsichtbare Zentrale weitergibt.
Zur Diebstahlsicherung, so ein von Apple angemeldetes Patent, soll das iPhone der Zukunft an der Stimme, dem Herzschlag oder an Verhaltensmustern erkennen, ob der Eigentümer oder jemand anderes das Gerät nutzt. Irgendwann wird das Telefon in der Lage sein, die Stimmung des Nutzers zu analysieren. Auf Basis aller gesammelten Informationen können Apps entwickelt werden, die das situative Nutzerinteresse ermitteln – und dann die perfekt passenden Produkte und Dienstleistungen anbieten.
Ein Telefon als Symbol und Agent für die Lebenslügen der heutigen Konsumgesellschaft. Bis Ende 2012 wurden rund 300 Millionen Exemplare verkauft.

Spyware sind Spionage-Apps für Smartphones, mit denen man unbemerkt Daten über den Benutzer eines Telefons und sein Umfeld abrufen kann. Das unter anderem vom amerikanischen Mili-

tär entwickelte Programm *PlaceRaider* beispielsweise löst alle zwei Sekunden die Handykamera aus. Ist das Telefon in Benutzung oder liegt offen auf dem Tisch, sendet das Programm Fotos der Umgebung an einen Server. Dort werden sie automatisch zu einem dreidimensionalen Panorama zusammengesetzt.
Das Programm *mSpy* übermittelt ein noch umfassenderes Datenpaket an den Server des Herstellers: den Standort des Smartphone-Nutzers, Aufnahmen von Umgebungsgeräuschen und über das Internet geführten Telefongesprächen, Kontaktliste, Fotos, SMS- und E-Mails. Die gesammelten Daten können nach Eingabe eines Passworts auf der Hersteller-Webseite eingesehen werden. Die Nutzung ist laut Hersteller legal, sofern der Smartphone-Nutzer darüber informiert ist. So zumindest die offizielle Erklärung des Herstellers, denn sonst wäre es datenschutzrechtlich nicht einmal in den USA erlaubt. Allerdings gibt es genügend Tricks, solche Datenschutzbedingungen elegant zu unterlaufen. Spionage-Apps werden häufig in attraktiven Anwendungen wie kostenlosen Spielen »versteckt«. Wenn der Nutzer den Download-Button drückt, wird unbemerkt auch das Spionageprogramm installiert. Nach der Installation läuft *mSpy* übrigens unsichtbar im Hintergrund, der Nutzer kann es also nicht als geöffnetes Programm erkennen. mSpy kann unter http://www.mspy.com zu Preisen zwischen 39,00 Euro pro Monat und 119,00 Euro pro Jahr erworben werden.

Etwas widerwillig nahm ich das Telefon in die Hand. Als Mikael mir das letzte Mal Daten übergeben hatte, war ich danach ein Jahr mit seiner abenteuerlichen Geschichte beschäftigt gewesen.* Außerdem fand ich es absurd, dass Mikael ausgerechnet auf ein iPhone vertraute – nach allem, was er in Sachen Überwachung hinter sich hatte. Ich fuhr mit meinem Finger über das Display. Das Telefon als mobile Überwa-

* So entstand *1WTC*, ein Bericht über Mikael Mikaels Erlebnisse rund um das neue World Trade Center in New York. Sie sind der Grund, warum er nicht in der Öffentlichkeit auftritt.

chungseinrichtung. Mikael wippte unruhig in seinem Sessel. Schließlich überwog meine Neugierde alle Bedenken.

»Wie lautet die PIN?«

Die 64 GB Speicherplatz des Telefons waren komplett ausgenutzt, weitere Daten waren in der iCloud abgelegt. Die Anrufprotokolle waren gelöscht. Dafür gab es mehrere Ordner, die mitgeschnittene Telefonate enthielten, benannt mit »Hamburg«, »London«, »Berlin«, »Paris« und »Venedig«. In einem anderen Ordner war eine Sammlung von Ortungsdaten und eine Liste aller abgerufenen Webseiten, inklusive Ort und Datum. Im Ordner »RLF« die Dokumente »Businessplan«, »Orgastruktur« und »CI«. In »Notizen« Fotos von Zeitungsartikeln und Buchseiten, Weblinks, tagebuchartige Textfragmente. Eine digitale Loseblattsammlung, dank iPhone versehen mit Datum und Ortsangabe.

Ich brauchte vierzehn Tage, um alle Dokumente durchzugehen und die mitgeschnittenen Telefongespräche anzuhören. Genügend Material, um das Leben von Jan, dem ursprünglichen Besitzer des Telefons, zu rekonstruieren. Man könnte auch sagen: um in sein Leben einzudringen. In den zwei Wochen, in denen ich mich mit den Daten auf seinem Telefon beschäftigte, lernte ich ihn sehr gut kennen, und zwar besser, als mir lieb war.

Ich erkannte an seiner Stimme, ob er gerade siegesgewiss war oder unsicher. Ich hörte, ob er am Abend zuvor zu viel getrunken hatte oder ob er bloß erkältet war. Ich wusste, in welchen Läden er was eingekauft hatte (bei Paul Smith in London war er innerhalb von zwei Monaten allein drei Mal gewesen, Adidas Original Stores besuchte er regelmäßig in verschiedenen Städten, und Comme des Garçons schien er auch zu mögen). Ich wusste, welche Webseiten er sich gerne anschaute und wie viel Zeit er mit Internetflirts verbrachte. Ich wusste, welche Bücher er bei Amazon bestellt hatte, und wie es um seine körperliche Fitness stand – das erfuhr ich aus seiner Nike-Running-App. Seine sexuellen Vorlieben waren mir ebenfalls bekannt – er schickte seinen Bekanntschaften regelmäßig entsprechende SMS. So ein Telefon speichert eben recht viel.

Anhand der Daten und des Archivs rekonstruierte ich die Entwicklung von RLF. Denn Jan, der Besitzer des Telefons, war einer der Köpfe dieser, wie soll ich sagen, Organisation. Nach einigen weiterführenden Recherchen, Reisen zu den Orten des Geschehens und Gesprächen mit direkt und indirekt Beteiligten stand mir vor Augen, was RLF wirklich war. Oder sagen wir es so: Ich hatte zumindest halbwegs den Überblick.

RLF, so könnte man, kurz gefasst, sagen, ohne damit zu viel vorwegzunehmen, ist ein Kunstprojekt, aber auch ein Unternehmen, ein politisch-ökonomisches Komplott, ein Geheimbund, kurzum: ein komplexes Vorhaben, dem ein ebenso perfekter wie perfider Plan zugrunde liegt.

Damit dieser gelingen konnte, durfte keiner der Beteiligten das Projekt als Ganzes überblicken. Von einer Ausnahme abgesehen. Doch die wird noch nicht verraten, ich habe das auch erst ganz am Ende verstanden.

Aber wie gesagt: Am besten der Reihe nach.

Teil 1

»Nichtraucher, bitte. Nicht zur Straße, wenn es geht.« Jan steht an der Rezeption im Town Hall, einem angesagten Design-Hotel in London. Gut, denkt er, hier können die Vertriebsleute dann schon mal in Stimmung kommen. Der vorabendliche Drink an der Bar ist oft genauso wichtig wie die Präsentation. Jan ist müde, er hat in den letzten Wochen zu viel gearbeitet. Das Projekt ist in einer entscheidenden Phase. Das Meeting muss unbedingt erfolgreich verlaufen.

Der Auftraggeber, ein deutscher Sportartikelhersteller, will eine neue Schuhserie auf den Markt bringen. Die Konzeptstudie ist fertig, seit einem halben Jahr arbeiten Jans Team und die Forschungs- und Entwicklungsabteilung des Unternehmens daran. Die dazugehörige Kampagne steht, fehlt nur noch das »Go« vom Vorstand des Auftraggebers. Vorher will der noch das Votum der Vertriebsleute hören, die wissen am besten, was sich auf den verschiedenen globalen Märkten verkauft – und was nicht. Normalerweise finden die Präsentationen im Global Headquarter statt, aber das liegt in der deutschen Provinz. Wegen der Termindichte der Vertriebsleute musste das Ganze nach London verlegt werden, da kommen die Vertreter aus den USA und Asien schneller hin.

Für Jan ist das zwar mehr Arbeit, aber eigentlich ist es ihm ganz lieb. So konnte er für die Präsentation eine wirklich passende Location aussuchen. Sie hätten den Konferenzraum im Hotel nehmen können, aber das hätte nicht zum Schuh gepasst. Die Event-Abteilung der Agentur hat das Atelier eines Künstlers in einer ehemaligen Fabrik in East-London angemietet und die Räume für die Präsentation etwas umgebaut. Jan hat vor dem Abflug erste Fotos gesehen, er ist sehr zufrieden. Trotzdem will er sich das Ganze vor Ort anschauen, denn Jans Motto ist, frei nach Lenin: Vertrauen ist gut, Kontrolle ist besser. Er ist gerne perfekt vorbereitet, und dazu gehört auch, den Raum besichtigt zu haben, in dem er etwas präsentieren wird. Und meist fällt ihm dann doch noch ein Detail auf, das verbessert werden muss.

Jan ist 39 Jahre alt. Er arbeitet als Kreativdirektor in einer Hamburger Werbeagentur. Die Agentur ist eine der größten Europas, eine Aktiengesellschaft mit mehreren Subfirmen. Nach außen flache Hierarchien und lockerer Stil, im Inneren straff organisiert und hoch effizient. Jans Spezialgebiet ist Trendforschung. Er weiß vor allen anderen darüber Bescheid, was morgen »in« sein wird. Und für dieses Morgen entwickelt er die passenden Produkte.

Jan führt ein angenehmes Leben. Ob er damit glücklich ist, ist eine andere Frage. Er wohnt in Hamburg-Blankenese, wo er ein kleines Einfamilienhaus gekauft hat. Frühes 20. Jahrhundert, Backstein, typisch Hamburg. Er fährt einen 5er BMW, ist seit zwölf Jahren verheiratet und hat zwei Kinder. Er hat alles, was er sich immer gewünscht hat – außer dem Porsche, von dem er schon lange träumt.

Jan arbeitet gern. In der Woche verlässt er die Agentur in der Hafencity meist erst um 22 Uhr. Er ist viel im Ausland unterwegs, wichtige Kunden und Kooperationspartner sitzen in Los Angeles, London und Amsterdam.

Die Agentur ist keine normale Werbeagentur, sie bietet ihren Kunden eine breite Palette an Services, nicht bloß Werbung, sondern jeden Schritt von der Produktentwicklung bis zum Event und anderen Promoaktionen.

Integrative Konzepte sind im Trend. Scholz & Friends, eine der größten Werbeagenturen Europas, bezeichnet sich als »Orchestra of Ideas«. Die »Rolle des Dirigenten« wird von der jeweiligen »Idee« übernommen. Neben klassischer Werbung nennt die Webseite des Unternehmens achtzehn weitere »Instrumente« des Orchesters, darunter »Consulting«, »Branded Entertainment« und »Corporate Responsibility«. Sie sollen in »reibungslosem Zusammenspiel« für die von der Agentur betreuten Unternehmen und Marken zum Einsatz kommen. Dies will Scholz & Friends mit »strategischer Kompetenz«, »kreativer Exzellenz« und dem Einsatz seines weltumspannenden, interdisziplinären Netzwerks erreichen. Gegründet wurde die Agentur 1981 in Hamburg, die Hauptsitze befinden sich heute am Hackeschen Markt in Berlin und im Hanseatic Trade Center in der Hamburger Speicherstadt.

Das neue Projekt soll Jans ganz großes Ding werden. Und wenn alles klappt, kann er sich vom Bonus endlich den Porsche kaufen.

Jans Frau Valerie arbeitet als Grafikerin in derselben Werbeagentur. Dort haben sie sich kennengelernt, fünfzehn Jahre ist das jetzt her. Praktikantenglück. Inzwischen arbeitet sie nur noch halbtags, wegen der Kinder. In der Agentur sehen sie sich kaum, sie arbeiten in unterschiedlichen Abteilungen, außerdem ist es für die Beziehung ganz gut, Berufliches und Privates zu trennen, findet Jan.

Die beiden haben zwei Kinder. Julia ist zwölf Jahre alt, Tim neun. Kinder aus anderen Beziehungen gibt es nicht, dafür haben sie einen Golden Retriever. Valerie hatte eine Affäre mit dem Nachbarn, die inzwischen beendet ist. Nach zwei Jahren Paartherapie geht es Jan und Valerie ganz gut. Allerdings haben sie kaum noch Sex miteinander. Valerie findet das normal, Jan nicht. Aber er hat kein großes Problem damit, er vergnügt sich halt anderweitig.

Valerie macht gerne Yoga, und auch Jan versucht, gesundheitsbewusst zu leben. Er trinkt aber, wie Valerie findet, zu viel Alkohol. Vor allem, wenn er in anderen Städten unterwegs ist und mit Geschäftsfreunden essen geht. Illegale Drogen nimmt er nur selten. Ab und an putscht er sich vor wichtigen Terminen etwas auf. Aber nur, wenn es unbedingt sein muss. Wenn er in Hamburg ist, geht er zweimal die Woche ins Fitness-Studio und joggt morgens an der Elbe und im Jenischpark.

Alles in allem ist Jan ein ganz normaler Typ.

»Cool«, sagt Jan. Die rohen Backsteinwände sind mit Graffitis in grellen Farben besprüht, ansonsten ist der Raum komplett in Schwarz gehalten: der Boden, die spiegelnde Oberfläche der Tische, die Stühle aus glänzendem Kunststoff. Nur die verchromten Tischgestelle leuchten hell dazwischen auf. Genau diesen Kontrast zwischen glossy und abgerockt wollte Jan haben. Denn eine Präsentation funktioniert nun mal wie ein Blind Date: Die ersten Sekunden sind entscheidend. Davon ist Jan überzeugt. Wenn der Auftraggeber nicht gleich in die richtige Stimmung kommt, das Ganze nicht sofort sexy findet, wird er nicht auf seine Argumentation einsteigen.

»Könnt ihr hier nicht noch ein bisschen Neongelb reinbringen?«, fragt Jan eine der Assistentinnen, die für die Deko zuständig sind, mehr aus Prinzip als aus Unzufriedenheit mit den Graffitis. »Und das Catering, klappt das alles?« Er hat seinem Team eingeschärft, dass es auf die richtige Inszenierung ankommt. Und heute geht es eben um Widersprüche. Trash trifft auf Glamour, Armut auf Reichtum, Freiheitskampf auf Kapitalismus. Deshalb hat Jan das Essen bei einem indischen Restaurant in der Gegend bestellt.

»Wir brauchen Migrantenatmo, richtig trashig. So Curryzeugs, aber nicht zu scharf, okay? Und Plastikgeschirr, genau, das Essen in billigem weißem Plastikgeschirr, das sieht gut aus auf den schwarzen Tischen. Aber ich will ordentliches Besteck, aus Silber, was Englisches, wir sind ja in London. Und viel Schampus, damit wir anstoßen können. Champagner in Plastikbechern, das ist geil, oder?«

Den Abend verbringt Jan an der Hotelbar, der Vertriebsexperte aus Japan ist schon da. Vorbereitende Gespräche. Am Ende ist eine Flasche Whisky leer. Und auch wenn das Meiste davon der Japaner trinkt, ist Jan betrunken, als er die Hotelbar verlässt. Vor dem Schlafen checkt er noch kurz seine E-Mails. Er hat in den Städten, in denen er beruflich häufiger unterwegs ist, unregelmäßige Bekanntschaften. New York, Amsterdam, Los Angeles. Seit einiger Zeit flirtet er mit einer Frau aus London, die er auf einem Online-Single-Portal kennengelernt hat. Angélique. Sie ist Mitte dreißig, eigentlich zu alt für Jans Geschmack. Seine anderen Bekanntschaften sind eher im Studentinnenalter. Ihr Online-Pseudonym, Angélique, passt auch nicht wirklich zu ihr, sie sieht eher indisch aus als französisch. Aber egal. Die Chats mit ihr waren sehr witzig, ein guter kleiner Spaß nebenher. Was Kurzes, dann geht er auch nicht das Risiko ein, dass die Affäre in eine richtige Beziehung ausartet. Damit hat er in letzter Zeit schlechte Erfahrungen gemacht. Enttäuschte Hoffnungen, unerwünschte Telefonanrufe, wütende Mails. Das kann Jan sich nicht leisten, schließlich ist er verheiratet und hat Kinder, das setzt man nicht wegen irgendwelcher Sentimentalitäten aufs Spiel. Geregelte Familienverhältnisse sind gut fürs Geschäft.

Jan durchsucht seine Mails nach einer neuen Nachricht von Angélique. Erleichtert findet er ihre Antwort, sie schlägt für den nächsten Abend einen Pub in Tottenham vor. Er war noch nie dort, aber warum nicht mal was Neues ausprobieren. Jan schläft erwartungsvoll ein, seine Träume springen zwischen der morgigen Präsentation und dem Abend mit Angélique hin und her.

Am nächsten Morgen schmeißt Jan zwei Aspirin ein und geht ins Fitness-Studio des Hotels. Der Whisky mit dem Japaner hat ihm stärker zugesetzt als erwartet. Nach einer Stunde Work-out fühlt er sich besser. Die Kopfschmerzen sind verflogen. Jan ist bereit, der Tag kann beginnen.

Alles ist vorbereitet. Im Vorraum stehen die Vertriebsleute und Manager an den Stehtischen. Small Talk, Tratsch über Firmeninterna, manche haben sich seit Wochen nicht gesehen. Die Stimmung ist gelöst.

Jan bittet in den Hauptraum, jeder sucht sich einen Platz. Es wird ein wenig getuschelt, über die Graffitis geredet, auch die schwarzen Möbel sind Gesprächsstoff, doch als Jan abdunkelt, wird es still. Alle starren auf die Leinwand, auf der aber nur ein Bild des Raums zu sehen ist, in dem sich die Gruppe gerade befindet. Kein Schriftzug, kein Logo, einfach nur der Ort. Natürlich ohne Menschen, der Raum ist leer. Jan liebt solche Selbstreferenzen, es ist sein Kommentar zu der alten Regel, die Leute da abzuholen, wo sie sind.

Für Präsentationen hat Jan ohnehin einen festen Ritus. Dazu gehört Kleidung, die zum Produkt passt, eine Art Einstimmung oder Einfühlung in das zu behandelnde Thema. Dieser Tick ist so eine Art Markenzeichen von ihm, er kennt keinen anderen Werber, der das so macht. Heute ein weißer Trainingsanzug, natürlich von Adidas, darunter ein weißer Kapuzenpullover. Auf der Brust die Worte »Freedom Fighter«. Ein bisschen gangmäßig, aber einen Turnschuh kann man eben nicht im schwarzen Anzug verkaufen. Das wäre unglaubwürdig, findet Jan.

Die eigentliche Show beginnt er mit einer allgemeinen Frage. »Meine Damen und Herren, was heißt es heute, ein neues Produkt auf den Markt zu bringen?« Und bevor sich die Zuhörer eine Antwort überlegen können, platziert er seine erste Botschaft. »Ich glaube, es geht zuallererst um Werte.

Denn das ist es, wonach alle Konsumenten suchen. Halt, Identität. Moralische Werte. Und unser neues Produkt steht für den wichtigsten Wert, den wir im Leben haben.«

Jan schaut jeden der Zuhörer genau an. Den Mann aus Japan, mit dem er am Abend vorher die Whiskyflasche leergetrunken hat, die Managerin aus den USA, mit der er bei den letzten Begegnungen heiß geflirtet hat, die Marketingexperten aus dem Headquarter. Jan will gleich am Anfang rüberbringen, worum es geht. Er hat nur zehn Minuten, um die Grundidee vorzustellen, der Rest der Zeit gehört dem Design und den Marktchancen.

»Das Wichtigste, was wir haben, ist Freiheit. Und der Kampf um Freiheit. Denn Freiheit bekommt man nicht geschenkt. Das bewegt die Menschen in der ganzen Welt, ob in New York, Rio, Shanghai oder Athen. Die neue Sportschuhreihe steht für Freiheit und den Kampf gegen Ungerechtigkeit.«

Die Gruppe hört ihm gebannt zu. Jetzt kommt der essenzielle Moment: die Kernaussage. Die Sätze, die locker und spontan wirken sollen, hat er vorher mehrfach einstudiert. Die Gesten, die Betonung, alles muss sitzen.

»Der Urban Force ist ein Schuh für Freiheitskämpfer.«

Auf der Leinwand sind jetzt verschiedene Bilder von Che Guevara zu sehen: historische Fotos, Andy Warhols Porträt, T-Shirts auf Touristenmärkten in Spanien, Thailand, Australien.

»Lassen wir uns von Che inspirieren. Er ist eine globale Marke. Überall präsent. Es gibt keinen Widerspruch zwischen Kapitalismus und Revolution, im Gegenteil: Kapitalismus ist permanente Revolution, und deshalb ist der Revolutionssneaker auch der ideale Ausdruck für das Lebensgefühl unserer Gesellschaft.«

Jan kuckt kurz in die Runde. Seine Worte sind angekommen. Die europäischen Vertreter grinsen, die Manager aus China und den USA geben Szenenapplaus.

An der Wand jetzt eine Folie, auf der man hinter einem an Nebelschwaden erinnernden Grauschleier die verschwommenen Umrisse eines Schuhs erkennt; darüber verteilt, als zersplitterte Fragmente, einige schwarz glänzende Oberflächen, raue Texturen und glattgeschliffenes Metall.

»Es geht also um einen Schuh«, setzt Jan noch mal nach, »den Che Guevara getragen hätte. Das ist Ihr Schuh. Der Urban Force. Bevor wir zum Design kommen, ein paar Worte zum Image, okay? Wer trägt den Urban Force? Ein Stadt- und Straßenkämpfer. Und er ist unbesiegbar. Wir alle erleben Stadt heute als etwas Gefährliches. Komisch, oder? Stadt ist doch eigentlich das große Versprechen von Freiheit. Also: Diesen Widerspruch kennt jeder, vor allem aber unsere wichtigste Zielgruppe: die Fünfzehn- bis Fünfundzwanzigjährigen.«

Jan zeigt ein Chart, das die Unzufriedenheit von Jugendlichen darstellt. Die Agentur hat ein Marktforschungsinstitut beauftragt, Jugendliche in zwanzig verschiedenen Ländern wurden befragt.

»Der Urban Force steht für den Kampf zwischen einfachen Stadtbewohnern und den unsichtbaren Mächten, die Politik und Wirtschaft in der Stadt bestimmen. Darauf spielt auch unser Slogan an.« Jan zeigt die nächste Folie. Eine Hochhauskulisse in Schwarz-Weiß, mit einer Körnung versehen, die dem Bild einen Retrolook verleihen soll. Darüber läuft ein Schriftzug in changierenden Neonfarben: »Power to the People. Be a Freedom Fighter.«

Jan wartet einen Moment, um den Schuh und den Slogan etwas wirken zu lassen.

»Ja«, setzt er wieder an. »›Be a Freedom Fighter.‹ Das ist es, wovon die Kids in allen Städten der Welt träumen. Und der

Schuh gibt ihnen das Gefühl, dass sie die Macht und die Kraft dazu haben.« Jan geht einen Schritt auf seine Zuhörer zu. »Aber dieses Gefühl von eigener Kraft wollen die Kids auch wirklich erleben. Und dafür brauchen sie Vorbilder. Und das können ja keine echten Freiheitskämpfer sein.« Er lacht. »Das ginge dann doch etwas zu weit. Außerdem könnten wir uns global wohl kaum auf eine Person einigen, oder?«

Jetzt lachen auch die europäischen Vertreter.

»Wir haben deshalb nach etwas anderem gesucht, etwas, das aus der urbanen Alltagskultur stammt. Trendsport, verstehen sie, aber natürlich Trendsport, der auch breitenwirksam ist.«

Jan zeigt das nächste Chart, ein Foto von einem Mann, der in artistischer Pose von einem Hausdach springt.

»Wir haben uns für Parkour entschieden. Auch Free Running genannt. Immer geradeaus, egal welche Hindernisse im Weg sind. Freiheit eben. Kennt jeder, macht aber kaum jemand. Ideale Projektionsfläche, vor allem hat das Ganze einen kriegerischen Hintergrund, durch die subversive Überformung aber auch was Rebellisches, ist voll Gegenkultur. Das kommt bei den Kids an.«

Parkour. Urbaner Sport, bei dem es darum geht, den kürzesten Weg zu einem selbst gewählten Ziel zu meistern. Die Traceure (von französisch: *traceur,* dt.: der den Weg ebnet; der eine Spur legt) des Parkour überklettern Autos, springen über Mauern, machen selbst vor Häusern nicht halt. Sie sind virtuose Praktiker einer Ideologie der Effizienz.
Erfunden hat Parkour der Franzose David Belle (geboren 1973). Er versteht die Sportart als eine Methode, die von Umwelt und Körper gesetzten Grenzen zu erkennen – und sie gleichzeitig zu überwinden. Als Kind hatte er von seinem Vater, einem Vietnamkriegsveteranen, die sogenannte *méthode naturelle* gelernt, eine Kunst der Bewegung durch die Natur, die auf Körperbeherrschung

durch physisches und mentales Training basiert. Sie ist das Basistraining für die Elitesoldaten des französischen Militärs.
Im Sommer 2012 zeigte der Automobilkonzern VW in seinem Automobil Forum Unter den Linden in Berlin in einer Kooperationsausstellung mit dem Medienkunstnetzwerk Ars Electronica ein Parkour-Video der spanischen Künstlergruppe Democracia, in dem sich, so die Konzern-Webseite, »die Akteure den urbanen Raum auf subversive Art und Weise aneignen«.
Das Landgericht Leipzig verurteilte im April 2012 einen jungen Mann zu siebzig Sozialstunden, weil er zwei Jahre zuvor in angetrunkenem Zustand als Traceur über neunzehn Autos gelaufen war, unter anderem einen VW. Der Sachschaden belief sich auf über 20 000 Euro.
Einer der gegenwärtigen Stars der Szene ist der 21-jährige Jason Paul. Er versteht Free Running nicht als Sport, sondern als »künstlerische Handlung«.

»Natürlich begreifen die Kids nicht, warum das bei ihnen so gut ankommt«, fährt Jan fort, »aber wir wissen es.« Er schaut in die Runde, lässt sich Zeit, bis Spannung im Raum entsteht. »Es ist der Traum von Freiheit. Parkour ist nämlich nicht nur artistisch, sondern auch ein Ausbruch aus dem Alltag, weil es ja darum geht, sich seinen eigenen Weg durch die Stadt zu bahnen. Freiheit durch Sport, okay?«

Jan zeigt ein Video, auf dem David Belle quer durch die Stadt rennt, über Autos läuft, Mauern überwindet, von Dach zu Dach springt.

»Außerdem gibt es in fast jeder größeren Stadt ein paar Parkour- oder Free-Running-Aktivisten, die Sie für Events engagieren können. Die Sache wird wahrscheinlich nie echter Mainstream werden, dafür ist es zu, na ja, zu artistisch. Das kann einfach nicht jeder. Es bleibt für viele unerreichbar, und das ist gut so. Aber es ist mehr als ein Trend. Uns geht es ja eh um ein Feeling, nicht darum, den Sport wirklich auszuüben. So. Und wissen Sie was? Es gibt noch keine Schuhe dafür. Dabei braucht man die sogar, wenn man kein Parkour-Typ ist: Ist doch immer gut, über Hindernisse rennen zu können, oder? Und wenn Sie dafür den richtigen Schuh haben, sind Sie …«, Jan richtet einen Zeigefinger auf die Zuhörer, »… die Spitze der Bewegung.«

Der Einführungsteil ist zu Ende. Jan sieht zufriedene Gesichter. Alles läuft glatt. Die Idee kommt an. Als Nächstes muss er sein Publikum noch für den Look des Schuhs begeistern.

»Ich erkläre Ihnen jetzt Detail für Detail, was der Schuh kann und warum er so aussieht, wie er aussieht.«

Drei Assistentinnen geben jedem der Vertreter einen goldenen Schuhkarton.

»Nein, noch nicht öffnen«, ruft Jan. Sofort klappt der japanische Vertriebsmanager den Karton wieder zu. Bingo, denkt sich Jan, den hab ich in der Tasche.

»Beginnen wir mit der Verpackung. Das Innenleben kommt nachher. Gold steht für Luxus, für Verschwendung, für Reichtum. Und für Qualität. Das ist wichtig, denn der Schuh wird ja nicht billig sein. Aber das kontern wir mit der Grafik.«

Jan zeigt einige Folien, auf denen die Schriftzüge im Graffiti-Stil abgebildet sind.

»Für die Grafik haben wir uns in der Street-Art-Szene umgesehen. Im Moment sind klare Umrisse in. Und der absolute Hit sind Metallic-Lacke, vor allem im asiatischen Raum. Aber auch in den USA haben unsere Scouts das häufig gesehen.«

Jan erntet anerkennendes Nicken. Der richtige Moment, um seinen Lieblingssatz anzubringen.

»Es geht um die Inszenierung von Widersprüchen. Denn in denen leben wir alle, egal wie reich oder arm wir sind. Wir lieben das, was wir gleichzeitig verdammen. Sie können jetzt die Verpackung öffnen.«

Die sechs Männer und drei Frauen nesteln an den Kartons rum und halten schließlich einen goldenen Schuhbeutel aus glänzendem Nylongewebe in den Händen.

»Kontrast«, sagt Jan. »Kontrast. Ein Sportschuh, verpackt wie ein Luxusobjekt.« Als Erstes zieht der Japaner den Schuh aus dem Beutel. An den Seiten feste, metallisch glänzende Kunststoffschalen, leicht überstehende Sohlen, alles in Schwarz. Nur die Nähte und die Sohle sind in Gold gefasst.

»Und jetzt schauen Sie sich den Schuh genau an«, fordert Jan ihn auf. »Was fällt Ihnen als Erstes auf? Was fehlt?«

»Die Schnürsenkel!«, ruft der Japaner.

Jan nickt. »Genau, die Schnürsenkel. Hundert Punkte.«

Die Runde lacht.

»Aber das ist nicht etwa ein Versehen«, fährt Jan fort.

Er springt weiter zur nächsten Folie. Zu sehen sind historische Schwarz-Weiß-Aufnahmen aus amerikanischen Gefängnissen.

»Sie erinnern sich, was das Grundthema war? Nein, es war nicht Luxus, nicht Gold und Glamour, sondern der Kampf um Freiheit. Und das ist immer auch Kampf gegen Ungerechtigkeit, oder? In amerikanischen Gefängnissen – und die sind ja nun mal nicht die fairsten – also da haben die Häftlinge keine Schnürsenkel. Die werden ihnen von den Wärtern abgenommen, damit die sich damit nicht aufhängen können. Deshalb haben unsere Freiheitskämpferschuhe auch keine Schnürsenkel. So was finden die Kids da draußen cool.« Jan zieht das »o« von »cool« in die Länge, während er den Schuh in die Luft hebt. »Wir haben unter der losen Lasche ein flexibles Stretch-Element, das den Schuh zusammenhält. Wir wollen ja keine funktionale Einschränkung.« Jan demonstriert, wie dehnbar der unter der Lasche verborgene Innenschuh ist. »Auch ohne Schnürsenkel hat der Urban Force eine gute Performance, und das ist wichtig. Außerdem haben wir seitlich stabilisierende Protektoren.« Er klopft gegen die Schuhseiten aus hartem Kunststoff. »Das gibt den ultimativen Gladiatorenlook. Mit der Metallic-Beschichtung sehen sie auch gar nicht nach Kunststoff aus, sondern nach etwas, was einen Wert hat. Sieht aus wie Metall, oder? Und schauen Sie sich bitte auch die Details an, vor allem die goldenen Nähte. So was macht am Ende den Unterschied aus. Kommen wir jetzt zu den Farben.«

Er ruft die nächsten Präsentationsfolien auf, verschiedene Studien mit Farbverläufen tauchen auf, überlagert mit Bildern von Graffitis aus verschiedenen Metropolen.

»Der Grundton des Schuhs ist immer schwarz, ansonsten gibt es unterschiedliche Metallic-Effekte. Dieser Look unterstreicht das Kämpferische. Wir müssen allerdings differenzieren. Nur die teuerste Edition ist schwarz und gold, aber da kommt natürlich nicht jeder dran.« Die Manager nicken zustimmend. »Die nächste Stufe ist schwarz-silber, auch ganz schön teuer, klar. Nicht was für jeden. Die blauen, grünen und lila Metallic-Effekte sind für die Einsteigermodelle. Die Verpackungen sehen dementsprechend einfacher aus.« Keinen Break, denkt sich Jan, gleich den nächsten Punkt reindrücken. Man darf denen keine Denkpause gönnen. »So, meine Damen und Herren, jetzt gibt es noch den letzten Höhepunkt des Designs. Dann kommen wir zu den Werbemaßnahmen. Also: die Sohle. Ja, drehen Sie den Schuh ruhig um, kucken Sie die Sohle in Ruhe an. Die ist der Hammer. Ich meine, die Sohle ist ja ein immer wieder zu wenig beachtetes Element. Wir haben sie optisch hervorgehoben, indem wir sie verbreitert haben.« Jan projiziert eine Detailaufnahme des Schuhs an die Wand. »Sie sehen, die Sohle kragt aus, das ist total ungewöhnlich. Aber hier, bei unserem Kämpferschuh, hat das praktische Vorteile. Ganz funktional.« Wie vorhin bei »cool« zieht Jan jetzt das »a« von »funktional« in die Länge. »So ne Sohle braucht man, damit man sich besser in Mauerritzen festkrallen kann. Schließlich ist das ja ein Parkour-Schuh. Free Running. Der muss also was können. Aber das ist noch nicht alles. Wir wollen, dass der Träger seinen Fußabdruck hinterlässt. Wir haben für die Sohle ein spezielles Profil entworfen, eine Grafik für den Schuhabdruck. In die Sohle ist ein Stadtgrundriss mit sternförmigem Straßennetz eingeprägt. Auf den Plätzen prangt das Piktogramm eines Molotowcocktails, in die Straßen ist ein Stacheldrahtmuster geritzt. Und hier ...«, Jan dreht den Schuh um und zeigt auf das Fersenende der Sohle, »... wo die Straßen aufeinander zulaufen, haben wir eine Fläche frei gelassen. Das ist ja die Grundidee, die umkämpfte Stadt, und alles läuft auf den Hauptplatz zu, der sich direkt unter der Ferse befindet. Das ist die wichtigste Stelle des Schuhs. Was denken Sie, was damit passieren soll?«

Jan macht eine Pause und trinkt einen Schluck Wasser.

»Der Träger des Schuhs kann sich seine Schuhsohle ...«, er betont jetzt jede einzelne Silbe, »... per-so-na-li-sie-ren lassen.« Pause. »Dein eigener, ganz individueller Schuh. Geht natürlich nur beim Premiummodell, sonst wäre das ja nicht kalkulierbar. Das persönliche Tag. Deine Message. Dein Fußabdruck. Dein persönlicher Kampf. Mit unserem Schuh.«

Tag (dt.: Markierung, Etikett, Schild). Signaturkürzel eines Graffiti-Writers. Tags werden als Kennzeichnung gesprühter Bilder benutzt, aber auch unabhängig davon als territoriale Markierung verwendet. Tagging schafft somit einen sozialen Raum, der in das unmittelbar sichtbare Gefüge der Stadt interveniert.

Jan atmet durch, hört, wie ein Raunen durch die Zuhörerreihen geht. Er hat die Gruppe im Griff.

»Haben Sie Fragen? Oder wollen wir eine Pause machen, bevor wir uns die Werbekampagne ansehen? Wir haben ein paar Snacks vom Inder um die Ecke.«

Er sieht an den verdutzten Gesichtern, dass sein Plan voll aufgeht. Die indischen Hostessen reichen kleine Pakora-Häppchen, seine Assistentinnen gießen Champagner in die Plastikbecher.

Manchmal wundert sich Jan, wie gut seine Konzepte ankommen. Wobei das Erschreckende nicht ist, dass die Auftraggeber von seinen Konzepten begeistert sind, sondern dass die Leute draußen dann in Scharen die Sachen kaufen, die ihnen in der Werbung angepriesen werden. Bestimmt wird auch der Urban Force ein Verkaufsschlager, obwohl er völlig überteuert ist. Beim Launch werden die Kids vor den Läden Schlange stehen, und wahrscheinlich wird der Hersteller das Angebot künstlich verknappen, um den Hype noch weiter anzufeuern. Mit ein paar Popstars können wir Limited Editions machen, da finden wir für die verschiedenen Absatzmärkte noch die passenden Typen. Dann werden die Jugendlichen aus den Armenvierteln den reichen Vorstädtern die Schuhe abziehen, weil sie sich das goldene Modell nicht leisten können, aber unbedingt haben wollen. 250 Euro wird das goldene Modell mindestens kosten, eher 300. Aber das ist nicht mein Bier, denkt Jan, das entscheidet die Sales-Abteilung. Je teurer, desto besser. Von der Höhe der erwarteten Verkaufserlöse hängt das Werbebudget ab, und davon leben Jan und seine Agentur.

Jan schaut auf die Uhr, schon eine halbe Stunde Pause, das reicht jetzt. »Okay, meine Damen und Herren, wir müssen weitermachen.« Er muss den Managern schließlich noch die Kampagnen vorstellen, ohne den Auftrag dafür ist die Begeisterung über den Schuh ja nichts wert.

Jan beginnt mit Ideen für die Urban-Force-Marketingkampagne. Die Kids können sich mit selbstgedrehten Videos für ein Parkour-Training bewerben, am Ende gibt es öffentliche Wettkämpfe mit Profis aus Frankreich und England. Er präsentiert die Internetseite, auf der man die Sohle individualisieren kann, und zeigt einige Motive für Printanzeigen, Plakate und Modestrecken in Magazinen.

»Das Wichtigste ist der Spot. Virales Marketing, YouTube, Sie wissen schon. Das muss knallen. Also, das Ganze ist natürlich in Schwarz-Weiß gedreht, die Kontraste sind hochgefahren, ab und zu sind die Sequenzen in einem der Metallic-Töne eingefärbt. Aber die Frage ist jetzt ja, wie wir im Spot das Gefühl von Freiheit und Kampf vermitteln.«

Jan klickt durch eine Reihe von Bildern von einer Demonstration. Die meisten Leute sind vermummt, es werden Molotowcocktails geworfen. Im Pulk auch eine gutaussehende Frau. »Wir haben lange überlegt, welche Musik wir da drüberlegen sollen. Wir haben uns dann für etwas Martialisches entschieden, das trotzdem, ja, wie soll ich sagen … das … das schön ist.« Jan startet den Track.

Auftakt mit klassischer Musik: Streicherklänge schwellen langsam an, werden immer dramatischer und schließlich von sich in die Höhe schraubenden Bläsern gekrönt, rhythmisch durchbrochen von Schlaginstrumenten. Dann wird die klassische Musik von einem harten Beat überlagert. Wie ein immer schneller werdendes Herzklopfen füllt er mit einem satten Bass den Raum. Stille. Alle Anwesenden sind ergriffen.

»Ja, das sitzt, oder? Pathetisch, ergreifend, unheimlich!« Jan schaut auffordernd in die Runde. Vielleicht ging das jetzt einen Tick zu weit, aber die Musik trifft genau den Kern des Schuhprojekts. »Das sind die Préludes von Franz Liszt. Das Finale. Klassische Musik hätten Sie jetzt nicht erwartet, oder? Aber wissen Sie was?« Jan macht eine kleine Pause, nach der lauten Musik tut dem Raum ein wenig Ruhe ganz gut. »Diese klassische Musik, diese Streicher, dann auch noch die Bläserfanfaren, das weckt Sehnsüchte. Das ist bei Liebesfilmen ja auch nicht anders.« Jan lacht. »Und darüber haben wir ein bisschen Techno gelegt – klar, es geht ja immer noch um Sneaker. Die Préludes, das ist Spätromantik. Grandios. Das ist so ... so ...« Jan geht jetzt noch ein Stück näher auf sein Publikum zu. »So erhaben.« Er senkt die Stimme, spricht langsamer. »Und missbraucht. Dieses Stück wurde von den Nazis während des Zweiten Weltkriegs vor den Nachrichten gespielt.«

Keiner der Manager zuckt zusammen oder schüttelt den Kopf. Als Nächstes zeigt er eine Gruppe Polizisten, alle in schwarzer Kampfmontur. »Der Spot soll ja in verschiedenen Ländern ausgestrahlt werden. Polizisten in Schwarz, das funktioniert überall. Es kommt zu Prügeleien. Ein Girl wird von einem Stock getroffen und sinkt zu Boden. Keiner kümmert sich um sie. Die Polizisten verfolgen die anderen Vermummten. Das schöne Mädchen liegt am Boden und weint.«

Die Zuhörer schauen betroffen. Aber was sie wirklich interessiert, ist natürlich etwas anderes.

»Sie wollen jetzt wissen, wie man damit unseren Schuh verkaufen kann? Zu gewalttätig? Und dann auch noch Tränen? Aber jetzt kommt unser Held!«

Das nächste Bild zeigt einen jungen Mann, vielleicht neunzehn, vielleicht auch schon Mitte zwanzig. Etwas unbestimmt, dann können sich viele mit ihm identifizieren. Und er sieht gut aus, cool, ist ja klar. Lange braune Haare, fester, geradeaus gerichteter Blick, klare blaue Augen. Er ist schwarz gekleidet, enge Jeans, ein lockeres schwarzes Halstuch – und natürlich trägt er Urban Force in Gold.

»Das ist unser Held. Er kennt keine Angst. Sonst wäre er ja nicht unser Held. Er will das Mädchen retten. Aber er ist schlau, und er weiß, dass er gegen diese schwer bewaffneten

Polizisten eigentlich keine Chance hat. Er muss jetzt fliehen, um an einem anderen Ort weiterkämpfen zu können. Aber vorher muss er noch das Mädchen retten.« Jan nimmt noch einen Schluck Wasser.

»Nun also rennt er los«, fährt Jan fort, »aber er rennt nicht einfach weg, er ist ja ein Held, er ist Traceur, und außerdem trägt er unsere Schuhe. Das heißt, er kann alle Hindernisse überwinden. Er rennt auf die Polizisten zu, sie halten ihre Schilde hoch, und er läuft einfach über sie hinweg, auf den Wasserwerfer zu, balanciert auf dem Wasserstrahl wie ein Seiltänzer, springt auf den Wagen, und schon ist er bei dem Mädchen. Er kniet vor ihr und gibt ihr einen Kuss. Das Mädchen macht wieder die Augen auf, die Tränen sind getrocknet. Die beiden stehen auf und verschwinden in der Menge ...«

Auf der Projektionsfläche erscheint jetzt ein Schwarz-Weiß-Bild der Demokulisse im körnigen Retrolook. Und über das Bild läuft der Slogan: »Power to the People. Be a Freedom Fighter.«

Im Juni 2011 ging ein Foto von einem jungen Paar um die Welt, das sich inmitten eines großen Polizeiaufgebots auf der Straße liegend innig küsst. Im Vordergrund ist ein Polizist mit Schlagstock, Helm und Schutzschild zu sehen. Die Aufnahme entstand bei den sogenannten »ice hockey riots« im kanadischen Vancouver. Nach der Niederlage der lokalen Eishockey-Mannschaft im Finale um die nationale Meisterschaft kam es im Stadtzentrum zu Tumulten. Fünfzehn Autos wurden angezündet, Läden geplündert, neun Polizisten verletzt. Die Kuss-Szene ereignete sich, nachdem die junge Frau bei einem Zusammenstoß mit der Polizei verletzt worden war. Ihr Freund beugte sich tröstend über sie und gab ihr dabei einen Kuss. Diese Umstände wurden allerdings erst 24 Stunden nach Veröffentlichung des Fotos bekannt. Bis zu diesem Zeitpunkt wurde vielfach vermutet, bei der Szene handele es sich um einen bewussten Protestakt oder um Performancekunst.

»So, und jetzt kommt der Schluss«, setzt Jan seinen Vortrag fort, nachdem das Getuschel unter den Zuhörern verstummt ist. »Zoom aufs Dach des Wasserwerfers. Unser Läufer hat dort, ganz lässig, seinen Fußabdruck hinterlassen: Ich war hier. Das ist die Botschaft.« Jan macht seine wohlerprobte kurze Kunstpause. »Und im Spot ist das natürlich Ihr Logo!«

Die Runde ist begeistert.

Jan ist high. Jetzt will er feiern. Aber nicht mit den Vertretern, nicht mit seinem Team. Er hat seinen Job für heute erledigt, beim Abendessen muss er nicht mehr dabei sein. Im Gegenteil. Als Kreativer sollte man sich jetzt rarmachen. Er hat noch was anderes vor für die Nacht.

Nahaufnahme. Handkamera. Diffuses Licht.

Ein Mann. Ende fünfzig. Hohe Stirn. Kräftige Augenbrauen. Nach unten gezogene Mundwinkel. Große Brille, ernster Blick. Kariertes Hemd, Kragen geöffnet. Darüber ein helles Sakko.

Der Mann gestikuliert stark mit den Händen. Ab und zu macht er pathetische Pausen, isst dann Brot und trinkt Rotwein aus einem großen Glas.

Klangkulisse: Ein Restaurant, im Hintergrund Gesprächsgeräusche und klapperndes Geschirr. Der Mann spricht laut und deutlich.

Stimme aus dem Off: »Oliviero Toscani. Fotograf. Geboren 1942 in Mailand. Berühmt wurde er mit Werbefotos für Benetton, mit Kampagnen, die fröhliche, kosmopolite Menschen in bunten Kleidern vor weißem Hintergrund zeigen. Hin und wieder hat er mit dieser ästhetisch heilen Welt des Konsums gebrochen und für Benetton Kampagnen gestaltet, die mit ganz anderen Bildern warben: Fotos von Aidskranken, zerfetzten Leibern aus dem Jugoslawienkrieg, nackten, ausgemergelten Mädchenkörpern. Oliviero Toscani, Sie sagen, man müsse Teil des Systems werden, wenn man es verändern wolle. Nur so könne man es von innen aushöhlen.«

Oliviero Toscani: »Yes. Zuallererst muss man das System kennen, man muss im System stecken, sonst ist man nicht imstande, es zu ändern. Okay, von außen kann man darüber nachdenken, aber man kann den Job nicht machen.«

Stimme aus dem Off: »Ist das der Grund, warum Sie in der Werbung arbeiten?«

Oliviero Toscani: »Nein, ich arbeite nicht für Werbeagenturen. Ich bin Fotograf. Und die Fotos werden als Werbung verwendet. Alles ist Werbung: Die Bibel ist Werbung, die Sixtinische Kapelle ist Werbung für eine Religion, alle Gemälde von Leonardo, alle Gemälde von Caravaggio, alle Gemälde von Michelangelo wurden für die Kirche hergestellt, um Werbung für Religion zu machen. Auch die Bilder in den Zeitungen machen Werbung – für die Macht der Politik.«

Stimme aus dem Off: »Braucht eine Revolution Werbung und gutes Marketing?«

Oliviero Toscani: »Ich benutze nicht gern die Bezeichnung ›Marketing‹. Die Bezeichnung ›Marketing‹ ist so dumm. Sie wurde für Leute erfunden, die nicht wissen, was sie tun sollen. Für die haben sie Marketing erfunden. Um es interessant zu machen. Also, Macht braucht Kommunikation. Um sich selbst einzurichten. Die Nazis hatten das Hakenkreuz. Es war Teil einer breit angelegten Kommunikationsstrategie. Designt, um die Macht der Nazis zu kommunizieren. Okay? Jede Form von Macht hat ein eigenes Kommunikationsbild und -system. Macht braucht Kommunikation, um sich einzurichten, und Kommunikation braucht Macht, um sich auszudrücken. Aber was ist Kommunikation? Alles ist Kommunikation. Ein Krieg ist Kommunikation. Leute kommunizieren über Raketen. Leute kommunizieren darüber, wie man sich umbringt und wer die meisten tötet. Und Kunst, die höchste Form von Kommunikation, leistet ihren Beitrag zum Kampf der Mächte. Wer die Macht hat, baut die größten Wolkenkratzer. Wer die Macht hat, hat die besten Künstler. Wer die Macht hat, hat die Möglichkeit, Kunst zu kaufen. So ist es: Wo Geld ist, ist auch Kunst, Schönheit und Macht. So einfach ist das.«

Stimme aus dem Off: »Der deutsche Philosoph Theodor W. Adorno hat gesagt: ›Es gibt kein richtiges Leben im falschen.‹ Viele Menschen glauben, dass unser System falsch ist, ungerecht und zerstörerisch. Trotzdem geht fast jeder weiter seinem Job nach und versucht, das Beste draus zu machen. Gibt es so etwas wie ein richtiges Leben im falschen?«

Oliviero Toscani (fast wütend): »Natürlich ist das möglich. Michelangelo glaubte nicht an Gott, malte aber die besten Madonnen. Caravaggio war Sodomist, grausamer und hinterhältiger Mörder. Aber er malte die besten Jungfrauen. Weil er Künstler war und die Macht der Macht umwandeln konnte. Also, Adorno ist für Manches okay, aber nicht für alles.«

Toscani lacht und schaut danach wieder grimmig in die Kamera.

Blende.

Abendverkehr, trotz Citymaut sind die Straßen verstopft. Jan sitzt in einem Taxi, das wie alle Londoner Taxis viel komfortabler aussieht, als es ist. Der Taxifahrer braucht Zeit, um den Club zu finden, den Angélique vorgeschlagen hat.

»Wir müssen einen Umweg fahren«, ruft er, »da vorne ist gesperrt.«

»Kein Problem.« Jan ist früh dran. »Was ist das eigentlich für ein Viertel?«, fragt er den Fahrer.

»Tottenham? Früher ein Arbeiterquartier. Jetzt sind hier viele Ausländer.« Der Taxifahrer kommt aus Pakistan und lebt selbst in der Gegend. Jan schaut wieder auf die Straße. Die übliche Mischung. Topshop und H & M, Elektrofachgeschäfte, ein Diesel Store, dazwischen Kioske, Telefonläden, einige Restaurants, hauptsächlich indisch und chinesisch.

»Ist eine raue Ecke hier, oder?«, fragt Jan.

Der Taxifahrer weist mit dem Kopf in Richtung einer Gruppe von fünfzehn, zwanzig Jugendlichen, die an einer Kreuzung stehen. »Null Zukunft.«

Jan betrachtet die Kids. Trainingsanzüge, Turnschuhe, Hoodies. Handy in der Hand, einige tragen einen Rucksack. Das ist die Zielgruppe des Urban Force, denkt er, Kids, die nichts haben und nie etwas haben werden – außer ein paar Konsumträumen.

»Die gehen zur Polizeiwache. Heute ist ne Demonstration«, sagt der Fahrer.

»Worum geht's?«

»Vor einer Woche hat die Polizei nen Typen erschossen. War hier aus der Gegend.«

Jan schaut wieder aus dem Fenster. Er mag diese Art von Viertel, hier entstehen die neuen Trends, da, wo begrenzte

Mittel erfinderisch machen und gleichzeitig die Statussymbole eines besseren Lebens verehrt werden.

»Was hatte der Mann denn verbrochen?«, fragt Jan.

Der Taxifahrer zuckt mit den Schultern. »War zur falschen Zeit am falschen Ort. Und schwarz.«

Am 4. August 2011 wurde der 29-jährige Mark Duggan von Polizisten erschossen. Der Polizei war er als Gangmitglied bekannt, zudem wurde er verdächtigt, als Drogendealer tätig zu sein. Zum tödlichen Schusswaffengebrauch kam es bei dem Versuch, ihn zu verhaften. Zu ihrer Verteidigung gaben die Polizisten an, dass Duggan mit einer Pistole bewaffnet gewesen sei. Der genaue Tathergang konnte nicht rekonstruiert werden.

Der Fahrer biegt in eine Seitenstraße ein. »So, da sind wir.«

Jan schaut auf die Uhr. Halb sieben. Wie immer ist er eine halbe Stunde zu früh – er will sich nicht vom Ort überraschen lassen. Ein Date ist schließlich nichts anderes als eine Produktpräsentation.

Das Q-Lane ist ein Geheimtipp, meint jedenfalls Angélique. Angeblich treffen sich hier viele Künstler. Jan schaut sich um. Vorne die Bar, dahinter das Restaurant. Ein paar alte, gemütliche Sessel. Die Tische und Stühle sind wild zusammengewürfelt, kein Möbel gibt es zweimal. Alles etwas abgeschrabbelt. »Typisches Hipster-Ding«, murmelt Jan vor sich hin. »New York, Berlin, London, alles gleich.«

Nach einem schnellen Bier am Tresen geht Jan wieder raus. Umgebung auschecken. Er schlendert zur Polizeistation, Gruppen von Jugendlichen stehen an den Straßenecken herum. Jan hat sich einen Beobachterblick angewöhnt. In jeder Stadt, manchmal sogar in einem einzelnen Stadtteil, entwickeln Jugendliche ganz eigene Codes. Meistens wird er bei seinen Streifzügen schräg angeschaut, aber hier scheinen die Kids sich auf etwas anderes zu konzentrieren. Die meisten fummeln an ihren Smartphones rum. Mit dem Handy posen ist wohl ein lokaler Mikrotrend, denkt Jan. Distinktion der Deprivierten.

Als Jan um kurz nach sieben wieder das Q-Lane betritt, steht Angélique schon am Tresen. Er bleibt einen Moment in der Tür stehen, um sie erst mal aus der Distanz zu betrachten.

1,70 groß, gute Figur, schmal, mittelgroße Brüste. Sie trägt eine schwarze Bluse, fließender Stoff, tiefer Ausschnitt, Stickereien. Die dünne, weite Hose sitzt auf den Hüften, bei jeder Bewegung blitzt ihr Bauchnabel hervor. Dazu offene Schuhe mit breiten goldenen Riemen und nicht zu hohen Absätzen.

Inzwischen hat sie ihn bemerkt. Sie hebt ihr Glas Martini zum Gruß und legt den Kopf leicht zur Seite. Mehrere große, goldene Kreolen stoßen unter ihren schwarzen, langen Haaren klirrend aneinander.

Jan geht langsam auf sie zu. »Hallo«, sagt er leise, »ich bin Jan.«

»Ach, ich dachte, du bist Roy Debord? Oder ist das nur dein Online-Pseudonym.«

Jan versucht, lässig zu wirken. »Und, wie heißt du?«

»Angélique natürlich, wie denn sonst?«

Scheiße, denkt Jan. Ich hätte nicht sofort mit meinem echten Namen rausplatzen sollen. Sie schaut gelangweilt an Jan vorbei. Er kuckt für einen Moment auf den Boden.

»Und, gut angekommen in London?«, fragt Angélique. »Einen erfolgreichen Tag gehabt?«

Jan bestellt sich ein Bier und erzählt von der Präsentation.

»Wow, Schwarz und Gold.« Jan meint, einen ironischen Unterton herauszuhören. »Ich wusste gar nicht, dass du in der Werbung arbeitest. Ich hab gedacht, du bist Künstler oder Grafiker.«

»Wie kommst du denn darauf?«

»Du hast doch dein Profil so angelegt, oder?«

In seinem Online-Profil steht unter Beruf »Kreativer«, und das kann man so oder so verstehen. »Na ja, letztlich sind doch auch Werber Künstler. Schließlich erschaffen wir ja künstliche Welten?« Er lacht gezwungen, Angélique zieht eine Augenbraue hoch. »Außerdem ist Lügen so eine Art Berufskrankheit.«

»Wie meinst du das?«

»Na ja, Lügen ist vielleicht übertrieben.«

Edward Bernays (1891-1995), Erfinder des Begriffs »PR«. Als Neffe von Sigmund Freud vertraut mit psychologischen Mechanismen. In seinem 1928 erschienenen Buch *Propaganda* ersetzte er den umstrittenen Begriff durch eine neue Bezeichnung: »Public Relations«, kurz: PR. Das erste Kapitel, »Die Ordnung des Chaos«, eröffnet Bernays mit der Feststellung, dass »die bewusste und zielgerichtete Manipulation der Verhaltensweisen und Einstellungen der Massen […] ein wesentlicher Bestandteil demokratischer Gesellschaften« sei. »Organisationen, die im Verborgenen arbeiten, lenken die gesellschaftlichen Abläufe. Sie sind die eigentlichen Regierungen in unserem Land.« Er schließt mit der Erkenntnis, dass Propaganda »niemals sterben« werde. Aber sie werde sich wandeln. »Wenn die Menschen der alten Methoden überdrüssig werden, mit denen man sie von einem Produkt oder einer Idee überzeugen wollte, dann werden ihre Führer die Botschaft subtiler verpacken müssen.«

Angélique kuckt immer noch gelangweilt. »Was soll dein Pseudonym eigentlich bedeuten?«

»Na ja, das setzt sich aus zwei Namen zusammen.« Jan hat in einer Ausstellung mal Kombinationen von Künstlernamen mit denen von Popstars gesehen. »Tyra Banksy«, »Beasty Beuys« und »Kahlo Santana«. Und irgendwie fand er die Idee ziemlich gut. Beinahe hätte er einfach »Beasty

Beuys« übernommen, aber dann wollte er doch was Eigenes erfinden. »Roy steht für Roy Lichtenstein, Debord für Guy Debord.«

Angélique reagiert nicht.

»Ich wollte mal Künstler werden«, fährt Jan fort. »Mein Vorbild war Beuys. Aber jetzt bin ich Werber. Deshalb passt Lichtenstein besser. Pop Art ist ja so ne Mischung aus Kunst und Werbung. Und Debord, das ist das Gegenteil. Das ist so ein linker Theoretiker. Gegen Konsum, voll antikommerziell. Ziemlich cool.«

Guy Debord (1931-1994), französischer Philosoph, Kapitalismuskritiker und Revolutionär. 1957 Mitbegründer und bis zu ihrer Selbstauflösung 1972 intellektueller Kopf der Situationistischen Internationalen (S.I.). Debord beschrieb als Erster das sogenannte *détournement* (dt.: Zweckentfremdung), die Praxis, Äußerungen des kapitalistischen Systems gegen dieses selbst zu wenden. Als mögliche Beispiele werden von der S.I. genannt: »Experimentieren mit der Zweckentfremdung von Foto-Romanen und sogenannten Pornos [...], indem wir wieder echte Dialoge herstellen.« Oder: »Einführung des Guerillakrieges in den Massenmedien.« »Bahnbrechend« auf diesem Gebiet seien die Argentinier gewesen, »die die Steuerungsstelle von Leuchtreklame-Nachrichten gestürmt und ihre eigenen Anweisungen und Parolen bekanntgemacht haben.« Allerdings wurde das *détournement* selbst wieder Gegenstand der kapitalistischen Aneignung, die Versatzstücke revolutionären Handelns wurden in konsumierbare Waren übersetzt. Diese dystopische Wendung der eigenen Praxis nannte die S.I. *récupération* (dt.: Wiederaneignung): »Alles, was auf der Grundlage des Elends konstruiert wird, wird immer wieder durch das umgebende Elend rekuperiert und nützt den Garanten des Elends.« Debords Hauptwerk ist *Die Gesellschaft des Spektakels* von 1967.

»Und, zufrieden damit?«, fragt Angélique.

»Mit dem Pseudonym? Na klar, so bin ich halt. Oder so wäre ich halt gerne. Egal. Es passt zu mir.«

»Nein. Ich meine dein Leben als Werber.«

Jan ist irritiert. Die meisten Frauen bewundern ihn, wenn er von seinem Job spricht. Werbung ist cool. Sobald er ein bisschen was von seinen Trendrecherchen in den globalen In-Vierteln raushängen lässt, von Fotoshootings in Kapstadt, Rio und New York erzählt, schmeißen sie sich sofort an ihn ran. Besonders anstrengen muss er sich nie. Und wenn er das Ganze noch mit einem Schuss Kapitalismuskritik würzt, kommt das auch total gut an. Von wegen Selbstreflexion und so. Er schüttelt den Kopf.

»Also unzufrieden?«, fragt Angélique.

»Was heißt schon zufrieden. Ich verdiene ganz ordentlich, der Job macht Spaß. Coole Leute, coole Locations, coole Aktionen. So einen Sneaker zu entwickeln, das ist Fun, aber am Ende ist es halt nur ein Turnschuh. Die Menschheit bringt es nicht unbedingt weiter, du weißt schon, was ich meine, oder?«

Jan lässt seinen Blick durch die Bar schweifen. Der Abend wird nichts, denkt er, die Frau ist viel zu kompliziert. Vielleicht auch zu intelligent für mich.

Angélique lehnt sich über die Bar und bestellt noch einen Martini. Er kann ihr von der Seite in den Ausschnitt kucken, sieht ihre Brüste, betrachtet ihre langen Haare, lässt seinen Blick ihren Rücken hinuntergleiten. Ihre Bluse ist hochgerutscht. Unter dem dünnen Stoff ihrer Hose zeichnet sich ein Tanga ab.

Jan erzählt von Street-Art-Leuten, mit denen er zusammenarbeitet, redet einfach drauflos, Hauptsache er bekommt das Heft wieder in die Hand. Beim Sprechen macht er weit ausholende Gesten und berührt sie dabei wie aus Versehen, mal am Oberarm, mal am Oberschenkel. Sie weicht nicht zurück, im Gegenteil. Sie sprechen über Kunst und über Werbung, sie hört interessiert zu, und Jan wird wieder selbstsicherer. Er legt seine Hand auf ihren Rücken und lässt sie langsam ein Stück nach unten gleiten. Sie legt den Kopf leicht in den Nacken. Jan schaut ihr in die Augen, sie erwidert seinen Blick. Jans Hand liegt jetzt auf ihrer Hüfte. Doch kein verlorener Abend.

Plötzlich kracht ein Stein durch die Scheibe, Glassplitter fliegen durch den Raum.

Aufgeregte Schreie.

Ein zweiter Stein.

Jan und Angélique ducken sich hinter einen Tisch.

»Raus hier«, zischt sie und zieht ihn zum Ausgang.

Am Nachmittag des 6. August versammeln sich etwa 300 Menschen vor der Polizeistation in Tottenham. Sie fordern Gerechtigkeit für Mark Duggan und seine Familie. Daraufhin wird die High Road abgesperrt. Der Protest verläuft zunächst friedlich, aber gegen Abend eskaliert die Demonstration. Einige Jugendliche werfen Molotowcocktails auf zwei Polizeifahrzeuge, dann werden Busse und Autos umgeschmissen. Geschäfte werden gestürmt, es kommt zu Plünderungen. Am Ende stehen mehrere Gebäude in Flammen. Nach fünf Tagen endet der Aufruhr. Die Bilanz: 5 Tote, mehr als 16 verletzte Zivilisten, 186 verletzte Polizisten, 250 Millionen Euro Sachschaden.

Jan und Angélique laufen die High Road entlang. Aus einer Seitenstraße kommen ihnen Menschen mit Einkaufswagen entgegen, die gefüllt sind mit Stereoanlagen, Fernsehern und Turnschuhkartons. Jan nimmt Angélique an der Hand, zieht sie in die nächste Seitenstraße hinein. Nach ein paar hundert Metern stehen sie vor einem Einkaufszentrum. Die Schaufenster des JD-Sports-Ladens sind eingeschlagen. Jugendliche wühlen in den Regalen, nehmen alles mit, was sie tragen können. Eine Frau mit weißer Kapuze über dem Kopf läuft an ihnen vorbei. Sie schiebt einen Einkaufswagen mit zwei Flachbildfernsehern vor sich her. Wahrscheinlich aus dem Comet-Laden nebenan. Sie reckt die Faust zum Himmel und johlt.

Weit und breit ist keine Polizei in Sicht. Schaulustige stehen herum, filmen alles mit ihren Handys.

»Wir müssen hier weg!«, ruft Jan.

»Weg?«, lacht Angélique. »Du bist doch der Trendforscher?« Sie schaut auf ihr Blackberry. »Gleich geht es richtig los. Aber nicht nur hier.« Sie packt Jan an der Hand. »Komm!«

Sie laufen zur nächsten Bushaltestelle, ein Bus der Linie 41 kommt gerade um die Ecke. »Den nehmen wir!«, ruft Angélique. Sie fahren die West Green Road runter, an der U-Bahn-Station Turnpike Lane springt Angélique vom Sitz auf. Draußen weist sie Richtung Norden. »Da ist noch ein Shoppingcenter. Wood Green. Vielleicht gibt's da ja auch für dich was zu holen.«

Jan schaut sie fragend an, aber Angélique rennt einfach los. Nach wenigen hundert Metern bleibt sie stehen. Jan ist völlig außer Atem. Vor einer Ladenzeile hat sich eine Menschentraube gebildet.

»Endlich«, ruft Angélique. »Da.« Die ersten Steine fliegen, dann Molotowcocktails, Sekunden später schlagen Flammen aus den oberen Stockwerken des Einkaufscenters. »Die Klamotten brennen gut. Scheiß Polyacryl.«

Jan schüttelt den Kopf. »Komm, weg hier.«

»Nein.« Angélique hält ihn fest. »Wir bleiben. Der Spaß geht doch gerade erst los!« Sie lacht Jan an. »Hey, das ist doch der Wahnsinn. Deine Werbung wird Wirklichkeit, bevor du sie gemacht hast. Die holen sich das, was du ihnen versprochen hast. Oder wer auch immer. Ich sag nur: ›Just do it.‹ Oder: ›It's Our Time.‹ Und jetzt machen sie das halt. Sie holen sich das Zeug, von dem sie träumen.«

Eine Gruppe Jugendlicher stürmt den nächsten Laden. Sie schlagen mit Holzlatten die Schaufensterscheiben ein, dann rennen sie mit ihrer Beute wieder auf die Straße. Ein anderer Trupp schleppt Benzinkanister herbei, auf der gegenüberliegenden Straßenseite werden Autos umgeworfen und zu Barrikaden zusammengeschoben. Einige der Jugendlichen haben sich vermummt, andere geben sich keine Mühe, ihre Gesichter zu verbergen. Ein paar Leute reißen die Überwachungsanlagen von den Wänden oder schlagen die Kugelaugen der an der Decke montierten Videokameras ein, während andere das Ganze mit ihren Handys filmen. Angélique hat immer noch ihr Mobiltelefon in der Hand und schreibt SMS.

Die **Blackberry-Technologie** spielte bei den Londoner Unruhen vom August 2011 eine entscheidende Rolle. Die Plünderer verbreiteten Zeit und Ort der nächsten Plünderungen und informierten einander über die Aktivitäten der Polizei. Die Polizei wiederum nutzte die von den Telefonen übermittelten Daten, um die Randalierer zu orten. Blackberrys sind auf dem britischen Markt, besonders unter Jugendlichen, weitverbreitet.
Die über Blackberry-Geräte gesendeten Daten sind vor unberechtigten Zugriffen geschützt. Sie werden gemäß Advanced Encryption Standard (AES) oder Triple Data Encryption Standard (Triple DES) verschlüsselt. Dazu wird ein Code verwendet, der nur auf dem Smartphone des Nutzers und in seiner Mailbox gespeichert ist und vom Nutzer selbst neu generiert werden kann. Dann werden sie an einen der Firmenserver des Herstellers Research In Motion übermittelt, von wo sie an den Empfänger übertragen werden. Das Unternehmen verspricht auf seiner Webseite: »Die Daten bleiben während der Übertragung verschlüsselt und werden niemals außerhalb der Unternehmensfirewall entschlüsselt.« Diese hohen Sicherheitsstandards sind ein Alleinstellungsmerkmal von Blackberry-Smartphones. Sie werden deshalb auch von vielen Unternehmen und Behörden eingesetzt.

»Komm, lass uns jetzt gehen«, sagt Jan, bleibt aber wie gebannt stehen. Direkt vor ihm wird ein Getränkekiosk gestürmt. »Schau dir das an, die sind doch total durchgedreht.«

»Durchgedreht? Das macht Spaß! Noch nie probiert?« Angélique überquert die Straße. Einige Jugendliche haben mit Stemmeisen das Kopfsteinpflaster aufgerissen. Sie nimmt zwei Steine und geht zurück zu Jan.

»Und, hast du keine Eier in der Hose? Komm, trau dich.«

Jan nimmt ihr einen Stein aus der Hand und schaut sich um. Kein Polizist in der Nähe, nur eine Horde Jugendlicher, keiner kennt ihn. Er schaut an sich hinab. Er trägt immer noch den weißen Trainingsanzug und die weißen Turnschuhe. Er sieht aus wie einer von denen.

»Komm.« Jan zieht Angélique die Straße entlang, in der Hand hält er immer noch den Pflasterstein. Vor einer H&M-Filiale bleiben die beiden stehen. Im Schaufenster hängt die aktuelle Plakatserie, nichtssagende Mädchen in leichten Sommerkleidchen, weißer Sand, türkisblaues Meer, alles etwas zu hell fotografiert, damit es entrückt aussieht. Für H&M hat Jans Firma auch mal ein Anzeigenmotiv entwickelt, den Pitch hat dann aber eine andere Agentur gewonnen.

Er schaut sich noch mal um, wiegt den Stein in der Hand, fünfhundert, vielleicht sechshundert Gramm. Angélique steht ein paar Meter hinter ihm. Sie ruft ihm etwas zu, was er aber nicht versteht. In seinem Kopf ist ein Rauschen, ein Dröhnen. Die Bilder seiner Urban-Force-Kampagne rasen vor seinen Augen. Er sieht die Umgebung nur noch in pixeligen Schwarz-Weiß-Bildern, der gleiche Überwachungskamera-Style wie in seinem Teaserfilm. Er hört sein Herz klopfen. Wie in Trance geht er auf den Laden zu. Hinter ihm brennt es. Einige der Leute haben sich um ihn versammelt. »Go! Go! Go!«, erschallt es aus der Menge. Jan schaut sich noch mal zu Angélique um. Dann nimmt er Anlauf und schleudert den Stein mit voller Wucht in das Schaufenster. Klirrend zerbricht das Glas. Das auf eine Aluminiumplatte aufgezogene Plakat fällt zu Boden und wirft eine Schaufensterpuppe um, die vornüber auf die Straße kippt. Die Alarmanlage geht los.

Vom Lärm angezogen, strömen aus den umliegenden Geschäften weitere Menschen vor den H&M. Jetzt fliegen von mehreren Seiten Steine gegen die Fensterscheiben, die Gruppe johlt, Angélique umschlingt Jan von hinten, er spürt ihren Atem und die Wärme ihres Körpers. Er nimmt ihr den zweiten Stein aus der Hand. Der ist dafür, dass eure Kampagne so langweilig ist, denkt er, als die nächste Scheibe zerschellt.

»Los geht's«, schreit einer aus der Gruppe um sie herum, und Jan wird mit der ganzen Traube in den Laden hineingezogen. Angélique ist neben ihm, zieht ihn mit sich. »Komm, lauf«, schreit sie, während sie Kleiderständer umschmeißt.

Fünf Minuten später sind sie wieder auf der Straße, die Klamotten, die Jan aus den Regalen gerissen hat, wirft er in ein Feuer. Angélique nimmt ihn wieder an der Hand. »Komm, jetzt müssen wir abhauen«, flüstert sie ihm ins Ohr. Die beiden rennen in eine Seitenstraße. Als Jan sich umdreht, sieht er, wie drei Polizeiwagen vor der H&M-Filiale halten und die Polizisten mit Schlagstöcken auf die Randalierer einschlagen.

Jan und Angélique rennen, bis sie in einen kleinen Park kommen. Erschöpft bleiben sie stehen. Angélique zieht Jan hinter einen Busch, drückt ihn gegen eine Mauer. Er spürt ihren schnellen, heißen Atem auf seiner Haut und drückt sie an sich. Der Schweiß steht ihm auf der Stirn.

»Und?«, fragt sie, immer noch außer Atem. Bevor Jan antworten kann, reißt sie ihm die Trainingshose runter. Er spürt die rauen Backsteine auf seiner Haut. »Komm, nimm mich«, flüstert sie ihm ins Ohr.

Sie nimmt seinen Schwanz, drückt Jan mit dem anderen

Arm noch fester gegen die Wand. Dann zieht sie ihre Hose aus, winkelt das rechte Bein leicht an, schiebt das Becken vor und lässt seinen Schwanz in sich reingleiten. Erst kreist sie langsam mit den Hüften, dann stößt sie sie ruckartig nach vorne. Jan stöhnt, sein ganzer Körper zittert.

Sie gleiten zu Boden, Jan auf den Rücken, Angélique sitzt auf ihm.

Kaum fängt Jan wieder an zu stöhnen, umgreift Angélique mit einer Hand seinen Schwanz und drückt fest zu. Jan zuckt vor Schmerz zusammen, die Erregung verfliegt für einen Moment. Er saugt ihren Geruch ein, eine Mischung aus Angstschweiß, Lust und Barrikadenfeuer. Ihre Bewegungen werden weniger stoßartig, fließender. Zärtlich beugt sie sich über ihn. Nachdem er gekommen ist, schließt er erschöpft die Augen.

Als Jan wieder aufwacht, sitzt Angélique im Schneidersitz neben ihm und tippt etwas in ihr Blackberry. Er weiß nicht, wie lange er geschlafen hat, zehn Minuten, eine halbe Stunde, vielleicht auch länger.

»Warum checkst du eigentlich dauernd dein Telefon?«, fragt Jan.

»Damit ich weiß, wo die Polizei gerade ist. Und jetzt ist sie nicht mehr hier«, antwortet sie. »Wir sollten dir mal andere Klamotten besorgen, du fällst sonst auf im Hotel. Wer weiß, was das dann für ein Nachspiel hat.«

Jan betrachtet seinen Trainingsanzug. Dreck, Blutflecken. Die Hose ist an den Knien zerfetzt, ein Ärmel ist aufgerissen. Außerdem stinkt er nach verbranntem Kunststoff.

»Und wo kriegen wir jetzt neue Klamotten her?«

»Aus dem H&M natürlich.«

In den Läden treiben sich immer noch einige Leute herum. Auf dem Fußboden überall Scherben, umgeworfene Aufsteller, Verpackungsmaterial.

»Scheiße!«, brüllt Jan. »Damit verdiene ich eigentlich mein Geld.« Er tritt eine noch heile Scheibe ein, dann sucht er sich aus den herumliegenden Sachen eine Jeans und einen Sommermantel heraus und stopft sie in eine Plastiktüte. Nach zehn Minuten sind die beiden wieder draußen.

»Kommst du noch mit ins Hotel?«, fragt Jan.

»Nein. Ich muss weiter«, sagt Angélique. Sie legt ihm eine Hand in den Nacken, zieht ihn dicht zu sich heran, küsst ihn. »Mach was aus deinem Leben. Damit es einen Sinn hat«, flüstert sie ihm ins Ohr. Dann winkt sie ein vorbeifahrendes Taxi heran. »Wir sehen uns wieder«, sagt Angélique, während sie in den Wagen steigt. »Versprochen.«

Jan schaut dem Wagen lange nach. Dann dreht er sich nach allen Seiten um, läuft in eine kleine Sackgasse und wechselt die Kleidung. Den Trainingsanzug stopft er in einen Müllcontainer.

Als Jan am nächsten Morgen aufwacht, überlegt er, ob er alles nur geträumt hat oder ob er die Nacht zuvor wirklich als Teil des Mobs durch die Stadt gezogen ist und in dem kleinen Park mit Angélique gefickt hat. Sein Schwanz tut weh. Trotzdem kriegt er sofort einen Steifen. Er geht unter die Dusche, lässt warmes Wasser über seinen zerkratzten Oberkörper laufen und holt sich einen runter.

Das Frühstück lässt Jan ausfallen. Der Flieger nach Hamburg geht zwar erst um 10.50 Uhr, aber er macht sich schon früh auf den Weg. Er will noch mal um den Block laufen und in Ruhe über den vergangenen Tag nachdenken.

Beim Auschecken schaut er in die Tageszeitungen, überall Fotos von den Unruhen. Auf einem Fernsehbildschirm laufen die Morgennachrichten. Jan erschrickt, als er sich selbst auf dem Monitor erkennt. Die Aufnahmen stammen von einer Überwachungskamera und sind nicht besonders scharf.

Der Portier kuckt ihn gelangweilt an.

Bei der Suche nach den Tätern nutzte die Londoner Polizei das dichte Netz von über 8000 Überwachungskameras. Die Aufnahmen wurden ausgewertet und Bilder von den Tätern im Flickr-Stream der Polizei gepostet – dazu der Aufruf, sich bei der Polizei zu melden, sollte man eine Person identifizieren. Zusätzlich wurde Gesichtserkennungssoftware eingesetzt, um die Bilder mit auf Facebook oder Tumblr geposteten Fotos abzugleichen. David Cameron (geboren 1966), britischer Premierminister, Angehöriger der Conservative Party, erklärte dazu am 10. August: »Bild für Bild werden diese Kriminellen identifiziert und verhaftet, und wir werden uns bei der Veröffentlichung dieser Bilder und der Verhaftung dieser Individuen nicht von irgendwelchen fehlgeleiteten Bedenken in Sachen Menschenrechte behindern lassen.«

Kaum aus dem Hotel, geht Jan zum nächsten Kiosk und kauft sich alle Zeitungen, die er bekommen kann. Kein Bild von ihm. Abgesehen davon ist er in keiner englischen Polizeidatei gespeichert und passt auch nicht ins Suchprofil. Trotzdem ist er nervös, als er am Flughafen ankommt. Aber weder bei der Passkontrolle noch am Security Check gibt es Probleme.

Jan ist erleichtert, als er endlich im bequemen Sessel der Business Class sitzt. Er lässt sich zwei Tassen schwarzen Kaffee bringen. Sein Sitznachbar erzählt empört von den Unruhen des Vorabends, schimpft über die Verwahrlosung der Beteiligten, die er als Unterklasse bezeichnet. »Ich hoffe, dass Cameron richtig durchgreift. Zum Glück ist Labour nicht mehr an der Regierung.« Jan dreht den Kopf zum Fenster, aber der Typ redet weiter auf ihn ein. »Wer weiß, wohin das noch führt. Das kann ja ein Flächenbrand werden in Europa, überall Aufstände, da muss man kurzen Prozess machen. Frankreich, Spanien, Griechenland, da brodelt es überall.«

»Ja, ich lese auch Zeitung«, sagt Jan. »Aber ich hatte gestern einen harten Tag. Und alles, was ich jetzt brauche, ist etwas Ruhe. Okay?«

Sein Nachbar entschuldigt sich und vertieft sich wieder in seine Zeitung. Jan kuckt aus dem Fenster. Nichts als Wolken. Und plötzlich wird ihm klar, warum er sich nicht wohlfühlt. Was ihm an der Sache gestern Abend Sorgen bereitet. Nicht die Überwachungsvideos. Auch nicht, dass er wieder mal seine Frau betrogen hat. Was Jan zu denken gibt, ist etwas ganz anderes. Er hat sich noch nie so frei gefühlt wie im Mob. Er war total high, obwohl er keine Drogen genommen hatte. Im absoluten Rausch, total entfesselt. Er war er selbst. Und das hatte er bislang noch nicht gekannt.

Die Müdigkeit übermannt ihn, und er findet sich in einem wirren Traum wieder. Er ist Held einer Straßenschlacht, fährt mit einem Porsche durch Tottenham und schmeißt Schaufensterscheiben ein, hat in einer brennenden Shoppingmall Sex mit Angélique und sprengt am Ende sein eigenes Haus in die Luft.

»Hey, wir sind gelandet.« Sein Nachbar tippt ihm auf die Schulter.

Der Rausch ist vorbei.

Er ist zurück in Hamburg.

Zurück in der Realität.

Nahaufnahme. Handkamera. Licht von rechts.

Ein Mann, Mitte fünfzig, sonnengebräuntes Gesicht, Brille. Kinnlanges dünnes Haar. Einige Falten. Polohemd von Lacoste.

Der Mann spricht laut und deutlich und wirkt sehr entspannt. Zuweilen huscht ein Lächeln über sein Gesicht.
Keine Nebengeräusche.
Stimme aus dem Off: »Harald Welzer. Sozialpsychologe. Geboren 1958 in der Nähe von Hannover. Neben seiner wissenschaftlichen Arbeit leitet er die Stiftung Futurzwei. Harald Welzer, gilt das vielzitierte Adorno-Zitat, nach dem kein richtiges Leben im falschen möglich sei, heute noch?«
Harald Welzer: »Das galt ja schon damals nicht. Nur weil Adorno das gesagt hat, ist es ja noch nicht richtig. Ich glaube nicht, dass Gesellschaft so funktioniert. Ich glaube, dass es natürlich falsche gesellschaftliche Entwicklungen gibt. Die sind aber nicht total. Das heißt: In jeder Form von gesellschaftlicher Entwicklung gibt es auch Nischen, soziale Zusammenhänge, in denen Richtiges gemacht wird, obwohl das Ganze falsch ist.«
Stimme aus dem Off: »Viele Menschen glauben, dass wir heute im falschen System leben. Kann man den Kapitalismus mit seinen eigenen Mitteln überwinden?«
Harald Welzer: »Nee, aber der Kapitalismus ist ja nicht identisch mit der Gesellschaft. Ich denke, dass die Gesellschaft, wie wir sie haben, einen sehr hohen zivilisatorischen Standard repräsentiert, weil es eine freie und demokratische Gesellschaft ist. Die Frage, die sich mir eher stellt, ist: Lassen sich im Kapitalismus Demokratie und Freiheit aufrechterhalten? Da würde ich sagen: mittelfristig nicht. Und der Kapitalismus selber ist nicht reformfähig, weil er in so extrem hohem

Maße adaptierungsfähig ist. Er inkorporiert ja alles, eben auch jede Gegenbewegung. Deswegen kann er sich nur durch Selbstzerstörung abschaffen, nicht durch Reformen.«

Stimme aus dem Off: »Aber was ist dann zu tun? Sie agieren ja auch in diesem System.«

Harald Welzer: »Ja, natürlich. Ich bin ja auch nicht der Auffassung, dass es sinnvoll wäre, einen radikalen Systemwechsel herbeizuführen. Ich würde so argumentieren, dass ich innerhalb des Systems, was ich von seiner politischen Verfasstheit her ja für emanzipativ und ausbaufähig halte, operieren und, weil ich Wirtschaft und Gesellschaft für nicht identisch halte, auf der gesellschaftlichen Ebene versuchen würde, ein anderes Wirtschaftssystem zu etablieren.«

Stimme aus dem Off: »Das liegt aber noch in weiter Ferne. Und die angeblich freie Gesellschaft, in der wir leben, produziert im globalen Kontext große Unfreiheit.«

Harald Welzer: »Wenn ich davon spreche, dass wir eine freie und demokratische Gesellschaft sind, dann bezieht sich das auf die Verfasstheit dieser Gesellschaft, nicht auf den empirischen Zustand. Das ist wichtig festzuhalten. Das Problem, das wir haben – und viel mehr noch als zu Adornos Zeiten –, ist, dass wir weniger Freiheitsverluste dadurch haben, dass sie uns oktroyiert werden, als dass wir freiwillig auf Freiheit verzichten. Das scheint mir das Kennzeichen zu sein. Dieser Freiheitsverzicht ist wiederum eng verwoben mit den Mechanismen, Kommunikations- und Realisierungsformen innerhalb einer kapitalistischen Gesellschaft und innerhalb ihrer kommunikativen Oberfläche. Ich denke, dass heute weit mehr auf Freiheit verzichtet wird, freiwillig, als das jemals in der Geschichte der Fall gewesen ist.«

Stimme aus dem Off: »Den Wunsch nach Freiheit und gesellschaftlichem Wandel greift auch das Marketing auf, um für Konsumartikel zu werben. Mit Slogans wie ›Just do it‹ und ›Revolution‹ wird für Turnschuhe geworben. Ist das ein Widerspruch in sich oder innerhalb des Systems logisch?«

Harald Welzer: »Das ist die Systemlogik! Man kann natürlich jede Form von Protest inkorporieren. Vielleicht nicht jede, aber das Allermeiste kann man inkorporieren. Der Zustand, in dem wir uns befinden, ist postideologisch. Der Kapitalismus braucht gar nicht mehr ideologisch zu sein, weil er alles darüber löst, dass er es warenförmig macht, so auch den Protest. Deshalb hat dieser Kapitalismus in diesem Sinne auch keine Feinde mehr. Wenn er noch etwas hat, dann sind es vielleicht Personengruppen, die noch nicht hinreichend zu Käufern geworden sind. Das ist aber was anderes als Gegner.«

Stimme aus dem Off: »Kann ein zum Konsumprodukt gewordener Protest zur gesellschaftlichen Veränderung beitragen?«

Harald Welzer: »Das verhindert er eher. Protest muss – und das ist das Wesen jeder politischen Bewegung gewesen – sich anderer Mittel bedienen als derer, die man gekannt hat.«

Stimme aus dem Off: »Aber wäre es nicht heute das Subversivste, als Protestbewegung selber ökonomisch erfolgreich zu sein? Nicht mehr dagegen zu sein, sondern dafür?«

Harald Welzer: »Wieso? Was ist daran subversiv?«
Stimme aus dem Off: »Alle anderen Formen des Dagegenseins werden doch eh inkorporiert. Oder andersherum gefragt: Was ist heute Subversion?«
Harald Welzer: »Das ist halt die interessante Frage. Also ich hab keine Ahnung, was es sein kann. Ich hätte höchstens ein paar Rezepte dafür, wie man kleine Perforierungen macht in die scheinbare Hermetik eines Systems. Viel mehr kann es im Augenblick vielleicht auch nicht sein.«
Stimme aus dem Off: »Und, was ist dann das richtige Leben im falschen? Oder wenigstens das ›richtigere‹ «?
Harald Welzer: »Na ja, das richtigere Leben im falschen ist genau das Anti-Adorno-Programm: Sich nicht wegen einer womöglich zutreffenden Analyse in seinen eigenen Handlungsmöglichkeiten zu beschränken. Das ist das große Problem, das ja auch die post-adornosche Linke gehabt hat, die sich dann auf eine alles andere als subversive Position zurückgezogen und gesagt hat, na ja, wir sind so schlau, dass wir durchschaut haben, dass das alles ein Verblendungszusammenhang ist und totale Vermachtung. Also braucht man nichts zu tun, sondern kann, keine Ahnung, Cohibas rauchen, in die Toskana fahren und Foucault lesen. Während ich nach wie vor finde, dass wir in einer so reichen Gesellschaft voller Handlungsmöglichkeiten leben, dass man jede Art von Möglichkeit hat, seinen eigenen Handlungsspielraum nicht nur zu nutzen, sondern auch zu erweitern. Wenn man zum Beispiel seinen Job aufgibt und was anderes macht, wenn man beginnt, Dinge ernst zu nehmen oder gar sich selber

ernst zu nehmen und zu sagen: Das mach ich jetzt nicht mehr weiter, ich mach jetzt was anderes. Das sind Strategien nicht des richtigen Lebens im falschen - wüsste ohnehin keiner, was das sein soll, hat auch was Totalitäres -, aber doch, sagen wir mal, eines heuristisch richtigeren Lebens im falschen. Warum nicht ausprobieren?«

Blende.

Bei der Einreise nach Deutschland gibt es keine Probleme. Jan geht zügig zum Taxistand. Eigentlich will er direkt nach Hause, aber sein Chef hat ihm eine SMS mit einem Smiley geschickt. Es gibt also was zu feiern – wenn nicht den Auftrag für den Urban Force, dann etwas anderes. Und Erfolge muss man mit den Kollegen teilen, das gilt für ihn genauso wie für alle anderen. Jan fährt also nicht nach Hause, sondern in die Agentur.

Als er das Büro betritt, klatschen die Kollegen ihn ab. Alle sind in guter Stimmung.

»Good job, Jan«, ruft sein Chef ihm gleich entgegen.

Jan hat immer noch einen dicken Kopf. Die haben ja alle Dollarzeichen in den Augen, denkt er.

»Mal herhören«, ruft der Chef, »ich habe eine gute Nachricht für euch.«

Alle sind still.

»London war ein Erfolg. Wir haben den Auftrag. Das gibt einen Bonus. Für Jan und sein ganzes Team.«

Alle klatschen. Der CEO des Sportartikelherstellers hat direkt nach der Präsentation bei der Agentur angerufen und den Auftrag erteilt. Inklusive Kampagne, versteht sich. »Und heute Morgen hat er noch mal angerufen, weil er die Unruhen in London in den Nachrichten gesehen hat. Er war total begeistert. ›Wir sind genau auf dem richtigen Weg‹, hat er gesagt. Und …« Der Chef muss ein Lachen unterdrücken, wendet sich dann an Jan. »Und er wollte wissen, ob du da mitgemacht hast. So als Test für die zukünftige Kampagne.«

Jan zuckt kurz zusammen, die anderen lachen.

»Passt jedenfalls wie die Faust aufs Auge, als wäre das genau dein Plan gewesen. Coole Sache.«

Vielleicht sollte ich das Gerücht selber streuen, denkt Jan. In der Szene schadet es meinem Image nicht, wenn ein paar Leute glauben, ich hätte mich an den Riots beteiligt. Den Ruf als erfolgreicher Trendsetter muss man sich eben hart erarbeiten.

Alle schauen Jan erwartungsvoll an. Jetzt muss er was sagen, aber ihm fällt nichts ein. Verschiedene Gedanken der letzten Stunden rauschen ihm durch den Kopf ... Urban Force ... Zeitgeist ... Sinn des Lebens ... Er will jetzt eigentlich in Ruhe nachdenken, hat keine Lust, mit der Agentur den Coup zu feiern. Angéliques Worte hallen nach. Immer noch starren der Chef und die Mitarbeiter ihn an. Da muss ich jetzt durch, denkt Jan und schaltet seinen Entertainer-Modus ein.

»Ja, Leute«, beginnt er, »der Urban Force wird das Produkt des Jahres. Er wird in aller Munde sein. Und wisst ihr warum?« Er macht eine Pause, um Spannung aufzubauen, dann brüllt er mit lauter Stimme in den Raum: »Weil wir die geilste Agentur der Welt sind! Wir sind die Besten. Einfach die Besten.«

Wieder klatschen alle, die Sekretärin verteilt Sektgläser, Jan greift sich eine Flasche, schüttelt sie und lässt den Korken laut gegen die Decke knallen. Alle stoßen an, ein paar Kollegen klopfen Jan auf die Schulter, nach einer halben Stunde löst sich die kleine Versammlung auf. Einige gehen Mittagessen, andere zurück an ihren Arbeitsplatz.

Laura, eine Praktikantin, bleibt neben Jan stehen. »Kommst du heute Abend mit zum Italiener?« Ganz schön offensiv, denkt Jan. Sie ist erst seit vier Wochen in der Agentur. Aber sie kann es sich leisten. Mitte zwanzig, 1,80, lange blonde Haare. Große Brüste. Vor ein paar Tagen hätte Jan sofort zugesagt, er hatte schon am ersten Tag ein Auge auf sie geworfen und ab und an ein bisschen mit ihr geflirtet. Aber heute hat er keine Lust.

»Eigentlich gerne, aber ich gehe erst mal nach Hause. Nach so einer Präsentation muss ich mich ausruhen.«

»Klar. Aber dann vielleicht nächste Woche?« Sie steckt ihm einen Zettel mit ihrer Handynummer zu.

»Ja, vielleicht. Ich meld mich.«

Sie verabschiedet sich mit einem Lächeln. Er schaut ihr nach, wie sie langsam, mit wiegendem Schritt, den Gang entlangschlendert.

Er geht in die andere Richtung und dann schnell die Treppe hoch zu seinem Büro. Bevor er nach Hause fährt, will er Angélique noch eine Mail schicken. Zwei Stunden sitzt er vor dem Computer, weil er nicht weiß, wie er die Mail formulieren soll. Er schreibt eine ganz kurze, löscht sie wieder, dann eine längere, ein bisschen romantischer. Aber auch die verwirft er. Schließlich entscheidet er sich für einen knappen Gruß. Und braucht wieder mehrere Anläufe. Eine Mail beginnt er mit »Hallo«, eine mit »Liebe Angélique«. Am Ende schreibt er einen Einzeiler: »Danke. War gut mit dir. Bis bald, Jan«. Er überlegt noch, ob er nicht besser »war schön mit dir« schreiben sollte, aber »schön« passt weder zu H&M noch zu dem Sex, den sie hatten.

Kaum hat er die Mail abgeschickt, kommt vom Provider eine Fehlermeldung. Permanent Error. Angéliques Adresse ist nicht erreichbar. Hat sie ihre Mail-Adresse gelöscht? Oder ist nur der Server abgestürzt? Jan checkt sein Profil auf der Kontaktbörse, er hat vier neue Nachrichten, aber nichts von Angélique. Ihr Profil ist gelöscht. Keine digitalen Spuren. Nichts. Will sie keinen Kontakt mehr zu ihm? Warum?

Er schaut auf die Uhr, schon halb vier. Er muss los, er hatte Valerie versprochen, direkt vom Flughafen nach Hause zu kommen. Er holt den dunkelblauen BMW aus der Tiefgarage. Selbst bei wenig Verkehr dauert die Fahrt vom Büro nach Hause mehr als dreißig Minuten, aber die Wohngegend ist gut und die Schulen für die Kinder auch.

Er parkt den Wagen vor dem Haus, vielleicht gehen er und Valerie abends noch aus. Er möchte mit ihr über London reden, nicht über Angélique natürlich, aber über die Riots.

Tim hat das Auto gehört und steht schon an der Tür. Kaum hat Jan seine Tasche abgestellt, fällt er ihm um den Hals.

Valerie kommt aus der Küche. Wie immer, wenn er eine Zeit lang verreist oder, wie jetzt in London, in eine andere Welt eingetaucht war, spürt er sofort die Distanz, die in den letzten Jahren zwischen ihnen entstanden ist. Eine schöne Frau, denkt Jan, ja, sie ist wirklich eine schöne Frau. Ihre Haare hat sie zu einem Knoten zusammengebunden. Hamburgerin, denkt Jan, immer kühl, immer reserviert. Sie nehmen sich in den Arm. Die Bewegung ist genauso verhalten wie der Begrüßungskuss.

»Du wolltest doch schon mittags hier sein, jetzt haben wir ohne dich gegessen.« Auch wenn Valerie versucht, möglichst nüchtern zu klingen, hört Jan einen Vorwurf heraus, vielleicht gerade wegen des neutralen Tons, vielleicht weil er ein schlechtes Gewissen hat. Nicht wegen des Mittagessens natürlich, sondern wegen London, und überhaupt. Einen Moment steht Jan noch unschlüssig herum, dann wirft er die Anzugjacke auf den Stapel mit den Kinderklamotten. »Entschuldige, ich musste noch in die Agentur.«

»Hättest ja wenigstens anrufen können.«

»Ja, klar«, sagt Jan beschwichtigend zu Valerie. »Wir haben den Auftrag«, platzt es auf einmal aus ihm heraus.

Valerie schaut ihn verständnislos an. »Welchen Auftrag?«

Jan verdreht die Augen. Will sie mich ärgern, oder hat sie wirklich vergessen, warum ich nach London geflogen bin?

»Valerie! London. Urban Force. Mein Schuh.«

»Stimmt. Hatte ich ganz vergessen. Glückwunsch. Toll.

Erzählst du mir nachher, wie es gelaufen ist? Ich muss Tim nämlich zum Fußball bringen.« Valerie schaut auf die Uhr. »Oder kannst du das schnell machen?«

»Klar.« Er holt seine Mitbringsel aus der Tasche. Den Kindern hat er englische Schokolade mitgebracht und für Valerie eine Orangenmarmelade, was es am Flughafen eben so gibt.

»Tim«, sagt Jan, »hol deine Sportsachen, ich bring dich zum Fußball.«

»Die Sportsachen musst du ihm schon einpacken, sonst kommt ihr nie pünktlich«, ruft Valerie aus der Küche.

»Okay, aber ich zieh mich noch um, geht ganz schnell. Und wo ist eigentlich Julia?«

»Bei einer Freundin. Sie kommt später.«

»Bei welcher Freundin denn?«

»Du willst den Namen wissen? Der sagt dir doch eh nichts.«

Jan schüttelt den Kopf und bringt seinen Koffer ins Schlafzimmer. Er zieht Hemd und Anzughose aus, holt eine Jeans und einen blauen Pullover aus dem Kleiderschrank und geht ins Badezimmer. Vor dem Spiegel untersucht er seinen Körper. Immer noch ein paar Kratzer von der Mauer im Park. Wieder bekommt er einen Steifen.

»Wo bleibst du denn?«, ruft Valerie von unten.

Jan betrachtet seine Tattoos. Auf der rechten Schulter ein Yin-und-Yang-Zeichen, auf der linken den Schriftzug »Kraftstrom«. Reminiszenz an Joseph Beuys. Er fährt mit den Händen die beiden Tattoos ab. Damals schien alles noch einen Sinn zu haben.

»Jan, ihr müsst los«, ruft Valerie von unten.

»Komme schon«, ruft Jan. Er schlüpft in die Jeans, zieht sich Unterhemd und Pullover über, dann geht er in Tims Zimmer und holt das Fußballzeug.

»Tim, wir müssen los, mach dich schon mal fertig«, ruft er die Treppe hinunter.

Als Jan wieder ins Wohnzimmer kommt, hat Tim immer noch keine Schuhe an.

»Ihr müsst jetzt aber wirklich los«, ruft Valerie aus der Küche, »sonst kriegt Tim wieder Ärger mit dem Trainer, und dann will er nicht mehr hin.«

Tim springt auf. »Ich muss nur noch mal kurz aufs Klo.«

»Dann aber schnell.«

Beim Warten schaut Jan sich im Wohnzimmer um. Alles ist vertraut, aber irgendwie auch fremd. Als wäre sein Leben von anderen möbliert worden. An den Wänden hängen Zeichnungen von einer Künstlerin, die Jan nicht wirklich kennt, Jahresgabe vom Kunstverein, in dem Valerie Mitglied ist. Neben dem Sofa steht der alte Schaukelstuhl, den er von seinem Großvater geerbt hat, Thonet, ein Klassiker. Den Teppich haben Valerie und er vor fünfzehn Jahren in der Türkei gekauft. Ihre erste gemeinsame Reise. Vom Fenster der Blick in den Garten, der Sandkasten, die Schaukel, das Trampolin. Die perfekte Idylle. Aber irgendetwas ist falsch. In Jan kommt wieder dieselbe Wut hoch wie in London, der Wunsch, etwas zu verändern. Er ist wütend auf sich selbst, sein Leben, das Haus in Blankenese, die Agentur. Einfach über alles. Nein, das ist nicht das Leben, von dem ich immer geträumt habe.

»Fertig«, ruft Tim.

Jan geht noch mal in die Küche. »Wir gehen jetzt«, sagt er zu Valerie. »Wollen wir heute Abend zusammen essen gehen? Ich würde dir gerne in Ruhe von London erzählen.«

»Aber du musst den Babysitter organisieren. Und jetzt macht, dass ihr los kommt, das Training fängt an.«

Zwei Stunden später sind Jan und Tim wieder zurück.

»Hab alles organisiert«, begrüßt er Valerie.

»Schön«, antwortet Valerie. Sie hat sich schon umgezogen, trägt ein schwarzes Kleid und hat die Kette umgelegt, die Jan ihr zum Geburtstag geschenkt hat.

»Um sechs kommt Anja und bringt die Kinder ins Bett.«

Valerie lächelt ihn an, und in dem Moment weiß Jan, warum er schon so lange mit ihr zusammen ist. Was das, worüber er mit ihr heute reden will, nicht einfacher macht. Wobei seine Unzufriedenheit ja nicht ihre Schuld ist – auch wenn sie damit zu tun hat. Aber das weiß sie eh. Wie bei fast allen Paaren, die er kennt, steht auch bei ihnen nicht alles zum Besten. Jan hätte gerne mehr Sex mit ihr, und sie mehr gemeinsame Zeit. So zumindest die mehr oder weniger offizielle Erklärung. In Wirklichkeit gibt es noch ganz andere Probleme. Unterschiedliche Lebensträume. Und unterschiedliche Ängste.

Trotzdem haben sie eine ganz gute Beziehung. Nach all den Jahren sind sie enge Vertraute geworden. Jeder kennt die Sorgen und Ängste des anderen. Jan redet mit Valerie über alles. Über fast alles.

Das Henssler & Henssler ist ihr Lieblingsrestaurant. Es liegt im Hafen, nicht weit vom Stilwerk. Ein großer, hallenartiger Raum, nicht auf gemütlich gemacht, sondern eher kühl eingerichtet. Aber vor allem sind die beiden wegen der Küche hier, oder besser: der Küchenkombination. Valerie isst am liebsten vegetarisch, oder Fisch und Sushi (das dann aber nicht zu oft), und für Jan gibt es Steak, für jeden also sein Lieblingsgericht, das vereinfacht die Restaurantsuche.

»Zwei Glas Champagner, bitte«, sagt Jan zur Kellnerin.

Die beiden blättern durch die Speisekarte.

»Was nimmst du?«, fragt Jan.

Valerie antwortet nicht, sondern blättert weiter in der Karte.

»Was ist denn los? Hab ich wieder was falsch gemacht?«

»Nein«, antwortet Valerie. »Aber es ärgert mich schon, dass du so oft weg bist, und wenn du mal da bist, hältst du dich nicht mal an die Verabredungen. Die Kinder haben sich total auf das gemeinsame Mittagessen gefreut. Und ich übrigens auch.«

Valerie kuckt wieder in die Karte.

»Tut mir leid«, antwortet Jan. »War keine Absicht.«

»Aber es passiert trotzdem immer wieder. Du könntest ja auch einfach mal mit Absicht dran denken, verstehst du?«

»Müssen wir uns jetzt unbedingt streiten? Ich dachte, wir machen uns einen schönen Abend.«

Valerie nickt. »Können wir ja versuchen.«

In dem Moment kommt die Kellnerin und notiert sich die Bestellungen. Jan ist froh über jede Ablenkung.

»Auf London«, sagt er.

Sie stoßen an. Und dann sprudelt es aus ihm heraus, haarklein erzählt er die Details der Inszenierung, die Reaktion der Vertreter, das indische Essen. »Die haben mir alles abgekauft!«

»Du bist halt echt gut.« Der Ärger vom Nachmittag scheint verflogen.

»Aber das ist gar nicht das, was ich dir erzählen wollte. Also, nach der ganzen Business-Sache, da war ich noch in einer Kneipe, und dann …«

»Aha, da bin ich aber mal gespannt, was jetzt kommt«, unterbricht Valerie ihn und fügt kühl hinzu: »Wen hast du denn kennengelernt?«

»Auf welchem Trip bist du denn jetzt?«

Valerie zuckt mit den Schultern, Jan atmet einmal tief durch.

»Hast du eigentlich was von den Unruhen mitbekommen?«, fährt er fort.

»Klar, hab ich in den Nachrichten gesehen. Hab mir auch ein bisschen Sorgen gemacht, war ja ganz schön was los, und Verletzte hat es auch gegeben.«

»Und ich war mittendrin.«

»Wie, mittendrin?«

Jan erzählt, wie in der Kneipe die Scheiben eingeworfen wurden.

»Aber dir ist nichts passiert, ich meine, die Randalierer, die haben dich nicht angegriffen oder so?«

»Nein, warum hätten die mich angreifen sollen, ich war ja einer von ihnen«, entfährt es Jan.

»Was soll das denn heißen?«

»Nicht so laut«, flüstert Jan und beugt sich zu Valerie vor. »Das muss ja nicht jeder mitbekommen.«

Valerie rückt mit ihrem Stuhl näher an den Tisch.

»Ich hatte noch den Trainingsanzug von der Präsentation an. Ich wollte da ja aussehen wie ein cooler Gangtyp. Die Kids haben mich deshalb für einen von ihnen gehalten. Und ich bin in einen Sog geraten, und dann ... dann ... hab ich halt auch ...« Jan kuckt sich noch mal im Restaurant um, beugt sich so weit es geht zu Valerie vor und flüstert: »Steine geworfen.«

Valerie schaut Jan erstaunt an. »Du hast ...?« Sie macht mit dem Arm eine ausholende Bewegung, als würde sie jetzt selber einen Stein werfen.

»Pflastersteine. In Schaufenster. H & M.«

Valerie muss kichern. »Ausgerechnet H & M.«

»Und das war einfach geil«, platzt es aus Jan heraus. »Frei und ...« Wie so oft, wenn es um seine eigenen Gefühle geht, weiß Jan nicht, wie er sich ausdrücken soll. »Du rennst in einer Gruppe, du bist gar nicht mehr du selbst, sondern mittendrin ... du bist ... du bist ... du bist Teil eines größeren Körpers, eines Schwarms, und darin fühlst du dich völlig befreit.« Jan holt Luft, nimmt einen Schluck von seinem Wein. Er schaut Valerie an, die ihm gebannt zuhört. »Ich habe ja nicht nur Steine geworfen, sondern wir sind in diesen H & M reingegangen, haben die Einrichtung mit Holzlatten zerstört, Klamotten aus den Regalen gerissen und dann das alles auf der Straße verbrannt.«

»Wir? Wer ist denn jetzt wir?«

Jan stockt einen Moment. »Na ja, die Gruppe halt, wir waren bestimmt fünfzig, sechzig Leute.« Valeries Misstrauen nervt ihn.

»Und, bist du dabei gefilmt worden, also, ich meine, müssen wir uns jetzt Sorgen machen?«

»Gefilmt, ich weiß nicht … vielleicht … bestimmt … aber man kann mich sicher nicht erkennen. Wegen der Klamotten, die ich anhatte. Und dann auch noch die Kapuze. Nein, da musst du dir keine Sorgen machen. Wer denkt schon, dass ein Werber …«, Jan muss über sich selbst lachen, »… bei so was mitmacht.«

»Ja, das stimmt, das ist etwas absurd.«

»So eine Wut hatte ich noch nie. Die anderen, die hatten auch diese Wut, das hab ich in deren Augen gesehen. In der Zeitung stand, es waren Jugendliche, Arbeitslose, Migranten, Menschen vom Rand der Gesellschaft, oder wie man das dann immer nennt. Aber das stimmt nicht. Ich war ja dabei, ich hab die gesehen, das waren ganz normale Leute, die sind zwar nicht so abgegangen wie die Jugendlichen, aber sie waren dabei.«

»Und, was haben die in der Agentur dazu gesagt? Hast du denen erzählt, dass du da mitgemacht hast?«

»Nein, natürlich nicht. Aber der Chef hat gleich nen Witz gemacht, so nach dem Motto: ›Das hat unser Jan sich alles ausgedacht, damit der Schuh besser ankommt.‹«

»Und sonst?«

»Na ja, der Chef hat mir und meinem Team einen Bonus versprochen.«

»Das ist doch toll! Weißt du denn schon, wie viel?«

»Wird nicht wenig sein, der neue Auftrag bringt ja etliche Millionen.«

Valerie schaut an die Decke des Restaurants, als würde sie in Gedanken einen Einrichtungskatalog durchblättern. »Dann kannst du dir ja den Porsche kaufen, von dem du die ganze Zeit träumst.«

»Den Porsche? Ich weiß nicht ...«

Jan schweigt einen Moment. »Das ist doch alles Fake«, bricht es wieder aus ihm heraus. »Ich will nicht mehr. Die ganze Scheiße kotzt mich an. Ich will was ändern.«

»Also, London scheint dir wirklich nicht gutgetan zu haben.« Valerie schüttelt den Kopf. »Du benimmst dich ja, als ob du sechzehn wärst. Ist das jetzt die Midlife-Crisis?«

Jan zuckt mit den Schultern. »Ja und? Vielleicht ist es ja eine.«

In ihm kommt dieselbe Wut hoch, die er auch in London gespürt hat. Am liebsten würde er den Tisch umschmeißen oder eine Flasche durch den Raum schleudern. Er führt die Spitzen von Daumen und Ringfinger zusammen. Angeblich soll das den Stress reduzieren, das hat er mal in einem Seminar für Persönlichkeitsentwicklung gelernt. Valerie schaut ihn immer noch entgeistert an.

»Klar kann ich mir einen Porsche kaufen. Und was hab ich dann davon? Ich meine, was ist das denn, was ich die ganze Zeit mache? Die Unzufriedenheit der Leute ausnutzen, um dann Zeugs zu verticken. Irgendwann muss man doch anfangen, was Sinnvolles zu machen!« Er nimmt noch einen Schluck Wein. »Später fragen uns die Kinder, warum wir diesen ganzen Scheiß mitgemacht haben – und dann? Schönes Haus, zwei Kinder, zwei Autos. Keine Sorgen. Und bald noch nen Porsche. Aber was ist der Sinn davon?«

Valerie zieht die Augenbrauen hoch.

»Vielleicht ist Sinn des Lebens ja auch zu hoch gegriffen. Aber in der Agentur produziere ich doch den ganzen Tag nur hohles Zeug. Ich kann doch nicht mein ganzes Leben so weitermachen. Den Leuten vormachen, dass Schuhe und Autos ihre innersten Bedürfnisse befriedigen? Wo endet das dann? Soll ich bei der nächsten Präsentation noch einen draufsetzen? Wenn der Auftraggeber das mit London so geil findet, soll ich ihm jetzt vorschlagen, beim Verkaufsstart von Urban Force die Flagship Stores in New York, Berlin und Tokio von Schauspielern stürmen zu lassen? Dass er ein paar Hooligans anheuern soll, die die Warteschlange aufmischen? Dann kommt das Ganze in die internationale Presse. ›Jugendliche prügeln sich um den neuen Urban Force.‹ Gute Schlagzeile, besser als alle Werbung. Das ist doch krank. Und am Ende sitze ich in der Agentur und entwerfe einen Themenpark, in dem die Leute Revolution spielen. Das System bleibt stabil, und wir sitzen in unserem Haus in Blankenese.«

Jan holt Luft.

»Willst du jetzt Revoluzzer werden oder was? Du Träumer! Du bist doch jetzt auf der Erfolgsspur. Bald wirst du Partner in der Agentur. Das war doch immer dein Ziel. Sieh das mit London doch positiv. Alles, was du da erzählst, das ist doch die Revolution der Werbung. Da kannst du doch was draus machen. Ich meine, das ist doch eine ziemlich gute Idee.«

»Was?«, fragt Jan.

»Das mit dem Hooligans. Und dem Themenpark.« Sie nimmt das Weinglas und prostet Jan zu.

Nach dem Verkaufsstart des neuen Air-Jordan-Basketballschuhs der Firma Nike im Dezember 2011 berichteten internationale Medien von Kämpfen zwischen Kunden, die sich ein Exemplar des streng limitierten Schuhs sichern wollten. In mehreren US-ameri-

kanischen Städten hatten Hunderte Kunden stundenlang vor den Geschäften ausgeharrt. In New Jersey wurde dabei ein Zwanzigjähriger niedergestochen. Im kalifornischen Richmond kam es vor einer Shoppingmall zu einer Schießerei.
Die Air-Jordan-Reihe erinnert an den legendären Spieler Michael Jordan und wird seit 1985 in jährlichen Neuauflagen produziert.
Im Sommer 2001 initiierte Nike in Australien Demonstrationen gegen Nike. Die Demonstranten, allesamt bezahlte Schauspieler, wehrten sich gegen die Überlegenheit des neuen Nike-Fußballschuhs. Eine Protestbewegung, die FFF (Fans for Fairer Football), wurde gegründet. Nike machte so nicht nur auf ungewohnte Art Werbung für sein neues Produkt, sondern desavouierte Protestbewegungen, die die Arbeitsbedingungen in asiatischen Sweatshops anprangerten, die für Nike Schuhe produzieren.
Einen anderen Weg der Vereinnahmung von Protestkultur für Werbezecke ging Levi's. 2009 startete die Jeansmarke unter dem Slogan »Go-Forth« eine neue Imagekampagne. Kinospots, Internetfilmchen, Vor-Ort-Aktionen. Der Tenor: Die Zeit ist reif für Widerstand. Leitmotiv war das Gedicht »Pioneers, O Pioneers« von Walt Whitmann. »Follow well in order, get your weapons ready, / Have you your pistols? Have you your sharp-edged axes?
2011 wurde das Motto weiterentwickelt, diesmal stand Charles Bukowski mit dem Gedicht »Laughing Heart« Pate: »your life is your life / don't let it be clubbed into dank submission. / be on the watch. / there are ways out. / there is a light somewhere.« In einem Spot bringt der portugiesische Street-Artist Alexandre Farto eine neue Form von Graffiti an die Wand. Die Bilder werden nicht mit Spraydosen gemalt, sondern mit Dynamit aus der Wand gesprengt.
Teile eines anderen Spots der Kampagne wurden auf einer Berliner 1.-Mai-Demonstration gedreht. Für diesen Clip wurden dreihundert Personen gecastet. Die Darsteller, alles Laien, sollten laut Casting-Aufruf selbstbewusste Individualisten sein, Leute zwischen zwanzig und dreißig, am besten Künstler. Die Laienschauspieler agierten zwischen Polizisten in Kampfmontur und dem schwarzen Block, gedreht wurde ohne Genehmigung der Polizei. Realität und Fiktion verwischen, Life Action, mittendrin. Nach den Unruhen in London wurde der Spot in Großbritannien zurückgezogen. In Deutschland wurde er weiter gezeigt.

Die Kampagne wurde von lokalen Events begleitet. Diese Vor-Ort-Aktionen gerierten sich als Grassroot-Initiativen, in kleinen Werkstätten wurden Kreativitätsschulungen angeboten, in Berlin konnte man zum Beispiel Siebdruckkurse belegen. Die Kampagne, die auch in San Francisco und New York durchgeführt wurde, richtete sich laut Selbstdarstellung an Menschen, »die die Welt verändern wollen«.

Protest-Themenpark. Eine verdammt gute Idee, denkt Jan, die mir da eben so rausgerutscht ist. Das würde jeder Kunde sofort abkaufen. Mit dem Wunsch nach Protest kann man viel Geld verdienen. Und je schlimmer der Zustand der Welt wird, umso mehr Profit steckt in der Sache drin. Ja, die Idee mit dem inszenierten Verteilungskampf ist ziemlich gut. Sie ist sogar genial. So kommt der Schuh in alle Nachrichten. Echte Medienguerilla.

Jan nimmt noch einen Schluck Wein.

»Das gibt garantiert einen Preis vom Art Directors Club«, sagt Valerie. »Und wenn du zu der Aktion einen Clip machst, kriegt die Agentur noch den Werbe-Löwen in Cannes ...«

Jan hört Valerie nicht richtig zu. »Die Themenparks werden ein richtiges Business. Aber das wird nicht reichen. Nach der Revolution der Werbung kommt die der Gesellschaft. Wenn die Leute aus den Themenparks ausbrechen. Die Unzufriedenheit wird größer, die Leute suchen nach einem intensiveren Gefühl. Sie wollen den totalen Kick. Dann holen sie sich, was sie wollen. Wie in London. Das ist ein ganz eigenes Lebensgefühl.«

»Das mit dem Themenpark kannst du doch mal der Agentur vorschlagen. Dafür ist doch deine Trendabteilung da.«

Jan lehnt sich zurück. Die Anspannung verschwindet. Die neuen Möglichkeiten stehen ihm jetzt klar vor Augen. Revolution *und* Werbung, nicht Revolution *oder* Werbung.

Ich bin Werber, denkt Jan. Ein sauguter Werber. Jan nimmt noch einen Schluck Wein. Wenn ich mein Leben ändern will, dann als Werber. Ich muss alles ändern, ohne alles, was ich habe, wegzuschmeißen. Es ist ganz einfach: Ich muss die Mittel der Werbung einsetzen. Revolution und Werbung. Werbung als Motor für gesellschaftliche Veränderung. Den Kapitalismus von innen heraus verändern. Die Werbung, ihre Macht der Verführung nutzen, um zu einer anderen Gesellschaft zu kommen. Wie das geht? Keine Ahnung, das wird jetzt halt meine Aufgabe. Am besten als Doppelagent, denkt Jan. Nach außen der smarte Werber, aber innen drin ein Widerstandskämpfer. Das System aufs Kreuz legen. Ja, so wird Werbung zur sozialen Plastik. Beuys. Kraftstrom. So schließt sich der Kreis. Und ich hab endlich eine Rolle, die zu mir passt. Und Geld kann ich damit auch verdienen. Er lacht leise vor sich hin. Ich muss mit der Agentur reden. Die Weichen stellen.

»Schatz, wir müssen gehen«, sagt Valerie. »Es ist halb zwölf, Anja muss noch nach Hause, sonst kriegt sie Ärger mit ihren Eltern. Dann haben wir keinen Babysitter mehr …«

Jan schreckt auf. »Okay, okay, ist ja gut.«

»Und gib mir den Autoschlüssel. Du hast zu viel getrunken.«

Eine halbe Stunde später steht das Auto wieder in der Garage. Anja ist auf dem Sofa eingeschlafen. Das schöne Sofa, denkt Jan, ist auch Teil meiner Tarnung. Ich muss nur aufpassen, dass ich nicht schizophren werde. Und am Ende nicht mehr weiß, wer sich vor wem tarnt. Vorsichtig weckt er Anja und gibt ihr fünfzig Euro. »Komm gut nach Hause.«

»Bis bald«, ergänzt Valerie.

Als Anja aus der Tür ist, schauen sich Jan und Valerie an.

»Ich bin müde, ich geh schon mal hoch. Kommst du auch?«, fragt sie.

»Gleich. Ich check noch kurz meine Mails.« Jan setzt sich an den Küchentisch und macht seinen Rechner an. Er schreibt Angélique noch mal eine Mail, wieder bekommt er die Fehlermeldung.

Als er ins Schlafzimmer kommt, ist Valerie schon eingeschlafen. Er ist auch müde, aber innerlich zu aufgewühlt, um schon zu schlafen. Er geht wieder ins Wohnzimmer und setzt sich auf das neue Sofa. Als er sich in der Küche eine Flasche Whisky holt, kommt Valerie im Nachthemd die Treppe runter.

»Was ist denn mit dir, warum kommst du denn nicht ins Bett?«

»Ja, ich komme gleich.«

Valerie schaut Jan an und streicht ihm mit der Hand kurz über das Haar.

»Man kann sich nicht neu erfinden, Jan. Man ist, wer man ist. Man kann die eine Seite stärken oder die andere. Aber am Ende bleibst du immer der Jan, der du halt bist.«

Jan nickt. Valerie hat recht. Ohne dass sie es weiß. Und Angélique auch. Jede auf ihre Weise. Er stellt den Whisky zurück in die Küche, fährt seinen Rechner runter und geht ins Schlafzimmer.

Nahaufnahme. Handkamera. Diffuses Licht.
Ein Mann, glatte dunkelblonde Haare. Ende Vierzig. Blaue Augen, blaues Sakko, blaues T-Shirt.
Das Gespräch findet in einem Café statt. Der Mann isst eine Suppe.
Klangkulisse: Tellerklappern, Gespräche, sonstige Restaurantgeräusche.
Stimme aus dem Off: »Wolfgang Zinggl. Künstler und Mitbegründer der Wochenklausur, eines Künstler-

kollektivs, das mittels konkreter Interventionen Alltagswirklichkeit verändern will. Er ist aber nicht nur Künstler, sondern auch Politiker. In Österreich ist er Kulturpolitischer Sprecher der Grünen, für die er auch im Bundesparlament sitzt. Herr Zinggl, Adorno sagt: ›Es gibt kein richtiges Leben im falschen.‹ Führen wir das falsche Leben?«

Wolfgang Zinggl: »Also zunächst einmal setzt es ja voraus, dass wir genau wissen, was ein richtiges und falsches Leben überhaupt ist. Und in dem Augenblick, wo sich da widersprüchliche Meinungen akkumulieren, beginnt schon das Dilemma. Und deswegen glaube ich auch, dass dieser Spruch von Adorno von der Grundsubstanz her nicht richtig sein kann oder nicht wirksam sein kann, weil er auch dazu führt, dass sich sehr viele zurücklehnen und sagen, wir können ja jetzt nicht dort, wo wir eigentlich Hilfestellung leisten müssten und wo akuter Handlungsbedarf besteht, etwas tun, weil wir ja ansonsten das System stärken. Und das wiederum führt dazu, dass überhaupt nichts getan wird, weil es kein wirklich richtiges Leben gibt. An diesem Satz von Adorno hat mich immer schon gestört, dass sehr viele, besonders aus der linken Szene kommende gesellschaftskritische Geister jede Art von Handlung hintangestellt haben, weil dieser Satz für sie als Ausrede dient, nicht mehr sozial handeln zu müssen.«

Stimme aus dem Off: »Kann der Kapitalismus mit seinen eigenen Möglichkeiten, mit Konsumartikelproduktion, Marketing, Werbung und so weiter einen Beitrag zur Verbesserung dieser Welt leisten? Oder ist das ein absurder Gedanke?«

Wolfgang Zinggl: »Geschickte Werbemanager haben immer versucht, dort, wo die Jugendlichen ihre Intentionen, ihre gesellschaftlichen Protesthaltungen verbalisieren oder kundtun, zu assimilieren, zu vereinnahmen, um damit eben genau diese Gruppierungen anzusprechen. Aber auf der anderen Seite müssen wir schon sehen, dass wir heute über die Kaufkraft natürlich auch im kapitalistischen System, also im falschen System, etwas verbessern können, indem wir tatsächlich mit den Füßen abstimmen, indem wir Produkte kaufen, wo wir zunächst einmal annehmen, dass sie über Fair Trade oder andere soziale Vorzüge oder auch ökologische Vorzüge unseren Wünschen, unseren Vorstellungen von einer verbesserten Welt mehr entsprechen als andere. Wir können tatsächlich auch über den Kauf abstimmen und dadurch Firmen in eine bestimmte Richtung drängen. Und wenn Nike oder andere hier eine Tür öffnen, sollte man die nicht völlig ignorieren, sondern man sollte das sogar noch unterstützen. Aber man muss einen Nachweis einfordern: Was habt ihr wirklich getan? Wer verdient dort was? Transparenz einfordern und die arbeitsrechtlichen Bedingungen in den Dritte-Welt-Ländern kontrollieren und und und …«
Stimme aus dem Off: »Wenn also die Unternehmen mit ihren Produkten einen Beitrag leisten können, stellt sich ja schon die Frage, ob irgendwann Marketing und sozialer Aktivismus eine Einheit oder Kooperation eingehen?«
Wolfgang Zinggl: »Na ja, der Markt hat ja eine erste Prämisse: Das ist die Maximierung des Profits, und die widerspricht dem sozialen Gedanken, und daher sehe ich da wenig Möglichkeiten.«
Blende.

Teil 2

»Leute, wie steht es mit der Porsche-Kampagne?«, fragt Jan.

»Fast fertig«, meint Laura, die jetzt in seinem Team arbeitet, »der Clip ist schon geschnitten. Die Story ist geil. Nur die Musik passt noch nicht.«

»Dann haut rein. Der Sound ist wichtig für die Emotionen. Okay?« Jan schaut in die Runde. Laura und die beiden anderen Mitglieder des Teams, ein junger Politologe und eine neue Praktikantin, haben verstanden.

Fast zwei Monate sind seit dem Londoner Abenteuer vergangen. Jan hat sich mit der Agentur arrangiert. Wobei arrangieren untertrieben ist. Die Unsicherheit, die Jan nach den Riots umtrieb, hat sich gelegt. Er hat seine Rolle gefunden, als cooler Werber-Trendforscher-Protestkulturtyp. Er ist am Puls der Zeit. Mit seinem Team recherchiert er über globale Protestbewegungen. Die Ergebnisse werden in neue Werbestrategien umgesetzt.

Jan hat sich einen Porsche gekauft, genau den, von dem er immer geträumt hat. Einen 911er, aber keinen neuen, sondern einen Oldtimer aus den Siebzigern. In der Targa-Variante, der Bikini unter den Sportwagen. Nur mit der Farbe war er sich etwas unsicher, eigentlich mag er Schwarz und Silber, jetzt hat er allerdings einen in Violett. Und wenn er gefragt wird, warum er sich ausgerechnet eine derart hässliche Farbe ausgesucht hat, hat er eine gute Story parat. »Das ist der Porsche von Andreas Baader«, sagt er dann, auch wenn das gelogen ist, denn der echte RAF-Porsche ist verschollen, angeblich verschwand er in der Spurensicherung. Aber die Farbe stimmt.

Andreas Baader (1943-1977), deutscher Terrorist und Sportwagenliebhaber. Mit seinem Porsche 911 war er stets ohne Führerschein, dafür aber schnell und riskant unterwegs. Baader begeisterte sich zudem für BMWs, die in der linken Szene deshalb als »Baader-Meinhof-Wagen« bezeichnet wurden. Rangniedrigere RAF-Mitglieder mussten mit weniger eleganten Fahrzeugen vorliebnehmen, vor allem dem als Spießermodell verschrienen Audi 100.
Vor seiner Festnahme fuhr Baader einen auberginefarbenen Porsche. »Der wollte ein schönes Leben führen, so mit schöner Unterwäsche, teuren Hotels und schnellen Autos«, sagt Günther Scheicher, Leiter der Operation »Gustav«, bei der Baader 1972 in einer Autogarage festgenommen wurde. Baader schloss damit an ein Modell der Revolution an, wie es während der Studentenrevolte vom heutigen Grünen-Politiker Daniel Cohn-Bendit propagiert wurde: »Sozialismus, das heißt Austern für alle.« In der Garage, in der Baader festgenommen wurde, fand sich auch ein silberner Iso Rivolta IR300, ein Sportwagen, von dem deutschlandweit nur 50 Fahrzeuge zugelassen waren. Tarnung in der maximalen Auffälligkeit. Wer glaubt schon, dass der Drängler im dicken Wagen ein gesuchter Terrorist und Gesellschaftsrevolutionär ist.

Mit der RAF-Porsche-Geschichte befriedigt Jan die unterschiedlichen Erwartungen, die sein neues Image mit sich bringt. Ein Porsche, wie es sich für einen erfolgreichen Werber gehört – aber halt nicht irgendeiner, sondern eine Story, die voll in die Protestschiene passt.

Seine Abteilung in der Agentur läuft gut, Jan holt dauernd neue Aufträge rein. Es hat sich in der Szene herumgesprochen, dass die Agentur die Trendforschung total anders angeht als die Konkurrenz. Einen Fokus auf soziale und politische Bewegungen hat sonst niemand. Und vor allem versucht die Agentur, bei ihren Trendforschungen nicht nur zu beobachten, sondern mitzumachen; sich einzumischen, dabeizusein, selber was zu verändern. Jans Vorgehensweise geht weit über die eh schon große Servicepalette der Agentur hinaus. »Wenn es einen Trend noch nicht gibt, dann machen wir ihn«, ist sein Slogan. »Wir verändern Wirklichkeit«, verspricht er seinen Kunden. Das kommt gut an, und das Gerücht, dass Jan bei den Riots in London an vorderster Front mitgekämpft hat, tut ein Übriges. Orchestrieren ins Extrem gedacht, so hatte Jan das dem Agenturvorstand verkauft. Die Proteste in Spanien, die Unruhen in Griechenland, der Arabische Frühling – alles Trendsetter. Je näher man an der Zielgruppe dran ist, desto bessere Aussagen kann man darüber treffen, wonach die jungen Demonstranten sich sehnen. Neue Produkte für neue Märkte.

In den letzten Wochen hat Jan verschiedene Orte bereist, an denen gesellschaftlicher Wandel stattfindet. Auf der ganzen Welt hat er Künstler und Aktivisten getroffen, Designer und Architekten, Kreative, die versuchen, etwas zu verändern. Einige der Interviews hat er gefilmt, damit sein Team die emotionale Ebene der Aussagen analysieren kann. Nichts soll ihnen entgehen.

Die Porsche-Kampagne ist Jans Probe aufs Exempel. Es ist kein Auftrag von Porsche, sondern ein fiktives Projekt. Für *Trend-Update*, ein Online-Magazin, das die allerneusten Entwicklungen in der Werbebranche aufzeigt. Nur für Kunden der Agentur, und auch für die nicht umsonst. Kommt als inhaltliches Angebot daher, ist aber gleichzeitig Werbung in eigener Sache – noch so eine Idee von Jan, auch für *Trend-Update* ist sein Team zuständig. Neben redaktionellen Inhalten, zum Beispiel den Interviews, die Jan mit Aktivisten der Protestbewegungen geführt hat, werden auch fiktive Werbekampagnen präsentiert. Wie die für Porsche.

Am Nachmittag muss Jan das erste *Trend-Update* beim Vorstand präsentieren. Er hat zwar viele Freiheiten, aber die Chefs wollen immer noch die Kontrolle haben. Deshalb ist Jan das Porsche-Projekt besonders wichtig. Er will testen, wie weit die Agentur geht. Er will Porsche völlig neu platzieren. Porsche nicht als das sportlich-vornehme Angeberauto für erfolgreiche Manager, sondern als ultimativen Terroristen-Schlitten. Die Message der Kampagne lautet »Dreistigkeit siegt« – das gilt für Terroristen genauso wie für Investmentbanker.

Als er Valerie von der fiktiven Porsche-Kampagne erzählt hat, hat sie laut gelacht. »Siehst du, du bist Werber. Durch und durch Werber. Da kannst du machen, was du willst. Wenn du an die RAF denkst, fällt dir als Erstes ein Werbespot ein.«

»Leute, noch drei Stunden. Das Porsche-Ding ist fertig, aber in den Dummy kann noch mehr rein. Noch irgendwelche Ideen?«

»Wir könnten ein paar Charts mit den Auswertungen der letzten Umfragen über jugendliches Konsumverhalten zeigen«, meint der Politologe.

»Charts? Spinnst du? Ich will, dass es knallt. Gewalt, Sex, was weiß ich, bloß keine Charts!«

Der Politologe kramt in seinen Zetteln. »Ich hab hier was. Wir wollten doch mal was über Mediennutzung machen? Wie diese syrischen Handyfilme, bei denen Demonstranten ihre eigene Erschießung filmen.«

»Was für Handyfilme waren das noch mal?«, fragt Jan.

»Die sind von einem Demonstranten«, wirft Laura ein, »und so ein Künstler … wie heißt der noch mal …?«

»Rabih Mrouré«, ergänzt der Politologe.

» … also der Künstler hat das dann weiterverarbeitet.«

»Ach so. Ja, das war hartes Zeug. Zeig mal her.«

Laura öffnet auf ihrem Laptop einen Film. Blauer Himmel, helle Häuser, die Bilder sind verwackelt und unscharf. Plötzlich erscheint ein Soldat hinter einem Vorsprung, zielt genau auf den Betrachter. Man hört einen Schuss, die filmende Person stürzt, man sieht nur noch den Himmel.

»Jetzt ist er tot«, meint Laura trocken.

»Und das ist wirklich echt?«, fragt Jan.

»Ja, das ist echt.«

Rabih Mrouré (geboren 1967), libanesischer Theatermacher und bildender Künstler. Unter dem Titel »The Pixelated Revolution« beschäftigt er sich seit 2011 in Installationen und Lecture Performances mit syrischen Oppositionellen, die beim Dokumentieren der Revolution ihren eigenen Tod gefilmt haben. Daraufhin hat Mrouré eine Reihe von Ratschlägen entwickelt, wie Amateurfilmer die Revolution möglichst umfassend und glaubwürdig dokumentieren können. Er stützt sich dabei auf eigene Analysen aktueller Videos sowie Zitate aus dem Filmemacher-Manifest »Dogme 95« von 1995, dessen Unterzeichner sich auf ein möglichst wirklichkeitsnahes Kino verpflichteten. Mrouré gibt für das Filmen von Demonstrationen neunzehn Ratschläge. So empfiehlt er, nicht die Gesichter anderer Demonstranten zu filmen, damit die Dokumentation nicht von Geheimdiensten zum Aufspüren Oppositioneller verwendet werden kann. Mrourés Arbeit wurde unter anderem auf der Documenta 13 gezeigt.

»Gut. Den Film nehmen wir. Und dahinter knallen wir den aktuellen Vodafone-Slogan!«

Laura googelt »Vodafone«. Dann lacht sie.

»Ja, das ist gut. Krass. ›Sorgenfreiheit inklusive. Top-Smartphones schon ab 1 €!‹«

»Okay«, schließt Jan, »baut das zu einer kleinen Präsentation zusammen. Ist das in der nächsten Stunde fertig?«

Die beiden nicken.

Jan ist zufrieden. Er steht auf. Er will einen Moment alleine sein.

Die Präsentation findet im Konferenzraum statt. Jan zeigt als Auftakt den Porsche-Spot. Er hat RAF-Fahndungsfotos mit

Filmen von der Autobahnpolizei verschnitten, die einen zu schnell fahrenden Porsche jagt.

»Das war nur das Warm-up«, sagt er, nachdem sie eine Weile über die RAF als Werbemotiv diskutiert haben. Dann zeigt er das Video von Rabih Mrouré. Die Vorstandsmitglieder kucken betroffen.

»Neue Medien und die Unruhen«, unterbricht Jan die beklommene Stille. »Das war ein Beispiel aus Syrien. Aber es gibt auch viele andere, zum Beispiel aus dem Iran, Ägypten oder Tunesien. Überall werden neue Medien benutzt. Und es gibt viele Ähnlichkeiten zwischen den unterschiedlichen Orten. Auch in London wären die Unruhen nicht möglich gewesen, wenn die Kids nicht vernetzt gewesen wären.«

Jan zeigt Bilder der unterschiedlichen Smartphones.

»Für Blackberrys gibt es einen Chatkanal, der nicht überwacht werden kann. Über den haben sich die Jugendlichen in London miteinander verabredet, der harte Kern der Gruppe. In Tunesien und in Ägypten waren es eher Facebook und Twitter. In allen Fällen hat der Staat versucht einzugreifen, indem er die Kommunikationskanäle gekappt hat. Oder es zumindest versucht hat. Aber dann weichen die Leute halt ins Dark Web aus.«

Jan zeigt ein Chart mit den Logos von Twitter und Facebook.

»Private Unternehmen. Kommerzielle Akteure. Wie gesagt: Kapitalismus ist permanente Revolution. Und ihr wisst ja auch, dass beide Unternehmen die Informationen auswerten, die mit ihrer Hilfe verbreitet werden. Der amerikanische Geheimdienst war also bestens informiert. Da haben die USA einen echten Standortvorteil. Aber darum geht es jetzt nicht. Sondern um Demokratisierung. Und das heißt immer auch: mehr Konsum.«

Jan zeigt eine Karte der arabischen Welt. Das Team hat

Charts mit Grafiken über Bevölkerungsstruktur, Mediennutzung und wirtschaftliche Entwicklung vorbereitet.

»Das sind alles Emerging Markets. Knapp 300 Millionen Menschen. Die meisten davon sehr jung. Die erwartet eine neue Welt, falls nicht irgendwelche Islamisten die Macht übernehmen und die Länder sich abschotten. Also ...«, Jan lässt den Laserpointer über Marokko, Tunesien und Libyen bis nach Syrien gleiten, »... hier kann man in Zukunft viel Geld verdienen. Denn am Ende geht es bei den Unruhen eben immer um eins: Konsum.«

Jetzt erscheint eine Karte von London an der Wand, auf der die einzelnen Zentren der Ausschreitungen markiert sind.

»In London«, setzt Jan fort, »war das auch nicht anders. Hier seht ihr, wie sich die Unruhen ausgebreitet haben. 5 Tage, mehr als 16 verletzte Zivilisten, 186 verletzte Polizisten, 250 Millionen Euro Sachschaden. Und wo war jeweils das Zentrum? Nicht irgendwelche Regierungsgebäude, sondern Shoppingmalls und Einkaufsstraßen.«

Der Soziologe **Zygmunt Bauman** (geboren 1925) führt an, dass die Plünderer zerstören, was sie am meisten begehren. »Supermärkte sind unsere Tempel, und Einkaufslisten sind unsere Gebetsbücher, und das Herumtreiben in Shoppingmalls ist zu unserer Pilgerreise geworden.« In unserer Gesellschaft sei Shopping zur unabdingbaren Bedingung für ein sinnerfülltes, menschenwürdiges Leben geworden: »Ich shoppe, also bin ich.« Leben bedeutet dann ein Recht auf und die Pflicht zum Konsum. Daher, so Bauman, handele es sich bei den Unruhen in London nicht um eine Revolution: »Es sind Unruhen von fehlerhaften und aussortierten Konsumenten.« Richtige Revolutionen, so Bauman, hätten nämlich eine politische Agenda.

»Und, welche neuen Märkte eröffnen sich uns da?«, fragt der Chef des Controllings.

»Gleich, das erklär ich noch. Das Interessante ist: In London hat auch die Mittelschicht mitgemacht. Gymnasiasten. Angestellte. Das wurde in den Medien nicht so sehr thematisiert. Aber wir wissen das, denn wir haben echte Informationen.« Jan spielt seinen Riot-Joker. »Aber das war für alle eben auch eine riesige Par-ty.« Wieder betont Jan die einzelnen Silben überdeutlich. »Und jetzt kommt der Hammer: Die haben vor allem Süßigkeiten und Sportschuhe mitgehen lassen. Versteht ihr: Sport-schu-he!« Jan schweigt einen Moment, um das Erstaunen seiner Zuhörer voll auszukosten.

»So, zurück zu der Frage, was das für uns bedeutet. Es gibt zwei Möglichkeiten. Man kann Schiss davor haben, sich in die Hose machen, den Schwanz einziehen. So wie Levi's, die haben ihre eigentlich ziemlich gute Kampagne in England nämlich zurückgezogen. Oder man kann Gas geben, noch eins draufsetzen. Und so denken wir.«

Jan sieht in die Gesichter seiner Zuhörer. »Ich geb euch jetzt mal ein Beispiel, in welche Richtung das geht. Also, Levi's, die wollen mit ihren kleinen Workshops Opinionleader oder Early Adopter erreichen, die dann als Multiplikatoren wirken und in ihrer Community rausposaunen sollen, wie cool Levi's ist. Teuer, ineffizient, unsicher. Wir machen das anders.«

Jan wartet einen Moment, dann wiederholt er seinen letzten Satz, um dessen Bedeutung besonders hervorzuheben.

»Wir machen das ganz anders. Wenn der Urban Force kommt, lassen wir unsere Flagship Stores stürmen. Ein paar eingeschlagene Scheiben und geplünderte Auslagen – das kostet viel weniger als jeder Fernsehspot. Und jetzt meine ich noch nicht mal die Sendeplätze, sondern nur die Produktionskosten. Levi's hatte für den Spot dreihundert Statisten. Wir bezahlen zwanzig Jugendliche dafür, dass sie ein paar

Scheiben einschlagen, und dann machen die ganzen Partyleute wie im Rausch freiwillig mit. Was wollten die in London haben – Schuhe und Süßigkeiten. Genau so kommt unser Urban Force in der ganzen Welt in die Nachrichten. So läuft das Guerilla Marketing der Zukunft. Wir brauchen den Mob, wir brauchen die Unzufriedenen, wir brauchen den Aufstand. Und dabei geht es nicht um die richtige Technologie, sondern darum, wie die Menschen sie verwenden. Und wie wir sie für unsere Werbung nutzen. Wollen wir nochmal das Video von Mrouré anschauen?«

Statt eine Antwort abzuwarten, drückt er auf die Play-Taste.

»Also, was sehen wir?«, kommentiert er. »Hier filmt jemand, wie er erschossen wird. Aus Zufall. Aber dann ist das Material da. Und ein Künstler übersetzt es in eine Anleitung, wie man solche Ermordungen absichtlich dokumentieren kann, um die Weltöffentlichkeit auf die Ungerechtigkeit aufmerksam zu machen. Vor ein paar Jahren dachten viele, die Kamera sei eine überflüssige Funktion an einem Handy. Jetzt ist sie ein politisches Instrument. Weil ein neuer Inhalt für die Technik gefunden wurde.«

Im Raum herrscht Stille, Jan redet weiter.

»Und das war ja ein Beispiel aus der Realität. Sie fragen sich jetzt sicher, wie man daraus Werbung machen kann. Und das geht ganz einfach.«

Jetzt zeigt er die Montage des Originalvideos mit dem Vodafone-Slogan. Dieselbe Szene, der Schuss, der fallende Handyfilmer. Dann das Rot von Vodafone und der Satz: »Sorgenfreiheit inklusive. Top-Smartphones schon ab 1 €!«

Der Vorstand ist geschockt. Gut, denkt Jan, jetzt hab ich sie an dem Punkt, wo sie sich fragen, welche Grenzen wir überschreiten können. Oder müssen.

»Mehr wollte ich euch nicht zeigen. Das war's für heute.

Das war, meine sehr verehrten Damen und Herren, unser *Trend-Update.*«

Die Vorstandsmitglieder klatschen. Erst leise, dann lauter. Das saß, denkt Jan. Werbung, die die Vorstellungen sprengt. Das syrische Handyvideo mit der Vodafone-Montage ist noch krasser als die Porsche-Geschichte. Gute Entscheidung, beides zu zeigen.

Nach dem Klatschen herrscht Stille. Die grausamen Bilder aus Syrien wirken nach. Jan meint, das Herzklopfen von jedem im Raum zu hören.

»Und«, fragt der Vorstandschef nach einem Moment, »wie geht es weiter? Was ist das nächstes Forschungsfeld?«

Auf die Frage hat Jan nur gewartet.

»Soll ich noch ein paar Folien zeigen?«

»Ja, bitte.«

»Also, wie geht es weiter?«, beginnt Jan. An der Wand erscheint jetzt ein Bild der Freiheitsstatue. »Ganz einfach: New York.«

Jan zeigt ein Bild vom Occupy-Camp.

»Zuccotti Park. Manhattan. Occupy Wall Street. Die arabische Welt ist spannend, interessant, lehrreich. Aber der Westen ist für uns noch spannender. Und in New York liegt noch mehr Potenzial als in London. Das sind die USA. Was da passiert, das prägt die ganze Welt. Von da aus breiten sich Ideen global aus. Über das, was jetzt in New York passiert, wird es etliche Hollywoodfilme geben. Hier wird ein neuer Lifestyle geprägt. Protest als Lifestyle. Und zwar mit Lust! New York, das ist im Moment der spannendste Ort der Welt.«

Jan zeigt Bilder vom Tahrir-Platz.

»Also, in Ägypten, in Tunesien, da kämpfen die Leute gegen einen Polizeistaat, eine Diktatur, gegen echte Unterdrückung. Aber in New York? Wogegen kämpfen die? Die kämpfen gegen ihren eigenen Lebensstil, gegen den American

Way of Life. Und wenn der sich jetzt in den USA ändert, dann ändert sich die ganze Welt. Das ist wie die Hippiebewegung. Also, zurzeit campieren rund 200 Leute in diesem Park. Aber das ist noch nicht so besonders, das war in Madrid ähnlich.«

Es folgen Bilder aus Madrid, wo Hunderte junge Leute vier Wochen lang den zentralen Platz der Stadt besetzten.

»Was ist in New York anders als bei den anderen Protesten?«

Keiner der Zuhörer reagiert.

»Es ist eine Marketingkampagne. Hinter der ganzen Occupy-Wall-Street-Aktion steht ein Marketingkonzept. Die arbeiten mit unseren Mitteln, obwohl sie eigentlich gegen uns agieren, oder gegen das, wofür wir in ihren Augen stehen. Das glaubt ihr nicht? Na gut, ich beweise es euch. Wer ist der Kopf von dem Ganzen? Kalle Lasn, ein Exwerber aus Vancouver. Er gibt dort die Zeitschrift *Adbusters* heraus, die gegen Werbung kämpft. Aber, wie gesagt, der Mann kommt aus der Werbung, der weiß, wie das Ding funktioniert. Und jetzt kuckt euch mal an, wie die Occupy-Leute in New York agieren.«

Jan ist außer Atem und nimmt einen Schluck Wasser.

»Also, welchen Platz halten sie besetzt: den Zuccotti Park, der früher mal Liberty Park hieß. Und warum machen sie das? Natürlich, weil er im Herzen von Manhattan liegt und es irgendwie passt, dass der Park früher mal ›Freiheit‹ hieß. Okay, so weit, so gut. Aber es gibt noch eine zweite Ebene. Es ist ein Vorteil, nein, eine Grundvoraussetzung für Occupy, dass der Park ein Privatgrundstück ist. Warum? Welcher Investor kann es sich bei der Medienpräsenz schon leisten, die von seinem Grundstück zu schmeißen? Keiner. Und deshalb dürfen sie dort bleiben! Sie dürfen bleiben, weil es ein Privatgrundstück ist!«

An der Wand jetzt Bilder aus New York. Das Zeltlager, Menschen in Schlafsäcken zwischen den Blumenbeeten. Auf dem Boden liegen Poster, auf einem steht: »This financial district is responsible for most of the poverty and suffering on this planet!« Drum herum sitzen Leute mit MacBooks auf den Knien. Die ganze Szenerie wird von Polizisten beobachtet, die sich rund um den Platz postiert haben.

»Protest mit MacBook. Ein lustiges Ferienlager, aber mit Polizeischutz! Ihr wisst ja, wie die Occupy-Leute sich intern organisieren. In der General Assembly, der großen Zusammenkunft, gibt es keine Mikrophone. Es gibt nur Mundpropaganda. Human Mic. Wie bei den Indianern … So entsteht Geheimwissen, so entstehen Gerüchte. Ideale Mythenproduktion. Virales Marketing in Reinform. Hätten wir uns nicht besser ausdenken können.«

Wieder schaut Jan in die Runde, aber es gibt weder Fragen noch Kommentare. Alle schauen ihn konzentriert an.

»Und jetzt habe ich noch einen dritten und letzten Punkt. Wie gehen die eigentlich mit der Polizei um? Klar, die bauen Barrikaden, das macht jeder. Aber woraus? Aus Büchern! Und dann hat die Polizei die Wahl zwischen zwei total unvorteilhaften Fernsehbildern. Entweder: Polizisten, die das ›Bildungsgut Buch‹ zerstören. Oder: Polizisten, die hilflos vor einer Wand aus Büchern stehen. Ist das genial? Die wissen genau, wie man Bilder herstellt, die im Fernsehen gut funktionieren. Die arbeiten mit den gleichen Methoden wie wir, um Aufmerksamkeit zu erzeugen. Nur manchmal eben etwas besser.«

Der Vorstandschef kuckt die anderen an. Alle nicken.

»Super«, sagt der Vorstandschef. »Jan, wirklich super. Sehr spannend.« Er schaut auf die Uhr. »Ich muss leider los. Aber das war wirklich gut.« Er schüttelt allen die Hand, bedankt sich bei Jans Team. Er dreht sich noch mal in den

Raum und ruft »Schönes Wochenende«. Dann geht er zu Jan, legt ihm die Hand auf die Schulter und flüstert ihm ins Ohr. »Komm mal mit raus.«

Draußen bekommt Jan die Freigabe für die nächsten Schritte. »Mach mal eine kleine Forschungsreise nach New York, kuck dir an, was das für ein Lifestyle ist. So wie du vorhin selbst gesagt hast: Sei drin, mach mit, beobachte nicht nur, sondern gestalte selbst.«

Nahaufnahme. Handkamera. Diffuses Licht.
Ein Mann, Anfang siebzig. Kurze weiße Haare, kräftige dunkle Augenbrauen. Helles Hemd, graublauer, ausgeleierter Pullover. Er sitzt entspannt zurückgelehnt an einem Tisch, die Hände hinter dem Kopf verschränkt. Ab und zu gestikuliert er stark mit den Händen. Beim Reden schaut er nicht in die Kamera, sondern nach oben.
Keine Nebengeräusche.
Stimme aus dem Off: »Kalle Lasn. Geboren 1942 in Tallinn, Estland, lebt heute in Vancouver, Kanada. Erst Werbetexter und Marketingexperte, dann Gründer der konsumkritischen Zeitschrift Adbusters. 2011 einer der Initiatoren von Occupy Wall Street. Kalle Lasn, der deutsche Philosoph Theodor W. Adorno hat einmal geschrieben: ›Es gibt kein richtiges Leben im falschen.‹ Stimmt das heute noch?«
Kalle Lasn: »Das kann man von zwei Seiten sehen. Man kann es in Bezug auf das Falsche sehen. Es gibt das System, den Kapitalismus, und man kann versuchen, innerhalb dieses Systems irgendwie ein authentisches und selbstbestimmtes Leben zu führen. Und wenn der Moment des Todes kommt, musst du nicht

›einen Augenblick noch!‹ sagen. Aber man kann das auch sehr persönlich betrachten. Eigentlich habe ich ein Leben in der Wiege des Kapitalismus geführt. Aber etwas hat mir immer eine Identität gegeben, an die ich glauben kann. Und die mir hoffentlich Frieden gibt, wenn ich sterben werde. Ich glaube an ein gutes Leben, und ich versuche nicht nur, in meinem Privatleben mein Bestes zu geben, sondern auch die gesellschaftlichen Zustände zu verändern. Denn der Kapitalismus ist eine Weltuntergangsmaschine, und wir brauchen eine Revolution, um alles wieder in Ordnung zu bringen.«

Stimme aus dem Off: »Viele Menschen glauben, die Occupy-Proteste waren dafür ein Anfang. Gilt das auch für die Riots in London, die von vielen nicht nur als weniger friedlich, sondern vor allem als weniger politisch wahrgenommen wurden?«

Kalle Lasn: »Ja ... ich denke, so war es! Meine Meinung dazu ist: Wenn der Kapitalismus zu scheitern beginnt, und so scheint es im Moment zu sein, wir befinden uns in einer Wirtschaftskrise wie 1929, oder sogar noch schlimmer, dann werden wir auf all diese Dinge zurückblicken und sagen: ›Ja, das war eigentlich eine sehr starke Form von Protest!‹ Occupy hatte einen magischen Moment, in dem es nur darum ging, sich gegenseitig zu lieben, sich näher zu kommen und miteinander zu schlafen … Und wie war es in London? Es waren an den Rand gedrängte Leute, mit einem fürchterlich deprimierenden Leben ohne Zukunft. Sie hatten keine Philosophie, aber sie hatten die Eier, einen Aufstand zu machen und richtig auf die Kacke zu hauen. Verstehst du? Dinge zerstören, Dinge klauen, einfach was machen. Und ich denke – ich sage voraus –, davon wird es noch viel mehr geben! Und es wird klar werden, dass man nicht unbedingt eine Philosophie braucht, um gegen das System zu kämpfen! Man muss nur wütend sein. Und diese Arten von Protest, die wir vor einigen Jahren in Frankreich hatten und dann in London, sind für mich das, womit die gesellschaftlichen Führer in Zukunft rechnen müssen. Es wird keinen Sinn ergeben, aber es wird effektiv sein.«

Stimme aus dem Off: »Was also benötigt Protest dann heute noch? Die Occupy-Bewegung war so friedlich. Muss Protest weniger friedlich ablaufen? Eher wie in London? Oder braucht man beides?«

Kalle Lasn: »Na ja, für mich geht es bei der Occupy-Bewegung darum, dass eine Menge junger Leute auf der ganzen Welt plötzlich aufgewacht sind, weil sie keine Zukunft für sich sahen. Ihr Leben wird schrecklich sein, und es gibt nichts, was sie dagegen tun können! Und wenn du wirklich glaubst, dass dein Leben ein schreckliches Durcheinander werden wird mit psychologischen, physiologischen, politischen und finanziellen Krisen, dann musst du für eine andere Zukunft kämpfen. Für mich ist das der grundsätzliche Impuls von Occupy und auch von allem, in das sich Occupy verwandelt hat. Pussy Riot, das Media Reform Movement in Mexiko, die Studentenproteste in Chile und natürlich die Indignados in Spanien und die Anarchisten in Griechenland. Und alle, inklusive der Leute, die nur Gewalt anwenden, weil sie wütend sind, werden Teil eines Regenbogens sein, eine Art Aufstand junger Menschen. Sie werden das gegenwärtige System zerstören. Und aus der Asche werden sie ein neues System aufbauen, von dem bis jetzt keiner weiß, wie es aussehen wird.«

Stimme aus dem Off: »Wer errichtet dieses neue System? Ökonomen? Marketingspezialisten? Künstler?«

Kalle Lasn: »Ich träume von einer Welt, in der wieder alles authentisch ist. Die ganze Lifestyle-Werbung, von der die jungen Leute so gerne sprechen, muss gestoppt werden. Selbst wenn es dafür zu einem Zusammenbruch kommt. Ich hätte lieber einen Zusammenbruch und Authentizität als unter dem gegenwärtigen System und mit dem ganzen Scheiß weiterzumachen. Das Einzige, was mir in meinem Alter noch übrig bleibt, ist die Überzeugung, dass Ästhetik die mächtigste Kraft ist und dass Künstler, Designer, Architekten und alle Leute, die im richtigen Kontext arbeiten, dass die eigentlich die mächtigsten Leute der Welt sind. Weil sie die Stimmungen im Fernsehen bestimmen. Sie bestimmen das Gefühl des Internets. Sie bestimmen, wie es sich anfühlt, ein Produkt in die Hand zu nehmen, von dem du dann plötzlich denkst, dass du es kaufen willst. Wie dein iPhone. Und in diesem Sinn sind sie die mächtigsten Kommunikatoren. Nicht nur, weil sie die Dinge, die Teil unseres Lebens sind, vermitteln, sondern weil sie sie bauen. Wenn ich mit Designern spreche, sage ich ihnen immer, dass sie die mächtigsten Personen der Welt sind. Und man dazu beitragen muss, die Welt aus diesem Durcheinander, in dem sie sich befindet, herauszudesignen. Nur indem man mit Stimmungen und Stilen und Gefühlen herumspielt, kann man etwas verändern.

Man kann Menschen eine schönere Lebensweise ermöglichen, nur indem man Dinge designt. Werdet Design-Anarchisten! Werdet Design-Anarchisten, zerstört das Design, mit dem ihr euch bisher beschäftigt, wo ihr den Konzernen Produkte liefert, die sich verkaufen werden. Hört auf, den Konzernen in den Arsch zu kriechen, und fangt an, das Lebensgefühl zu verändern.«

Blende.

LH 404 von Frankfurt nach JFK. Fünf Tage New York, erst undercover ein paar Tage im Occupy-Camp, dann zur Erholung ein oder zwei Nächte im Waldorf Astoria. Das ist Jans Plan.

»Nein, kein Whisky«, sagt Jan, als die Stewardess mit dem Getränkewagen vorbeikommt. »Tomatensaft.«

Jan fühlt sich nicht wohl in seiner Haut, genauer genommen in seiner Kleidung, er hat in einem Humana-Laden Secondhandklamotten gekauft, um im Camp nicht aufzufallen, und trägt seine alten Joggingschuhe. Hoffentlich sieht mich so niemand, der mich kennt, denkt er. Ansonsten hat er sich nicht groß vorbereitet, keine Termine gemacht. Er will sich einfach auf die Erfahrung einlassen, als wäre es ein Urlaubstrip.

Er blickt auf die letzten Monate zurück, eigentlich läuft alles ziemlich gut. Jan erinnert sich an London, an das Gefühl der Freiheit, den Rausch der Gewalt, die Nacht mit Angélique. Manchmal holen ihn zwar noch die Zweifel von damals ein, vor allem, wenn er sich bei seinen Recherchen mit radikalen Akteuren befasst, mit Menschen, die für ihre Ideen ihr Leben aufs Spiel setzen, keine Kompromisse eingehen, »ihr Ding konsequent durchziehen«, wie Jan dann sagt. Doppelagent ist manchmal auch eine Scheißrolle. Angélique hat sich immer noch nicht gemeldet, schade, aber mal sehen, was jetzt New York bringt, das Camp soll ja auch ein kleines Woodstock sein.

Die Stewardessen kommen mit dem Essen, Jan zappt sich durch das Bordprogramm, ein Film mit Angelina Jolie, *The Tourist*. Ein Mann, eine Frau, gestohlenes Geld, verwischte Identitäten, am Ende Showdown in Venedig. Nicht besonders spannend.

Jan holt seinen Rucksack (er hasst Rucksäcke, aber das muss jetzt halt sein) aus der Gepäckablage und sucht das Exposé raus, das Laura zusammengestellt hat.

Occupy Wall Street. Von der kanadischen Adbusters Media Foundation initiierte antikapitalistische Bewegung. Anfang Juni 2011 forderten der Gründer der Foundation, Kalle Lasn, und ein Redakteur des *Adbusters-Magazins*, Micah White, in einem Newsletter dazu auf, dem Vorbild des Arabischen Frühlings zu folgen: Amerika brauche »seinen eigenen Tahrir«. Am 9. Juni 2011 registrierten sie die Domain www.occupywallstreet.org. Am 13. Juli veröffentlichten sie auf der *Adbusters*-Webseite die Aufforderung, sich am 17. September, dem Geburtstag von Lasns Mutter, mit einem Zelt in der Wall Street einzufinden: »OCCUPYWALLSTREET. Are you ready for a Tahrir moment? On Sept 17, flood into lower Manhattan, set up tents, kitchens, peaceful barricades and occupy Wall Street.«
Etwa 1000 Demonstranten besetzten den 200 Meter von der New Yorker Börse entfernt gelegenen Zuccotti Park. Umfassendes internationales Medienecho erhielt der Protest aber erst am 24. September, als eine Gruppe Demonstranten einige Straßen blockierte und es zu Konflikten mit der Polizei kam. Im Internet kursierte ein Video, in dem ein Polizist eine Frau mit Pfefferspray attackiert, woraufhin sie schreiend zusammenbricht. Verschiedene Medien kritisierten den Polizeieinsatz aufs Schärfste. Konkrete Forderungen stellte Occupy Wall Street nicht. In Demonstrationen und bei Diskussionen tauchten jedoch wiederholt Themen wie eine Reform des Gesundheitssystems, Bildungszugang für alle Bürger sowie eine strengere Regulierung der Finanzmärkte auf. Der Philosoph Slavoj Žižek (geboren 1949) legitimierte die scheinbare Ziellosigkeit der Bewegung in einer Rede vor Ort mit dem »Vakuum im Feld der vorherrschenden Ideologie«. Um dieses Vakuum zu füllen, brauche es Zeit, zumindest wenn man eine Korrumpierung durch die Realpolitik vermeiden wolle. In einer Gesellschaft, die zwar die Wahlfreiheit feiere, in der es aber letztlich nur die Wahl zwischen erzwungenem demokratischen Konsens und blindem Aktionismus gebe, könne die Opposition, so Žižek, keine realistischen Alternativen entwerfen, ebenso wenig utopische Pro-

jekte. »Alles, was wir jetzt sagen, kann uns weggenommen werden – alles, nur nicht unser Schweigen. Dieses Schweigen, diese Verweigerung des Dialogs, aller Formen des Clinches, ist unser ›Terror‹ – bedrohlich und gefährlich, ganz so, wie es sein muss.«

Politik und Marketing, denkt Jan, ja, alles ziemlich schlau gemacht. Nur das daran wieder die Falschen verdienen. Jan schaut sich die Guy-Fawkes-Maske an, die Laura ihm eingepackt hat. Auf der Innenseite steht »Made in China«. Der Gewinn aus dem Verkauf der Masken geht an irgendeinen Global Player. Eine Protestbewegung, die ich initiiere, denkt Jan, müsste ihre eigenen Merchandisingartikel entwickeln und produzieren. Noch ne gute Idee, Revolutionsmerchandising.

Guy Fawkes (1570-1606), Mitglied einer katholischen Gruppe, die am 5. November 1605 ein erfolgloses Schwarzpulver-Attentat auf den englischen König Jakob I. verübte. Fawkes wurde zum Tod durch den Strang verurteilt und am 31. Januar 1606 hingerichtet. In Erinnerung an das Scheitern des Anschlags werden in England jährlich am 5. November Umzüge veranstaltet und Guy-Fawkes-Puppen verbrannt.
1982 stand Fawkes Pate für die Entwicklung des anarchistischen Helden der Comicreihe *V for Vendetta*, die in einem dystopischen England der Zukunft spielt. 2006 wurde *V for Vendetta* von den Geschwistern Wachowitz verfilmt, der Held trägt eine stilisierte Fawkes-Maske. Seit der Film in die Kinos kam, wird die Maske als Merchandisingartikel vertrieben.
Die Hacker-Gruppe Anonymous verwendet diese Maske seit 2008 bei Protestaktionen, erstmals bei einer Demonstration gegen die Church of Scientology in London. Auch Mitglieder der Occupy-Bewegung übernahmen die Maske, um ihre gemeinsame Gesinnung auszudrücken. Der Absatz liegt, so der Hersteller Rubies Costume Company, bei 100 000 Exemplaren pro Jahr, der Rechteinhaber ist Warner Bros. Anonymous versucht, diese indirekte Unterstützung eines global agierenden Konzerns mit dem Import billiger Kopien aus China zu umgehen.

New York. Vom Flughafen nimmt Jan ein Taxi zum Waldorf Astoria. Er will sein Gepäck abgeben, der Mann an der Rezeption schaut ihn skeptisch an, kein Wunder bei seinem Aufzug: Die Cargohose ist an beiden Knien geflickt und das karierte Hemd mehr als albern. »Ich habe mein Zimmer erst in drei Tagen. Geht's trotzdem?«

Jan legt zehn Dollar auf den Tresen, der Mann nickt und bringt das Gepäck in den Aufbewahrungsraum.

Jan nimmt die Subway zum World Trade Center. Ground Zero. Aber deshalb ist er nicht hier. Noch vier Blocks, und er hat sein Ziel erreicht.

Zuccotti Park. Platz im Süden Manhattans, etwa 200 Meter von der Wall Street entfernt. Die 3100 Quadratmeter große Fläche wurde 1968 unter dem Namen Liberty Plaza von dem Unternehmen United States Steel angelegt. 2006 wurde der Platz renoviert und nach dem Vorsitzenden des aktuellen Inhabers, dem Unternehmen Brookfield Office Properties, John Zuccotti, benannt. Der Zuccotti Park ist ein POPS (*privately owned public space*; dt.: öffentlicher Raum in Privatbesitz). Unternehmen richten POPS ein, um im Gegenzug die Genehmigung zum Bau weiterer kommerziell genutzter Flächen zu erhalten. Die Unternehmen verpflichten sich, der Öffentlichkeit jederzeit Zugang zu den Flächen zu gewähren.

Der Park ist viel kleiner, als Jan ihn sich vorgestellt hat. An einen Park erinnert wenig. Ist eigentlich ein Platz, denkt Jan. Alles ist komplett mit Betonplatten ausgelegt, die Pflanzflächen sind mit Granit eingefasst, und Bäume gibt es auch nur wenige. Jan ist das egal, er ist ja wegen des Camps hier. Zwischen den Menschen und Zelten ragt eine große rote Skulptur aus drei Stahlträgern hervor, die aussieht, als hätte jemand Mikado gespielt. Lauras Unterlagen hat Jan entnommen, dass die Skulptur »Joie de Vivre« heißt. Lebensfreude.

Jan muss lachen. Ja, ums Leben geht es hier wirklich, aber es ist nicht nur Spaß. Der Platz ist umringt von Polizisten, die das Treiben im Camp beobachten.

Die Flächen zwischen den Beeten und Bäumen sind voller Zelte, Schlafsäcke liegen auf dem Boden, an den Bäumen hängen Plakate mit Parolen, Ankündigungen und anderen Hinweisen. Jan geht zu einem Infostand.

»*How are you*«, begrüßt ihn einer der freiwilligen Helfer. »Du willst hier mitmachen? Cool, großartig. Echt, aus Deutschland kommst du? *Guten Tag*, nein, das ist das Einzige, was ich auf Deutsch sagen kann. Ach, ich kann noch was: *Willkommen*. Du weißt nicht, wo du schlafen sollst? Aber ein Zelt hast du schon dabei, ja, kein Problem, easy, such dir einen Platz.«

Jan schaut sich um. Sein Blick bleibt an einer großen blonden Frau hängen, die auf ihn zukommt.

»Hi, ich bin Slavia. Brauchst du Hilfe?«

Wow, denkt sich Jan und starrt sie an.

»Brauchst du Hilfe?«, wiederholt sie.

»Ja, ich brauche einen Platz für mein Zelt.«

»Okay, komm mit, ich zeige dir einen.«

Wortlos läuft Jan hinter Slavia her, die zielstrebig die Mitte des Platzes ansteuert, dann vor einem großen Zelt nach links abbiegt.

»Da ist nachher die General Assembly. Das erste Mal hier?«, fragt sie, diesmal auf Deutsch mit einem leichten osteuropäischen Akzent.

»Ja. Du sprichst Deutsch? Gleich erkannt, dass ich Deutscher bin?«

»Deine Klamotten, dein Englisch, alles sehr deutsch.«

»Mhm. Und woher kannst du so gut Deutsch?«

»Ich hab mal eine Zeit lang in Deutschland gelebt. Ich bin Serbin, aber als der Bürgerkrieg ausbrach, sind wir nach

Deutschland geflohen. Nach dem Krieg bin ich nach Belgrad gegangen. Mein bisschen Deutsch hab ich wieder verlernt.«

»Nein, du sprichst super.«

»Du willst mir wohl Komplimente machen.«

Die beiden gehen durch die Zeltreihen, Slavia begrüßt hier und da andere Aktivisten.

»Was machst du eigentlich beruflich? Bist du Journalist?«

»Nein«, antwortet Jan. »Ich bin einfach nur neugierig, ich hab so viel gelesen, und da wollte ich mir das unbedingt mal ansehen, ich meine, ich bin eigentlich nicht so der Aktivist und auch kein Demotyp, aber die Occupy-Idee, ›Wir sind die 99 Prozent‹, die hat mich total angesprochen, ja, und da wollte ich mir das mal ansehen.«

»Aha«, Slavia lacht trocken, »sonst würde ich dich nämlich gleich rüber zum Pressezelt bringen.« Sie zeigt auf ein großes Zelt am anderen Ende des Parks. »Dann suchen wir mal einen Platz für dich.« Im Gehen erklärt Slavia den Aufbau des Camps. »Das da ist unsere Feldküche. Wenn du dich nützlich machen willst, die brauchen immer Hilfe.« Sie bleiben an einem kleinen, noch nicht belegten Flecken stehen. »So, da wären wir.«

Jan bedankt sich, legt seine Sachen ab, öffnet den Rucksack, packt Isomatte und Schlafsack aus, schaut sich auf der kleinen Parzelle um, die Slavia ihm zugewiesen hat.

»Aber ein Zelt aufbauen kannst du schon, oder?«

Sie zieht die Stangen aus Jans Zelttasche. »Komm, ich helf dir. Und dann führ ich dich ein bisschen rum.«

Alltag und politische Arbeit im Camp von Occupy Wall Street werden von Dutzenden Arbeitsgruppen organisiert. 17 davon sind der praktischen Organisation der Bewegung gewidmet, etwa »Accounting« (297 Mitglieder), »Sanitation« (50 Mitglieder), »Media Working Group« (488 Mitglieder) und, die größte Gruppe, »OWS Direct Action« (811 Mitglieder). Die größten Gruppen für allge-

meinere Belange sind der »Think Tank« (855 Mitglieder), »Arts & Culture« (722 Mitglieder) sowie »Politics & Electoral Reform« (618 Mitglieder). Die »Design«-Gruppe hat 151 Mitglieder.
In der New York City General Assembly (NYCGA) stellen die Arbeitsgruppen ihre Überlegungen zur Diskussion. Hier werden die Entscheidungen über den weiteren Verlauf der Bewegung getroffen. Die General Assembly ist öffentlich zugänglich, jeder hat das Recht, sich als Sprecher einzubringen und die Vorschläge der Arbeitsgruppen zu kommentieren. Die Sprecherfolge erfolgt allerdings nicht nach Reihenfolge der Meldungen. Das Wort erteilt ein Moderator, Mitglieder marginalisierter Gruppen müssen kürzer, weiße Männer meist länger warten. Die Anwesenden sprechen die Beiträge chorisch Wort für Wort nach – dieses »Human Microphone« ersetzt die von der Polizei verbotenen Verstärker. Zustimmung und Ablehnung werden per Handzeichen mitgeteilt.

Am nächsten Morgen geht Jan zur Feldküche, er hat nicht besonders gut geschlafen; lag die halbe Nacht wach, hatte aber keine Lust, alleine über das Gelände zu streifen. Er vermisst ein Hotel, eine heiße Dusche. Der Jetlag hängt ihm in den Knochen, verschlafen bittet er um einen Kaffee. »Hol dir da drüben einen Becher.« Jan sieht den Haufen dreckigen Geschirrs und verflucht die Idee mit dem Abenteuerurlaub in New York.

Plötzlich taucht Slavia auf, Jans schlechte Laune ist wie verflogen.

»Wie geht es dir?« Slavia mustert ihn von oben bis unten. »Gut geschlafen?«

»Wenn ich ehrlich bin, nein.«

»Das sieht man.« Sie lacht ihn fröhlich an. »Du bist einen Schlafsack nicht so gewohnt, oder?«

»Nein, überhaupt nicht. Sieht man mir das etwa auch an?«

»Ja, da helfen dir auch deine komischen Klamotten nicht. Weißt du, was wir jetzt machen?«

Jan kuckt sie fragend an.

»Wir gehen jetzt richtig schön frühstücken.«

»Hier?«

»Nein, draußen, Mann, du bist in New York, da musst du doch noch was anderes sehen als das Occupy-Camp.«

Eine Viertelstunde später sitzen Jan und Slavia in einem kleinen Café. Sie reden über New York und was er sich noch ansehen soll.

»Und, was machst du hier, ich meine beruflich?«, fragt Jan.

»Mein Job? Na ja, ich bin Aktivistin. Ich bau hier die Strukturen mit auf. Jede Organisation, die etwas erreichen will, hat eine Struktur. Die Struktur macht sie unabhängig von Einzelpersonen, von charismatischen Figuren. Aber echte Organisationen sind über Jahre gewachsen und hierarchisch strukturiert. Junge Bewegungen wie Occupy sind spontan, nicht hierarchisch. Sie sind immer in Gefahr, wieder zu zerfallen, sich in ihre Einzelteile aufzulösen. Deshalb brauchen sie ein bisschen Struktur, wobei die meisten Aktivisten nicht wissen, wie man die aufbaut, was man braucht und was nicht. Da ist es gut, wenn sie Unterstützung bekommen von jemandem, der Erfahrung hat und bestimmte Methoden kennt. Deshalb bin ich hier, ich gebe Tipps für die aktivistische Arbeit. Zum Beispiel wie das mit der Presse funktioniert und so, was man twittert und was nicht. Und wie man Zelte aufbaut …«

Beide kichern. »Aber die Presse ist das Wichtigste, oder?«, fragt Jan.

»Nicht nur, aber auch. Kennst du den Song ›The Revolution Will Not Be Televised‹?«

»*You will not be able to stay home, brother.*« Jan ahmt den Sprechgesang von Gil Scott-Heron nach. »*You will not be able to plug in, turn on and cop out. You will not be able to lose yourself on skag and skip. Skip out for beer during commercials. Because the revolution will not be televised.*«

»Nicht schlecht! Früher mal Musik gemacht?«

»Nee, aber in meinem Job muss ich mich auch mit so was beschäftigen. Wusstest du eigentlich, dass Nike den Song mal für eine Reihe von Spots benutzt hat?«

Slavia schüttelt den Kopf.

Gil Scott-Heron (1949-2011), amerikanischer Musiker, einer der Vorväter des Hip-Hop. Sein berühmtester Song, »The Revolution Will Not Be Televised«, erschien 1970. Der konsumkritische Text paraphrasiert spielerisch zeitgenössische Werbeslogans – von Zahnpasta bis zu Kopiergeräten. Im Geist der amerikanischen Bürgerrechtsbewegung ist das Lied ein Aufruf zur politischen Emanzipation. Dies hinderte große Unternehmen nicht daran, ihn für Marketingzwecke zu verwenden: 1995 war der Song (gerappt von KRS-One) der Soundtrack zu einem Werbespot der »Revolution«-Kampagne von Nike.

Jan trommelt weiter mit den Fingern den Rhythmus auf die Tischplatte, Slavia wippt dazu mit dem Körper.

»Aber er hatte eben nicht recht. Wenn du heute eine Revolution machen willst, geht nichts ohne Fernsehen und Videos im Internet. Du brauchst die Massenmedien, um deine Botschaften zu verbreiten, um Leute zum Mitmachen zu gewinnen, und vor allem auch zum Schutz. Deshalb gehen im Arabischen Frühling die Gruppen auf die großen Plätze, sie wollen selbst keine Gewalt anwenden, aber sie wollen auch, dass ihnen keine Gewalt angetan wird. Die Masse geht in den öffentlichen Raum, damit sie gesehen wird. Wo die internationale Presse filmt, traut sich kaum ein Regime, wirklich zuzuschlagen, auf Leute zu schießen und so.«

»Und was war mit dem Platz des Himmlischen Friedens?«, unterbricht Jan.

»Ja, aber erstens ist 1989 lange her und zweitens ist China was anderes. Ein Sonderfall. Länder, die auf den Westen angewiesen sind, können sich so was nicht leisten. In Ägypten wäre doch auf Jahre der Tourismus kaputt gewesen, wenn sie Demonstranten erschossen hätten. Also, Widerstand im Untergrund ist in gewisser Weise gefährlicher als Widerstand in der Öffentlichkeit. Und hier im Westen ist es ja auch nicht so viel anders.«

»Wie meinst du das?«

»Na ja, die New Yorker Polizei ist normalerweise nicht gerade zimperlich. Und weltweit bekannt wurde das Camp nur, weil die Polizei brutal gegen Demonstranten vorgegangen ist und die Bilder dann um die Welt gingen. Jetzt müssen sie sich gut benehmen. Wir werden doppelt gefilmt – einmal von der Polizei, die uns überwacht, und dann von den Medien, die uns und die Polizei beobachten. Doppelte Überwachung hält besser, verstehst du?« Slavia lacht und wirft sich in ihren Sessel zurück.

»Warum bist du wieder zurück nach Belgrad?«

»Weil ich was ändern wollte. Ich hab mich dann sofort einer Oppositionsgruppe angeschlossen, Otpor!. Als Milošević gestürzt war, bin ich noch mal raus, hab in England Politik und BWL studiert. Damals dachte ich, dass Politik und Wirtschaft die Welt verändern. Aber ich hab mich dann entschieden, nicht in *dieser* Politik und *dieser* Wirtschaft zu arbeiten. Das kam für mich nicht infrage.«

Otpor! (dt.: Widerstand!). Serbische Protestbewegung, im Oktober 1998 von Studenten der Universität Belgrad gegründet, fand vor allem unter Jugendlichen Zuspruch. Ab 2000 bis zu ihrer Auflösung 2004 politische Partei. Das Ziel von Otpor! war der Sturz von Präsident Slobodan Milošević. Dazu übertrug Otpor! Methoden modernen Produktmarketings auf politische Prozesse. Wichtiges Element waren humorvolle und gleichzeitig medientaugliche

Protestaktionen. Bei diesen Aktionen setzte Otpor! auf visuelles Branding. Logo der Organisation war eine geballte Faust.

Jan holt neuen Kaffee. »Und da bist du immer noch?«

»Otpor! gibt es nicht mehr«, antwortet Slavia. »Was wir erreichen wollten, haben wir erreicht. Aber es gibt einen Nachfolger, damit wir das Wissen weitergeben können. Canvas. Wir unterstützen Revolutionen. Wir unterrichten andere in gewaltlosem Widerstand. Wir zeigen, mit welchen Strategien man unter den heutigen Bedingungen Erfolg hat. Viele wissen nicht, wie die Medien funktionieren und wie man sie für den Widerstand nutzen kann. Und welche Rolle Werbelogik im Denken und Fühlen der Menschen spielt.«

Center for Applied NonViolent Action and Strategies, abgekürzt **Canvas**. 2004 in Belgrad von den ehemaligen Otpor!-Aktivisten Slobodan Djinovic und Srdja Popović gegründete Organisation, die weltweit Schulungen in gewaltlosem politischen Widerstand durchführt. Kern der dort gelehrten Strategie ist die Verwendung von einfachen Botschaften, starken Bildern, attraktiven Events und Zielgruppenorientierung. »One picture posted in a visible place is worth more than a thousand words.«
Die detaillierten Kursinhalte können im Canvas-Leitfaden *Nonviolent Struggle: 50 Crucial Points* nachgelesen werden (kostenloser Download unter: http://www.Canvasopedia.org/legacy/files/various/Nonviolent_Struggle-50CP.pdf). Er liest sich in Teilen wie ein Ratgeber für Branding und Guerillamarketing. So wird empfohlen, eine SWOT-Analyse von »strengths, weaknesses, opportunities and threats« der eigenen Organisation durchzuführen, wie sie auch in Wirtschaftsunternehmen gängig ist. Grundlage aller darauf aufbauenden Maßnahmen ist dann »zielgerichtete Kommunikation«. Dabei geht es vor allem um die Öffentlichkeit: »Changing public opinion about an issue. Changing the habits and behaviour of the public in relation to that issue.«
Allerdings warnt Canvas auch davor, die Arbeit an der Revolution als eine jederzeit spannende Aufgabe mit sofortiger Wirkung miss-

zuverstehen: »Revolutions are often seen as spontaneous«, zitiert das Magazin *Foreign Policy* Ivan Marovic, einen der führenden Aktivisten von Otpor! und Canvas. »But it's the result of months or years of preparation. It is very boring until you reach a certain point, where you can organize mass demonstrations or strikes.« In den *50 Crucial Points* gibt es deshalb ein Kapitel über »Human Resources«. Wichtig sei es, den Aktivisten der Bewegung das Gefühl zu geben, dass sie an einer großen Sache mitwirken. So entstehe emotionale Bindung und positive Identifikation.

Finanziert wurde die 2006 erschienene Publikation durch das United States Institute of Peace (USIP). Das Budget von Canvas wird zur Hälfte aus dem privaten Vermögen von Gründer Slobodan Djinovic gedeckt, der 2000 Serbiens erstes Unternehmen für kabellose Internetzugänge gegründet hat, heute das größte private Telekommunikationsunternehmen des Landes. Der Rest wird aus strukturellen und projektgebundenen Förderungen von Organisationen wie den UN, der US-amerikanischen NGO Freedom House unter Leitung des ehemaligen CIA-Direktors James Woolsey und dem Open Society Institute von George Soros bestritten.

Ihr Logo, die emporgestreckte, geballte Faust, tauchte in Ägypten, in Libyen, aber auch im Occupy-Camp in New York auf. Die von (strukturell konservativen) amerikanischen Organisationen mitfinanzierte Form des gewaltlosen Widerstands kehrte so an ihren Entsendungsort zurück.

»Und dann reist du von Aktion zu Aktion, quasi als Botschafterin, berätst, gibst Hilfestellung, damit die lokalen Aktivisten ihre eigene Organisation aufbauen?«

»Wenn du willst, kannst du das so nennen. Ich war schon in einigen Ländern. Aber darüber reden wir nicht.«

»Klar.«

»New York gefällt mir eh am besten. Die Stimmung ist …«, Slavia schaut sich um, »… so locker. Und alle, die mitmachen, glauben wirklich an Gewaltfreiheit. Und das ist Canvas wichtig.«

Jan nickt.

»Und weißt du, was ich besonders gut an Occupy finde? Es kommt nicht so sehr auf den Einzelnen an. Und gleichzeitig ist jeder Einzelne ganz wichtig. Klingt erst mal widersprüchlich, oder?« Slavia wartet seine Antwort nicht ab. »Ist es aber nicht. Weil es auf die Gemeinschaft ankommt. Um etwas zu verändern, ist es nicht so wichtig, wer ich bin und was ich mache. Aber zusammen bilden wir die Gemeinschaft. Dabei kommt es für dich als Einzelnen darauf an, wofür du dich entscheidest.«

Slavia ist ein Volltreffer, Jan hat nicht erwartet, gleich zu Beginn seiner New-York-Recherchen eine so interessante Quelle zu treffen. Fakten braucht er nicht, die stellt ihm sein Team zusammen; den Leitfaden von Otpor! hatte ihm sein Politikwissenschaftler schon längst rausgesucht. Jan geht es eher um das Emotionale, die Gedanken und Gefühle der Aktivisten. Den Grad der Überzeugung. Und genau diesen Einblick bekommt er nun durch Slavia.

»Hey, bist du noch da? Hab ich zu viel geredet?«, fragt Slavia.

»Nein, nein, alles gut.«

»Dabei weiß ich immer noch nicht, was du eigentlich machst. Einfach nur so bist du ja auch nicht hier ...«

Eigentlich hatte Jan sich vorgenommen, niemandem zu verraten, dass er in der Werbung arbeitet. Lehrer wäre eine gute Alternative, das ist unverfänglich. Erdkunde und Kunst, da kann er gut improvisieren. Er hat allerdings das Gefühl, dass zwischen ihm und Slavia schon in der kurzen Zeit eine Art Vertrautheit entstanden ist. Was sie da macht, ist eigentlich gar nicht so weit von meinem Job entfernt, denkt Jan.

»Was glaubst du denn, was ich beruflich mache?«

»Keine Ahnung. PR? Oder Werbung? Auf jeden Fall was Kommerzielles.«

»Volltreffer. Woher weißt du das?«

»In meinem Job bekommt man es mit einer Menge Leuten zu tun, unterschiedlichste Branchen, da kriegt man mit der Zeit ein Gefühl dafür. Ich treff auch auf Werber und Marketingleute. Es ist ja nicht so, dass die großen Unternehmen nicht auch mitbekommen würden, was in der Welt abgeht. Du arbeitest in einer Werbeagentur?«

Angriff ist die beste Verteidigung, denkt Jan. »Trendforschung. Deshalb bin ich hier.«

Jan wartet Slavias Reaktion ab. Sie ist nicht überrascht. Er ist anscheinend nicht der erste Besuch von der »Gegenseite«. Sie macht keine Anstalten, das Gespräch zu beenden. Im Gegenteil, sie wirkt noch interessierter.

»Also bist du so eine Art ... Spion?«

»Wenn man so will ...«

»Jan, dann bist du falsch hier«, sagt sie in strengem Ton. »Völlig falsch.«

Scheiße, da bin ich wohl zu weit gegangen, denkt Jan erschrocken. Schade, gerade jetzt, wo es spannend wird. Er mustert Slavias ernstes Gesicht. Und dann sieht sie auch noch so gut aus.

Plötzlich fängt Slavia an zu lachen. »Reingefallen!«

Jan kuckt irritiert.

»Hey, es geht hier nicht um gut und böse. Um richtig oder falsch. Eine Bewegung wie Occupy lebt davon, dass viele unterschiedliche Menschen mitmachen. Wirklich verändern wird sich nur etwas, wenn unsere Ideen auch in ganz andere Bereiche der Gesellschaft überspringen. Und dazu braucht es Leute wie dich. Leute, die eigentlich nicht dazugehören, sich aber trotzdem für uns interessieren. Am Ende kommt es natürlich darauf an, für welche Seite du dich entscheidest ...«

Jan schweigt einen Moment. Ob es eine Eigenschaft dieser neuen politischen Bewegungen ist, auch ihre Feinde zu integrieren? Die Marketingmethoden des Kapitalismus haben sie ja schon übernommen. Was Slavia da sagt, kommt ihm ziemlich vertraut vor. Hatte nicht Angélique quasi dasselbe gesagt? Gehörte sie etwa auch einer solchen Bewegung an? Schließlich wusste sie während der Riots immer sehr genau, was gerade wo abging.

»Aber wie soll ich mich denn einbringen?«

»Hey, du bist hier der Kreative! Gründe doch ein Unternehmen, das genau das anbietet, was dich hierhergebracht hat. Schnupperkurs in Occupy. So als Lifestyle-Erlebnisreise. Danach Ausruhen im Luxushotel. Vielleicht noch ein Vortrag von jemandem von uns, und danach Shopping auf der 5th Avenue. Wenn du so ein paar Leuten nahebringst, was hier passiert, dann ist das schon mal nicht schlecht.«

»Spinnst du?«, sagt Jan, denkt aber, dass das noch konsequenter ist als der Themenpark, den er sich mit Valerie ausgemalt hatte.

»Nein, das ist doch eine coole Idee. Ein neues Lifestyle-Unternehmen. Beim Shopping setzen sich die Leute mit der Welt und ihrem Leben auseinander. So ist das halt, und du weißt das ganz genau.« Slavia schaut auf die Uhr. »Oh, es ist schon spät. Ich habe noch eine Verabredung.« Sie steht auf. »Entschuldige, ich muss wirklich los. Gib mir doch deine Karte, dann meld ich mich bei dir. Vielleicht sehen wir uns ja mal wieder.« Sie lächelt ihn an. »Je nachdem, wie du dich entscheidest.«

Jan sucht in seiner Jacke nach Visitenkarten, findet aber keine. Klar, denkt er, die hat Laura nicht eingepackt, man weiß ja nie, womit man aus Versehen Verdacht erregt. Er schreibt Slavia seine private Mailadresse auf eine Serviette.

Der belgische Surrealist **Marcel Mariën** (1920-1993) legte in seinem Buch *Théorie de la révolution mondial immédiante* (dt.: *Weltre-*

volution in 365 Tagen) 1958 einen Plan vor, wie man den Kapitalismus innerhalb eines Jahres überwinden könne – durch eine Revolution, die die Mittel der Werbung und des Marketings einsetzt. Zur »Vereinheitlichung und Organisation der Massen für die Weltrevolution« schlägt er die Einrichtung eines »Freizeitklubs« vor. Dieser solle, so Mariën, die Menschen da erreichen, wo er noch ansprechbar ist, nämlich in seiner Freizeit. Das Ganze ist als große Geheimaktion angelegt. »Niemand, vom Laufburschen bis zum Generaldirektor, wird über die eigenartigen Ziele informiert sein, die der Freizeitklub unmerklich verfolgen muss. Er funktioniert genauso wie jedes beliebige kapitalistische Unternehmen [...]. In unserer Aktion vermischen sich Werbung und Produkt und werden tatsächlich ein und dasselbe [...]. Und tatsächlich, wir werden Geld machen, und das ist, alles in allem, unsere beste Tarnung.«

Jan bleibt noch einen Moment sitzen. Er muss das Gespräch erst mal verdauen. Eine ziemlich gute Idee, die Slavia ihm da so en passant auf dem Silbertablett präsentiert hat. Genau das, wonach ich seit London suche. Ein Lifestyle-Unternehmen, das den Wunsch nach Protest vermarktet. Und in einfache Produkte und Dienstleistungen übersetzt, die sich jeder kaufen kann. Vielleicht nicht jeder, aber halt die, die es sich leisten können. Ein Trip zum Occupy-Camp, zum Tahrir-Platz, Menschen aus den entsprechenden Städten als Reiseführer. Viel spannender als Safaris in die Serengeti, bei denen man hinterher für den WWF spenden soll. Nein, das ist total dated, öko und so. Political Movement, das ist der Renner, jetzt kommt härteres Zeug als Nachhaltigkeit. »Sei Teil der Bewegung«, das wäre der Slogan, eigentlich derselbe wie beim Urban Force, nur viel ernster. Da kann man was draus machen, und am Ende hat das Ganze noch einen Sinn. Dann bin ich wirklich ein Doppelagent, Werber und Widerstandskämpfer in einem. Und mit jemandem wie Slavia als Aushängeschild hätte so ein Projekt auch noch echte Credibility. Er holt seine iPhone raus und macht sich erste Notizen. Bin gespannt, was sie dazu sagt, denkt Jan. Am Abend geht er in sein Hotel. Gut essen, dann ausschlafen. Als er am nächsten Tag zum Camp geht, ist Slavia nicht mehr da.

Nahaufnahme. Handkamera. Licht von rechts.
Der Mann hat einen Seitenscheitel und trägt ein Hemd. Der oberste Knopf ist offen. Er schaut direkt in die Kamera.
Klangkulisse: Ein Café im Außenraum, im Hintergrund Gesprächsgeräusche.
Stimme aus dem Off: »Das ist Srdja Popović. Geboren 1973 in Belgrad. Politaktivist. Mitbegründer des serbischen Thinktanks Canvas. Schult weltweit Protestgruppen in Methoden und Strategien des gewaltfreien Widerstands. Der Philosoph Theodor W. Adorno sagt, dass es kein richtiges Leben im falschen gibt. Leben wir heute im falschen System?«
Srdja Popović: »Ob wir im richtigen oder im falschen System leben, ist eine sehr individuelle Einschätzung. Aber ich glaube, es ist das richtige System, genauso wie ich glaube, dass jeder seinen eigenen Way of Life frei wählen soll. Ich möchte nicht urteilen, was richtig ist und was falsch. Was ich bewerten kann, ist deine Bereitschaft, Dinge zu verändern. Und ich bin immer auf der Seite der Menschen, die für die richtigen Dinge kämpfen und für ihre Sache eintreten, die etwas riskieren, weil sie an etwas glauben.«
Stimme aus dem Off: »Wenn man sich den Revolutionsratgeber von Canvas ankuckt, hat man manchmal das Gefühl, es wäre eine Art Werbeprospekt für Protestmethoden. Macht Canvas PR für Revolutionen?«

Srdja Popović: »Nein, natürlich nicht. Diese Methoden stammen von vielen, vielen gewaltlosen Bewegungen und sind alles andere als PR. Politik ist grundsätzlich etwas anderes als PR. Und dass wir Politik heute für PR halten, zeigt, dass wir Politik nicht richtig verstehen. Schau dir die Methoden von Canvas an, sie beginnen mit einem Entwurf für eine Vision von morgen. Und ich glaube, dass jeder Lebensweg – ob er nun mit Ideologie, Kapitalismus, Menschenrechten oder dem Schutz der Eisbären zu tun hat – mit einer sehr klaren Idee beginnt: Was zum Teufel will ich erreichen, und wie krieg ich das hin? Also, erst wenn du eine klare Idee hast, wohin du willst, kannst du anfangen, Taktiken und Strategien zu entwickeln, wie du da hinkommst.«
Stimme aus dem Off: »Und wie komme ich zu der klaren Idee?«
Srdja Popović: »Grundsätzlich ist es wichtig, sich mit den Leuten, denen man vertraut, zusammenzusetzen und sich die Frage zu stellen: Wo zum Teufel wollen wir sein, wenn der Kampf vorüber ist? Und das ist der große Unterschied zwischen PR und Politik und Ideologie. Für den gewaltlosen Kampf müssen wir wirklich wissen, wo wir hinwollen, denn es gibt absolut keine Chance zu gewinnen, wenn du dein Ziel nicht kennst. Selbst wenn du einen vorübergehenden Sieg erringst wie die Leute in Libyen – wenn du keine klare Vision davon hast, wo du dein Land in 20 oder 30 Jahren siehst, welche Rolle die Menschenrechte und die Religion, die Gleichberechtigung und die Bildung einnehmen, wirst du nicht zu einem erfolgreichen Ende kommen. Es geht

um die Frage, die du dir am Anfang stellst: ›Wo zum Teufel will ich hin?‹«

Stimme aus dem Off: »Und, wo will die Welt hin?«

Srdja Popović: »Wo will die Welt hin? Ich glaube, die Welt ist aus der Sicht der Bürgerbewegungen, aus der Sicht des gewaltlosen Widerstands in den letzten Jahren ein unheimlich interessanter Ort geworden. Mehr als jemals zuvor begreifen die Menschen, die bislang politische Volksbewegungen ignoriert haben, dass diese Bewegungen und ihre Inhalte die Welt in Zukunft verändern können. Das sieht man an vielen Orten. Der Arabische Frühling, die Sommerunruhen in Griechenland und Spanien, der Amerikanischen Herbst der Occupy-Bewegung und der Russische Winter zeigen, dass sich derzeit die politische Landschaft der Welt verschiebt. Wohin das die Welt in 25 Jahren führen wird? Das ist schwer zu sagen. Aber jeder Ort der Welt, an dem die Rolle des Individuums und die Rolle von Volksbewegungen gegenüber lokalen Eliten gestärkt werden, ist für mich ein besserer Ort.«

Stimme aus dem Off: »Wenn ich also einen Beitrag leisten will für eine bessere Welt, wo soll ich anfangen?«

Srdja Popović: »Man muss im eigenen Hinterhof anfangen. Ich denke, Bewegungen werden dann wirklich erfolgreich, wenn sie auf die eigene unmittelbare Umwelt achten. Man sollte da anfangen, wo man selber lebt. Mit den Leuten reden und sie dann mit den Problemen mobilisieren, die für sie wirklich wichtig sind.«

Blende.

Einen Monat nach seiner Rückkehr aus New York bekommt Jan eine Mail von Slavia.

Von:	slavia@canvas.org
Gesendet:	xx.xx.2011, 16:32:18 MESZ
An:	jan_hamburg@web.de
Betreff:	Wie hast du dich entschieden?

Ansonsten ist die Mail leer.

Endlich, denkt Jan.

Von:	jan_hamburg@web.de
Gesendet:	xx.xx.2011, 17:32:18 MESZ
An:	slavia@canvas.org
Betreff:	Ja
	Aber ich brauche deine Hilfe.

Einen Tag später antwortet Slavia.

Von:	slavia@canvas.org
Gesendet:	xx.xx.2011, 09:28:06 MESZ
An:	jan_hamburg@web.de
Betreff:	Berlin?
	Nächsten Mittwoch, 18.00, Café Bravo.

Als Jan in Berlin-Mitte ankommt, ist es erst zwei. Eigentlich wollte er noch was zu Mittag essen, aber er hat keinen Hunger. Das Bravo befindet sich im Innenhof der Kunstwerke, einem Berliner Kunstverein, der sich in den letzten Jahren international einen Ruf als Ausstellungsort für Gegenwartskunst erworben hat. Deshalb kuckt er sich dort noch eine Ausstellung an, *Seeing is Believing*, und geht dann um die Ecke zu C/O Berlin, wo *Unheimlich Vertraut. Bilder vom Terror* gezeigt wird. Beide Ausstellungen haben 9/11 als Aufhänger. Einige Arbeiten interessieren Jan, andere sprechen ihn nicht an.

Um kurz nach sechs ist er im Bravo. Es befindet sich in einem Pavillon, den der Künstler Dan Graham entworfen hat. Die verspiegelten Glasflächen erinnern an seine Rauminstallationen. Aber weil es ein Café ist, nimmt es niemand als Kunstwerk wahr. Eine richtig coole Location ist es nie geworden, denkt Jan, aber ganz nett. Keine Ahnung, warum Slavia dieses Café vorgeschlagen hat, kennt sich halt nicht aus in Berlin.

Slavia steht mit dem Rücken zum Tresen. Jeans, enges weißes T-Shirt, das Becken leicht nach vorne geschoben, die blonden Haare zu einem Zopf nach hinten gebunden.

Jan geht auf sie zu. »Entschuldige, dass ich zu spät bin, eigentlich nicht meine Art.«

»Kein Problem, sind ja nur fünf Minuten.«

»Ich hab mir noch zwei Ausstellungen angesehen, hier und im C/O.«

»Ich auch. Hast du die Fotos mit den Postern in der C/O-Galerie gesehen?«

»Du meinst die, wo ›Show You Are Not Afraid‹ draufsteht? An der Mauer in Israel? Ja, die fand ich ganz gut. Hätte mir beinahe ein Poster mitgenommen, war mir aber zu umständlich.«

»Die sind gut, stimmt. Und hier, in den KW, was ist da bei dir hängengeblieben?«

»Die Fotos von dem Esel, der wie ein Zebra angemalt ist.«

Beide lachen.

»Wirklich schön, dich wiederzusehen. Das ging schneller,

als ich gedacht hatte«, sagt Jan. »Und, was geht in New York?«

»New York? Ich hab dort gemacht, was ich machen sollte. Jetzt bin ich hier. Wegen deiner Entscheidung.«

»Wegen mir?«

»Klar. Also, wie sieht's aus?«

»Gut«, antwortet Jan zögerlich. »Weißt du noch, als wir in New York gefrühstückt haben, da hattest du die Idee mit dem Lifestyle-Unternehmen.«

»Hey, das war ein Scherz!«

»Ja, aber ein ziemlich guter. Mehr als ein guter Scherz«, beginnt Jan. »Ich habe darüber nachgedacht, mit ein paar Leuten in der Agentur gesprochen. Ich will dazu ein Konzept entwickeln und dann schauen, ob man das nicht umsetzen kann. Geldgeber finden, Risikokapital, solche Sachen. Ich hab sogar schon einen Namen für das Unternehmen.«

»Das geht ja fix, wie soll es denn heißen?«

»RLF.«

Slavia zieht die Augenbrauen hoch. »RLF? Sagt mir nichts. Wofür soll das denn stehen?«

»Kannst ja mal raten!« Jan grinst sie an. Er ist von dem Namen sehr überzeugt.

»RLF, RLF …« Slavia schaut in die Luft und zieht eine lange Strähne ihrer blonden Haare durch die Finger. »Keine Ahnung … Vielleicht für ›Real Life Fiction‹?«

»Das ist auch nicht schlecht, so können wir es ja in den USA nennen.«

Slavia ist näher an Jan herangerutscht.

»Sagt dir Adorno was?«, fragt Jan.

»Klar, der Philosoph.«

»Genau. Kritische Theorie. Und RLF steht für ›das richtige Leben im falschen‹.«

Theodor W. Adorno (1903-1969), deutscher Philosoph. 1951 erschien die in den Vierzigerjahren im amerikanischen Exil entstandene Aphorismensammlung *Minima Moralia. Reflexionen aus dem beschädigten Leben*. Der Aphorismus mit der Nummer 18 behandelt unter dem Titel »Asyl für Obdachlose« das Thema Wohnen: »Wie es mit dem Privatleben heute bestellt ist, zeigt sein Schauplatz an. Eigentlich kann man überhaupt nicht mehr wohnen. [...] Das Haus ist vergangen. Die Zerstörungen der europäischen Städte ebenso wie die Arbeits- und Konzentrationslager setzen bloß als Exekutoren fort, was die immanente Entwicklung der Technik über die Häuser längst entschieden hat. Diese taugen nur noch dazu, wie alte Konservenbüchsen fortgeworfen zu werden. [...] Kein Einzelner vermag etwas dagegen. Schon wenn er sich mit Möbelentwürfen und Innendekoration beschäftigt, gerät er in die Nähe des kunstgewerblichen Feinsinns vom Schlag der Bibliophilen [...]. Das beste Verhalten all dem gegenüber scheint noch ein unverbindliches, suspendiertes: das Privatleben führen, solange die Gesellschaftsordnung und die eigenen Bedürfnisse es nicht anders dulden, aber es nicht so belasten, als wäre es noch gesellschaftlich substantiell und individuell angemessen. [...] Darin zeigt sich etwas an von dem schwierigen Verhältnis, in dem der Einzelne zu seinem Eigentum sich befindet, solange er überhaupt noch etwas besitzt. Die Kunst bestünde darin, in Evidenz zu halten und auszudrücken, daß das Privateigentum einem nicht mehr gehört [...]. Aber die Thesis dieser Paradoxie führt zur Destruktion, einer lieblosen Nichtachtung für die Dinge, die notwendig auch gegen die Menschen sich kehrt, und die Antithesis ist schon in dem Augenblick, in dem man sie ausspricht, eine Ideologie für die, welche mit schlechtem Gewissen das Ihre behalten wollen. Es gibt kein richtiges Leben im falschen.«

»Und du machst dich jetzt auf die Suche nach dem richtigen Leben im falschen oder was?«

»Genau. Ich finde, das passt ganz gut zu dem, was wir vorhaben.«

»Wir?« Slavia schaut Jan in die Augen. »Adorno würde sich bestimmt im Grab umdrehen, wenn er wüsste, dass du ihn für ein Lifestyle-Unternehmen missbrauchst. Das ist eine echte Entstellung.« Sie schaut auf ihr Handy. »Oh, es ist gleich acht. Wir müssen los.«

»Hast du ein Programm vorbereitet?«, fragt Jan.

»Ich geh mit dir noch zu einer Veranstaltung.« Sie nickt in Richtung der Ausstellungsräume. »Heute kommen Leute von der Biennale, und das könnte dich wegen deines Lifestyle-Unternehmens ...«

»RLF«, wirft Jan ein.

»... genau, wegen RLF interessieren. Es geht um das Verhältnis von Kunst und Politik.«

Deshalb hat Slavia also das Bravo vorgeschlagen, um acht beginnt die Auftaktveranstaltung der 7. Berlin Biennale. Der Kurator Artur Żmijewski ist allerdings nicht selbst dabei. Stattdessen hat er die polnische Gruppierung Krytyka Polityczna eingeladen, über Mittel und Möglichkeiten außerparlamentarischer Opposition zu diskutieren.

Berlin Biennale. Ausstellung für zeitgenössische Kunst, die seit 1998 in zunächst drei-, später zweijährigem Rhythmus vom KW Institute for Contemporary Art in Berlin organisiert wird. Gründungskuratoren waren Klaus Biesenbach, Hans-Ulrich Obrist und Nancy Spector. Seitdem wird für jede Biennale ein neuer Kurator bestimmt. Die 7. Berlin Biennale fand 2012 statt. Sie wurde von dem polnischen Künstler Artur Żmijewski sowie den assoziierten Kuratoren Joanna Warsza und der Künstlergruppe Voina kuratiert. Żmijewski ist als Künstler mit Arbeiten wie der Videoinstallation »Democracies« bekannt geworden, in der er Dokumentarvideos von Menschenmengen kommentarlos nebeneinanderstellte: Demonstrationen, Fußballfeste, Militärparaden und Kriegsspiele. Sein Konzept für die 7. Berlin Biennale fasste Żmijewski in der begleitenden Zeitung in einem Satz zusammen: »Wir stellen Kunst vor, die tatsächlich wirksam ist, Realität beeinflusst und einen Raum öffnet, in dem Politik stattfinden kann.« Bei der Vorbereitung der Biennale sei er in Deutschland allerdings auf »Angst vor einer Kunst« gestoßen, »die wirkungsvoll Kritik an der Art der Ausführung von Demokratie übt«. Deshalb gaben die Kuratoren der Biennale den Titel *Forget Fear*. Żmijewski versteht ihn als einen »Wahlspruch, der von der eigenen Angst befreit«.

Eine Stunde hört Jan den Leuten von Krytyka Polityczna zu, er lässt sich ihre Parolen auf der Zunge zergehen. »Forget Fear«. Das also ist heute Kunst, denkt er sich. Er schaut sich eine Weile das Publikum an. Dann beugt er sich zu Slavia.

»Ich habe genug gesehen. Willst du noch bleiben?«, fragt er, als sei klar, dass sie den Rest des Abends miteinander verbringen werden. »Mir ist da gerade eine ziemlich gute Idee gekommen. Außerdem wollte ich dich noch um deine Hilfe bitten.«

»Gut«, antwortet Slavia, »ich hätte Lust, eine Kleinigkeit zu essen.«

Das Bandol sur Mer, eigentlich immer nur Bandol genannt, ein kleines französisches Restaurant in Berlin-Mitte. Die Einrichtung stammt von einem Berliner Künstler, Fred Rubin. Er hat Einrichtungsgegenstände aus einem früheren DDR-Ministerium umgebaut, sie geben dem Restaurant einen angenehmen Retro-Charme. Die Karte ist ambitioniert, die Küche gut. Jan und Slavia setzen sich nebeneinander auf eine Bank.

»Hast du vorhin gesehen, wie viele Leute da Martin-Margiela-Pullover anhatten?«, beginnt Jan.

»Martin was?«

»Der belgische Modedesigner. Erkennst du von hinten an den vier Kreuzstichen. Egal, die Pullover sehen eigentlich nicht besonders aus, kosten aber 400 Euro. Hatten heute mehrere an, aber das ist ja nur ein Beispiel. Ich könnte dir jetzt noch andere nennen: diverse Taschen, Jacken, Accessoires. Wenn die Occupy-Leute die 99 Prozent sind, dann war das halt das eine Prozent – na ja, zumindest die oberen zehn Prozent. Also, die Leute interessieren sich für Gerechtigkeit, reden von sozialer Politik.« Jan nimmt einen Schluck Wein. »Die reden davon, wie die Welt sich verändern muss, um gerechter zu werden, und laufen selber in teuren Designerklamotten rum, die sich die allermeisten Menschen niemals werden leisten können. Das ist die ideale Zielgruppe von RLF!«

Slavia lacht. »Weil sie Geld haben ...«

»... und sich gleichzeitig besonders gesellschaftskritisch fühlen. Kunst ist ja eh die teuerste Form von Konsum.«

»So ist halt die Kunstszene.«

»Das ist das, was mich daran so anfixt. Politik trifft auf Luxuskonsum, davon haben wir doch geredet, ich meine, das gehört doch bei RLF zusammen. Dass ich da nicht früher drauf gekommen bin. Die Leute eben sind die ideale Zielgruppe!«

Slavia kuckt ihn irritiert an.

»Wart ab, ich bin ja noch nicht fertig. Also, wir definieren jetzt mal die Zielgruppe.« Jan hebt seine Hand und zählt die unterschiedlichen Merkmale an den Fingern ab: »Großstädter, kunstaffin, im Idealfall wohlhabend, andernfalls noch zu jung dazu, aber in beiden Fällen interessiert an ... Wie nennt Bourdieu das noch mal?«

»Distinktiver Konsum?«

Pierre Bourdieu (1930-2002), französischer Soziologe. Erforschte das Alltagsleben im Kapitalismus. In seinem Hauptwerk *Die feinen Unterschiede* arbeitet er heraus, wie Konsum zur sozialen Differenzierung eingesetzt wird. »Als zentraler Gegensatz erweist sich [...] der aufgrund seines Seltenheitswerts als distinguiert apostrophierte Konsum der ökonomisch wie kulturell wohlhabendsten Kreise zum einen, der wegen seines oberflächlichen und gewöhnlichen Charakters als vulgär bezeichnete Konsum der ökonomisch und kulturell Mittellosesten zum anderen.« Eine besondere Rolle nimmt nach Bourdieu dabei der Konsum von Kunst ein: »Von allen Konvertierungstechniken, mit denen die Bildung und Akkumulation von symbolischem Kapital beabsichtigt ist, kommt der Kauf von Kunstwerken [...] der untadeligsten und unnachahmlichsten Form von Akkumulation am nächsten, nämlich der Inkorporation der Distinktionsmerkmale und Machtsymbole in der Form natürlicher ›Vornehmheit‹, persönlicher ›Autorität‹ oder ›Bildung‹. Die exklusive Aneignung ›unbezahlbarer‹ Werke ist der ostentativen Zerstörung von Reichtum nicht unähnlich: die damit verbundene legitime Demonstration von Reichtum ist stets zugleich eine Herausforderung an alle jene, die nicht fähig sind, zwischen Sein und Haben zu trennen und sich zu interesselosem Handeln aufzuschwingen«.

»Genau«, setzt Jan wieder ein, »konsumaffin und, zumindest behaupten sie das, auch an politischer Veränderung interessiert. Wobei sie sich nicht in politischen Parteien organisieren, klar, viel zu anstrengend und auch total uncool. Nein, ihr Unwohlsein und ihr Abgrenzungsbedürfnis treiben sie zur Kunst.«

»Sublimierung.«

»Kann man direkt so aufschreiben, oder?« Jan lacht. »Also, wenn das die Zielgruppe ist, und das sind ja nicht wenige, was ist dann ihr Produkt? Bestimmt kein Lifestyle-Club. Ich meine, die gibt es auch, wie hier in Berlin das Soho House, aber da schämt man sich ja eher, das ist nicht richtig cool, das ist pseudo, Geldraushänger, viele Werber. Nein, das macht man in unserer Zielgruppe dezenter.«

»Und zwar?«

»Über Kunst. Das ganze RLF-Ding ist ein Kunstwerk. Die Kunstwelt ist der Kommunikations- und Distributionskanal.«

Slavia schaut ihn fragend an.

»Sorry«, redet Jan weiter, »so nennen wir das halt. Man

könnte auch sagen: die Kunst als trojanisches Pferd, das trifft es genauso. Also, es wird Ausstellungen geben, und in denen kann man Kunstwerke kaufen, okay? So ein Kunstwerk kann eine Reise ins Occupy-Camp nach New York sein, mit Führung. Ist dann halt ein performatives Format. Du kannst aber auch Möbel kaufen oder Klamotten, klar, das ist Design, aber Teil eines Kunstwerks, einer großen Erzählung. Der Erzählung, dass du Teil einer Widerstandsbewegung bist. Und weil es Kunstwerke sind, sind die auch richtig teuer.«

»Und wofür brauchst du da meine Hilfe?«, fragt Slavia.

»RLF funktioniert nur dann, wenn es in der Protestszene verankert ist. Wenn es Credibility hat. Dafür brauche ich dich, deine Kontakte. Ich möchte, dass du bei RLF meine Partnerin wirst.«

Slavia blickt an ihm vorbei. Jan nimmt ein leichtes Zucken ihres Mundwinkels wahr.

»Warum gerade ich?«

»Vielleicht gibt es ja eine geheime Verbindung zwischen uns. Schwingungen.«

Slavia zieht die Augenbrauen hoch.

»Und, kannst du dir das vorstellen?«

»Vorstellen kann ich mir alles. Aber ob ich es will, ist eine andere Frage.«

Die beiden schweigen einen Moment.

»Du brauchst noch was anderes«, sagt Slavia.

Jan schaut sie fragend an.

»Wenn du Kunst machen willst, dann brauchst du einen Künstler. Und ich hab auch schon einen für dich.«

Arm in Arm verlassen Jan und Slavia das Bandol. Jan winkt ein Taxi heran. Ohne zu fragen, wo sie eigentlich hinmuss, ruft er dem Fahrer ein hastiges »zum Hyatt!« zu. Er legt seine Hand um ihren Hinterkopf und will ihr einen Kuss geben.

Slavia dreht den Kopf weg. »Nicht küssen.« Sie greift ihm zwischen die Beine. »Küssen ist für kleine Mädchen.«

Jan bekommt einen Steifen.

Slavia lächelt. »Das fühlt sich gut an.«

»Aufstehen, wir müssen los.«

»Was?« Jan liegt im Bett. Vom Vorabend hat er noch einen schweren Kopf. Slavia steht vor dem Spiegel und zieht sich an. Jan betrachtet ihren Rücken, die leichte Wölbung des Rückgrats, schließlich bleibt sein Blick an ihrem nackten Po hängen. »Es ist doch höchstens neun. Und wohin überhaupt?«

»Um eins treffen wir Mikael. Ist ein Stück weit raus.«

Jan setzt sich auf. »Mikael? Der Künstler mit den Postern?«

»Ja, genau der. Ich hab eine Verabredung mit ihm. Dachte, du kommst mit.«

»Zufall oder was?«

»Schwingungen.«

Jan muss grinsen.

Mikael Mikael (geboren 1974), deutscher Künstler. Arbeitet mit verschiedenen interventionistischen Techniken, unter anderem mit Postern im Stadtraum. Seine Arbeiten wurden in verschiedenen Ausstellungen gezeigt, neben *Unheimlich Vertraut. Bilder vom Terror* auch in *Realität und Fiktion* in der Villa Schöningen in Potsdam, *Rauchwolken und Luftschlösser* in der Gesellschaft für aktuelle Kunst Bremen sowie auf Einladung von Martin Germann in der von Jan Hoet organisierten *BiennaleOnline 2013*.

Vier Stunden später sind Jan und Slavia in Schwerin. Mit dem Taxi fahren sie in ein kleines Dorf, gut zehn Kilometer von der Stadt entfernt. Von dort aus geht es zu Fuß weiter. Sie lassen die Ortschaft hinter sich und folgen der Hauptstraße bis zu einem schmalen Feldweg, der sie nach ein paar Minuten in einen Wald führt. Nach 500 Metern öffnet sich links eine kleine Lichtung, durch die Bäume sieht man das Ufer eines Sees.

»So, wir sind da. Dahinten ist Mikaels Versteck. Zumindest das Versteck, das ich kenne. Er hat noch andere.«

Sie zeigt auf einen alten Bauwagen, der von dichtem Brombeergestrüpp derart überwuchert ist, dass Jan ihn kaum sehen kann.

Mikael öffnet die Tür. Er ist etwas jünger als Jan, unrasiert, braune Haare, vielleicht 1,80 groß. Ein weites, offenes Hemd flattert über der engen, weißen Jeans.

»Hallo«, sagt er kurz angebunden, gibt Slavia einen Kuss auf die Wange, dann reicht er Jan die Hand. »Ich bin Mikael.«

Slavia hat Jan nur wenig über Mikael erzählt. Er hat die »Show You Are Not Afraid«-Poster gemacht, die Jan so gut gefallen haben. Er arbeitet zu politischen Fragen und ökonomischen Prozessen, interessiert sich für Überwachung und Manipulation. Seit er in New York in ein Geheimdienstprojekt verwickelt war, lebt er im Verborgenen. Manche glauben deshalb, dass es Mikael gar nicht gibt. Ihm ist das ganz recht. Untergrund, Widerstand, Geheimdienst – Mikaels Geschichte passt perfekt zu RLF. Alles etwas abstrus, irgendwo zwischen Realität und Fiktion.

»Ich bin Jan.«

»Ich weiß«, antwortet Mikael. »Wollt ihr euch hinsetzen?« Er deutet auf ein paar Stühle und verschwindet. Ein paar Minuten später kommt er mit einer Kanne Tee wieder.

»Also, warum genau seid ihr hier?«

»Ich würde dir gerne ein Projekt vorstellen«, sagt Jan.

Mikael kuckt Slavia an.

»Woher kennt ihr euch eigentlich?«, fragt Jan.

»Wenn man sich für bestimmte Dinge engagiert, kennt man sich halt«, antwortet Slavia.

»Verstehe.«

Dann erzählt er Mikael von RLF. Erklärt ihm, wofür das Kürzel steht und was er mit dem Projekt vorhat. Erzählt von der Biennale-Veranstaltung und der Idee, das Unternehmen als Kunstwerk zu tarnen, um die Leute über Konsum zu gesellschaftlich relevanten Themen zu führen.

»Und jetzt brauchst du einen Künstler, der für das Ganze seinen Kopf hinhält; eine Art Galionsfigur? Oder wie soll ich das verstehen?«

»Ich hab Arbeiten von dir gesehen, die mir gut gefallen haben. Ich glaube, dass RLF gut zu deiner Herangehensweise passt.«

»Was soll das Unternehmen eigentlich verkaufen?«

»Konsumprodukte, Dienstleistungen. Kunstwerke. Das ist fast egal. Es geht um ein Lebensgefühl. Und um daran teilhaben zu können, muss man konsumieren. RLF bietet eine ganze Produktwelt an, von Fitnesstraining bis zu technischem Equipment, alles, was man für die zukünftige Revolution braucht. Und natürlich alles, was einem das richtige Leben im falschen annehmlicher macht, also Health and Wellness, Home and Living und ein paar schicke Accessoires. Die ganze Palette.«

»Dazu Bildung, Protest-Pauschalreisen an Orte, an denen etwas passiert«, ergänzt Slavia.

»Genau, Protest-Incentives, so nennen wir es dann, Travel and Adventure!« Jan atmet kurz durch. »Wir leben in einer Konsumgesellschaft. Alles wird zum Produkt. Kuck dir die Ökobewegung an. Seit einem halben Jahrhundert kritisieren die die Konsumgesellschaft, und was kommt dabei raus? Nachhaltiger Konsum. Alles wird zu Geld gemacht. Etwas zu kaufen oder nicht zu kaufen, ist das einzige Statement, das man heute noch machen kann. Aber genau diese Mechanismen kann man auch für seine eigenen Zwecke nutzen. Konsum ist der Hebel, an dem wir ansetzen, um etwas zu verändern. Außerdem erreicht man damit alle.« Jan schaut zu Mikael. »Na ja, fast alle.«

»Okay«, beginnt Mikael. »Deine These ist: Wenn du etwas verändern willst, musst du aus der Idee ein attraktives Produkt machen, und dann verbreitet sie sich wie von selbst. Über den Konsum. Also weil die Leute etwas kaufen. Richtig?«

»Ja, das ist der Kern von RLF«, antwortet Jan.

»Wenn das klappt, dreht RLF die Rekuperation um. Normalerweise verleibt sich der Kapitalismus die Kritik ein, nutzt sie, um sich zu verbessern. RLF unterläuft das. Rekuperation der Rekuperation, Debord 2.0. Eine Protestbewegung, die versucht, den Kapitalismus mit den Mitteln des Kapitalismus zu überwinden. Das gefällt mir.«

»Gesetzt den Fall, du hast recht, Jan, und die Ideeninfektion durch Konsum funktioniert: Wie sehen dann die Produkte konkret aus?«

Jan muss nicht lange überlegen. »Kennst du Veronika Scott? Das ist eine Designerin aus Detroit, die mit Obdachlosen zusammenarbeitet. Sie hat einen Schlafsack entworfen, den man auch als Mantel tragen kann. So was können Obdachlose gut gebrauchen. Genäht werden die Mantelschlafsäcke von Arbeitslosen in Detroit. Das ganze Projekt heißt ›Empowerment Plan‹, weil es den Leuten helfen soll, sich selbst zu helfen. Aber weißt du, was das Beste daran ist?«

Mikael schüttelt den Kopf.

»Die Teile werden als Fashion Item verkauft, der Renner in hippen New Yorker Boutiquen in Williamsburg und der Lower East Side. Für jeden Mantel, den jemand kauft, bekommt ein Obdachloser einen geschenkt. ›Buy one, get two‹

mal anders. Die Designfans tun das, was sie am liebsten tun, nämlich shoppen, Klamotten kaufen, konsumieren. Und gleichzeitig tun sie was Gutes.«

Jan könnte noch weitere Beispiele aufzählen, sein Team recherchiert schon seit Wochen.

»Ja, ich kenne solche Projekte. Ist ja alles schön und gut.« Mikael verschränkt die Arme vor der Brust. »Aber sie haben einen grundsätzlichen Denkfehler. Leider. Es sind Reparaturmaßnahmen. Sie versuchen, Probleme zu lösen, was ja in Ordnung ist. Sie machen es aber an der falschen Stelle. Nicht da, wo das System krankt, sondern da, wo das sichtbar wird. Die Obdachlosen sind ja immer noch obdachlos, auch wenn sie jetzt diese tollen Schlafsäcke haben.« Er schaut Jan und Slavia an. »Und es ist noch viel schlimmer: Diese Reparaturen stabilisieren den Zustand, der eigentlich unbefriedigend ist. Am Ende kriegen die Reichen schickes Design und noch dazu ein gutes Gewissen, nur weil ein Obdachloser einen Schlafsack geschenkt bekommt. Diese Gutmenschenprojekte bringen nichts. Die sind kontraproduktiv. Kleistern die Probleme zu, aber trauen sich nicht an die echten Widersprüche ran. An die Strukturen, die das System stark machen. An die Leute, die das System mittragen. Also, wenn ich bei RLF mitmachen soll, muss es radikaler sein. Provokanter. Schmerzhafter. Von mir aus auch zynischer. Es muss wehtun, versteht ihr?«

»Ich weiß nicht«, wendet Jan ein. »Zynische Produkte bring ich ja eh schon auf den Markt. Dafür brauch ich kein RLF.«

»Ich glaube, RLF lebt von Doppeldeutigkeit«, setzt Slavia an. »Das Ziel ist gut, aber die Mittel sind kapitalistisch. Dadurch entsteht ein Moment der Irritation. Das Ganze ist doch Teil des Falschen, oder? Also ist auch alles, was RLF produziert, Teil des Falschen. Das ist der innere Widerspruch, an dem man sich reiben muss. Das Falsche mit etwas Falschem überwinden. Wenn du die Welt des Falschen ändern willst, kannst du ihr nicht einfach das Schöne, Wahre und Gute entgegenstellen. Das ist zu flach. Das reicht nicht, um die Leute aufzurütteln.«

»Und was heißt das dann für die Produkte? Sollen sie nicht einen Ausblick darauf bieten, wie es sein könnte?«, fragt Jan.

»Das richtige Leben kann man nicht kaufen«, antwortet Mikael. »Das, was man kaufen kann, muss total zweckfrei sein. Nicht so was ›Sinnvolles‹ wie dieser Schlafsack. Da muss man sich gar nichts Neues ausdenken. Lieber existierende Sachen so verändern, dass sie eine neue Aussage bekommen.«

Markenkooperationen, denkt Jan. Geringe Investitionssumme, große Wirkung. »Nicht schlecht. Und so hacken wir die Konsummuster unserer Zielgruppe. Irgendwann merken sie, dass unsere Produkte das Falsche auf die Spitze treiben. Es auf eine Weise sichtbar machen, dass man es nicht mehr verleugnen kann.«

»Und gleichzeitig müssen die Produkte richtig geil sein«, ergänzt Slavia. »Sachen, die man unbedingt haben will, obwohl man sie eigentlich gar nicht braucht.«

Jan starrt einen Moment auf den Boden. Dann schaut er Mikael und Slavia an.

»Ich muss mir das erst mal durch den Kopf gehen lassen. Ich geh mal ne Runde spazieren.«

Das Ganze entgleitet mir gerade total, schießt es ihm durch den Kopf. Gestern erst treffe ich Slavia wieder, heute sitze ich mit Mikael am Tisch, und schon übernehmen die das Projekt? Im Weggehen hört Jan noch Begriffe wie »Markenwelt«, »Freiheit«, »künstlerische Intervention«, »Avantgarde«, »Kernbotschaft«, »konzeptionelle Stringenz«, »Protest«, »Détournement« und »Subversion«.

Als er wieder am Bauwagen ankommt, nimmt Slavia ihn in den Arm und gibt ihm einen Kuss.

»Ihr seid ja ganz schön vorgeprescht«, sagt Jan. »Aber das ist eigentlich okay. Das Projekt soll ja Credibility bekommen, da muss ich auch auf deine Expertise vertrauen.«

»Dann können wir ja weitermachen«, sagt Slavia. »Wir haben ein bisschen nachgedacht.«

»RLF braucht eine Ästhetik, die den Inhalt zum Ausdruck bringt«, sagt Mikael und legt ein weißes, leeres Blatt auf den Tisch.

»Genau, eine Corporate Identity«, sagt Jan.

»Das ist die erste Ebene. Weiß, reines Weiß. Die Leere, das Nichts, die Carte blanche. Der Neubeginn. Der White Cube.«

»Okay«, sagt Jan.

»Die Wirkung von Weiß wird oft unterschätzt«, fährt Mikael fort. »Ich meine, das hat schon seinen Grund, warum Schutzanzüge immer weiß sind. Wie Arztkittel und Hochzeitskleider. Das ist der Traum von Reinheit. Kennst du das Whiteout-Phänomen?«

Jan schüttelt den Kopf.

»Ein Naturphänomen«, erklärt Mikael. »Wenn man sich in einer Eislandschaft aufhält oder in einer Schneewehe, dann verschwimmen irgendwann die Grenzen zwischen oben und unten, man verliert die Orientierung …«

»Genau wie bei RLF, da verwischen die Grenzen ja auch: zwischen Gut und Böse, zwischen Konsum und Kritik, zwischen Kapitalismus und Revolution«, fällt Jan ihm ins Wort. »Auch ein Whiteout, sozusagen.«

»Genau«, sagt Mikael und legt ein schwarzes Blatt auf den Tisch.

»Blackout?«, fragt Jan.

»Schwarz als Gegensatz zu Weiß. Es gibt nur Gut und Böse. Richtig und Falsch. Schwarz und Weiß.« Er holt ein Foto hervor, ein Kriegsschiff, bemalt mit einem merkwürdigen Muster. Sieht aus wie ein Zebra, aber mit gezackten Streifen. »Erster Weltkrieg.«

»Und was soll der Anstrich?«, fragt Jan.

»Camouflage.«

»Das ist doch keine Tarnung. Das ist doch total auffällig!«

»Darum passt es ja zu RLF«, antwortet Mikael ruhig. »Es gibt verschiedene Strategien der Camouflage. Bei diesem Kriegsschiff geht es nicht darum, sich der Umgebung anzugleichen, sondern den Gegner zu verwirren. Dazzle. Der Kontrast, die zackigen Formen lenken vom Eigentlichen ab.«

Dazzle Camouflage (*dazzle*, dt.: Blendung). Während des Ersten Weltkriegs vom britischen Künstler Norman Wilkinson (1878-1971) entwickelter Tarnanstrich für Kriegsschiffe. Unregelmäßige Muster aus kantigen Formen in kontrastreichen Farben sowie aufgemalte Bugwellen erschwerten die Einschätzung von Größe, Geschwindigkeit und Fahrtrichtung des Schiffs, vor allem, wenn man sie durch die in deutschen U-Booten verwendeten Monokulare betrachtete. Fuhren mehrere mit Dazzle-Mustern bemalte Schiffe im Verbund, war es praktisch unmöglich, die einzelnen Schiffe zu erkennen. Mit der Einführung der Radartechnik wurde die optische Tarnung in den Vierzigerjahren überflüssig. Bereits zuvor hatte es keine belastbaren statistischen Hinweise darauf gegeben, dass die Dazzle Camouflage die Versenkungshäufigkeit gemindert hätte. Der Anstrich wurde dennoch bis in den Zweiten Weltkrieg hinein beibehalten, weil er angeblich die Moral der Besatzung stärkte, die sich durch die Camouflage in Sicherheit wähnte.

»Das passt«, sagt Jan. »So geht es den meisten Menschen heute ja auch. Sie wissen nicht, in welche Richtung sich die Dinge bewegen. Wo das Gute und wo das Böse ist. Und es sieht geil aus.« Marktkonform und trotzdem radikal, denkt Jan. Das sagt er aber lieber nicht.

»An der Entwicklung waren damals nicht umsonst auch Künstler beteiligt«, fährt Mikael fort. »Und heute beschäftigen sich wieder Künstler damit.«

Jeff Koons (geboren 1955), US-amerikanischer Künstler. 2008 bemalte er die Yacht eines milliardenschweren Kunstsammlers mit einem Dazzle-Muster.

Tobias Rehberger (geboren 1966), deutscher Künstler. Nutzte das Prinzip 2009 für seine Cafeteria auf der Biennale von Venedig und versteht diese ebenfalls als ausdrückliche Referenz an die militärische Camouflage. Ein Jahr später installierte er für den italienischen Espressohersteller Illy eine ebenfalls mit poppig-bunten Dazzle-Mustern versehene temporäre Bar im Berliner Edelkaufhaus KaDeWe. Dazu gab es im Illy-Onlineshop Espresso-Tassen als »Art-Edition« für 49,50 Euro das Stück.

Adam Harvey (geboren 1981), US-amerikanischer Medienkünstler. Er setzt die kriegserprobten Muster gemäß ihrer ursprünglichen Funktion ein und tarnt mit Dazzle-Mustern menschliche Gesichter. Dazu benutzt er handelsübliche Schminke, der Camouflage-Effekt wird dann durch ein entsprechendes Haarstyling verstärkt. Auf diese Weise soll die heute von der Polizei, aber auch von Unternehmen wie Facebook eingesetzte Gesichtserkennungssoftware irritiert werden. Aufgrund der Muster kann die gängige Software die biometrischen Merkmale der entsprechenden Person nicht erkennen.

Mikael legt das nächste Blatt auf den Tisch, ein schwirrendes Moiré-Muster. »Wieder nur Schwarz und Weiß, wieder ein Muster, das die Wahrnehmung verwirrt. Das könnte die visuelle Identität von RLF sein, weil Tarnung und Täuschung für mich bei dem ganzen Projekt eine wichtige Rolle spielen.«

»Wenn wir wollen, dass die ganzen Täuschungen um uns herum auffliegen, müssen wir selber die Kunst des Täuschens lernen, sie anwenden und das Ganze gleichzeitig offenlegen«, ergänzt Slavia.

»Eben«, sagt Mikael. »Täuschung und Irreführung sind die wichtigsten Disziplinen für alle, die etwas verändern wollen. Die Ohnmächtigen müssen das Überraschungsmoment der Verwirrung nutzen, wenn sie die Mächtigen an einer schwachen Stelle erwischen wollen.«

Jan denkt einen Moment nach. »Also alles in Schwarz-Weiß. Und so ein bisschen psychedelisch wie Op-Art. Und zwischendurch mal wieder so ein beruhigendes Weiß, fast meditativ, in dem man sich verlieren kann. Harte Kontraste, schräge Muster, Augenterror, dann wieder Ruhe. Und das Ganze als Haltung der Tarnung – Tarnung nicht durch Anpassung, sondern durch maximale Irritation.« Er schweigt einen Moment. »Ja, das ist gut. Kunst und Kommerz, Kapitalismus und Revolution, Dazzle und Moiré. Das hast du dir aber nicht …«

»Nein. Daran arbeite ich schon länger. Deshalb meinte Slavia …«

»… dass du zu RLF und RLF zu dir passt.« Slavia grinst. »Und damit hat sie ja nicht unrecht.«

»Stimmt«, sagt Mikael, »aber es gibt ein paar offene Punkte.«

»Welche denn?«

»Rollenverteilung, Gewinn«, sagt jetzt Slavia, »und auch so was wie eine übergeordnete Zielsetzung.«

»Okay, dann beginnen wir mit der Zielsetzung. Was meint ihr eigentlich mit ›übergeordnet‹?«, fragt Jan.

»Na ja, bislang bist du ja davon ausgegangen, dass die Produkte selbst eine Zielsetzung haben«, beginnt Mikael.

»Gutmenschenprojekte, ja. Die wollt ihr nicht, hab ich verstanden. Aber das Unternehmen macht mit dem Verkauf der Produkte Gewinn, und der muss irgendwo hinfließen.«

»Man kann das Geld auch verbrennen«, meint Mikael.

»Nein«, antwortet Slavia. »Das wäre Verschwendung. Da kann man was Besseres mit machen.«

»K Foundation Burn a Million Quid«. Aktion, bei der das Künstlerduo Bill Drummond (geboren 1953) und Jimmy Cauty (geboren 1956) 1994 in einem abgeschiedenen Bootshaus auf der schottischen Insel Jura eine Million britische Pfund aus eigenem Besitz verbrannte. Damit lösten die beiden Musiker das Problem, dass nach dem Ende ihrer Karriere ein Kapitalüberschuss aufgelaufen war. In den frühen Neunzigern hatten sie als Techno-Act The KLF große Erfolge gefeiert. Sämtliche Einnahmen, nach eigener Aussage sechs Millionen Pfund, reinvestierten sie in ihre aufwändigen Produktionen. 1992 zogen sie sich aus dem Musikgeschäft zurück. Danach verdienten sie noch eine weitere Million Pfund, die sie nun nicht mehr in eigene Produktionen investieren konnten. Drummond und Cauty gründeten daraufhin die K Foundation, zunächst mit dem Ziel, Künstler zu unterstützen, stellten dann aber kurz darauf fest: »Struggling artists are meant to struggle, that's the whole point.« Stattdessen sollte nun mit dem Geld selbst Kunst gemacht werden. Zum Beispiel die Arbeit »Nailed to the Wall« – eine Million Pfund, die auf einen Rahmen aus Pinienholz genagelt werden sollte. Allerdings war keine Institution bereit, die Arbeiten der K Foundation zu zeigen. Also schlug Cauty vor, das Geld zu verbrennen. Bei der Verbrennung waren nur Drummond und Cauty, ein Mitarbeiter und ein Journalist zugegen. Die Videodokumentation zeigte das Duo später in öffentlichen Diskussionsveranstaltungen. 2004 gab Drummond in einem BBC-Interview zu, dass er es bereue, das Geld verbrannt zu haben: »Of course I regret it – who wouldn't!«

»Ich hab einen Vorschlag«, sagt Mikael. »Wisst ihr, warum ich so gerne hier bin?«

»Weil du die Natur so genießt?«, sagt Jan.

»Nein, weil es mein eigener Ort ist. An dem ich so leben kann, wie ich will. Und so etwas müssen wir auch für die RLF-Community schaffen. Einen Ort, an dem man RLF leben kann. Das ist das große Versprechen.«

»Und so etwas braucht man auch als Ausgangspunkt, als Machtbasis, sonst hat man gleich verloren«, wirft Slavia ein. »Wer keinen Ort hat, hat nichts. Deshalb versuchen die heutigen Protestbewegungen ja auch, städtische Räume zu besetzen. Weil das der Ausgangspunkt ist, um vom Protest zur Macht zu kommen. Aber irgendwann fallen diese Orte wieder an die Macht zurück. Occupy Wall Street räumt den Zuccotti Park. In Ägypten, auf dem Tahrir-Platz, hat das Militär wieder die Macht. So kannst du fast alle Orte durchgehen. Spanien, ein paar Wochen wildes Campen auf der Puerta del Sol, jetzt ist wieder alles beim Alten. Was fehlt, ist ein Ort, der der Bewegung wirklich gehört.«

»Aber ein Ort bleibt ihnen immer erhalten, der virtuelle Raum«, sagt Jan.

»Nein«, sagt Mikael. »Der gehört ihnen nicht, sondern privaten Unternehmen. Und die verkaufen Informationen über die Proteste an die Regierungen.«

»Und deshalb sind virtuelle Orte auch nicht die Lösung«, unterbricht ihn Slavia. »Eher das Gegenteil. Das Ziel muss sein, einen Ort zu entwickeln, von dem aus wir strategisch handeln können. Zumindest für den Moment. Anstatt immer nur im System der Mächtigen herumzutaktieren.«

Michel de Certeau (1925-1986), französischer Philosoph. Erläutert in *Die Kunst des Handelns*, auf welche Weise ein »eigener Ort« Macht verleiht: Der Ort ermögliche »eine panoptische Praktik«, die »die fremden Kräfte in Objekte verwandelt, die man beobachten, vermessen, kontrollieren und somit seiner eigenen Sichtweise ›einverleiben‹ kann«. Insofern sei ein »eigener Ort« unabdingbare Voraussetzung für »strategisches Handeln« – »die Berechnung (oder Manipulation) von Kräfteverhältnissen«. Dagegen setzt er die Taktik als »ein Handeln aus Berechnung, das durch das Fehlen von etwas Eigenem bestimmt ist. […] Die Taktik hat nur den Ort des Anderen. Sie muß mit dem Terrain fertigwerden, das ihr so vorgegeben wird, wie es das Gesetz einer fremden Gewalt organisiert.« Sie ist »eine Bewegung im Sichtfeld des Feindes. [...] Sie muß wachsam die Lücken nutzen [...]. Sie wildert darin und sorgt für Überraschungen. Sie kann dort auftreten, wo man sie nicht erwartet. Sie ist die List selber. Insgesamt gesehen ist sie eine Kunst des Schwachen.«

Folgt man de Certeau, ist der »eigene Ort« der Ausgangspunkt von Macht.

»Klingt gut«, sagt Jan. »Die Position des Schwachen wollen wir ja verlassen. Ein eigener Ort.«

»Dann versuche ich mal zusammenzufassen«, beginnt Mikael. »RLF bietet teure, absurde Produkte an.«

»Die nichts Weltverbesserndes haben, sondern sexy und attraktiv sind«, ergänzt Slavia.

»Und RLF verspricht, mit dem Gewinn aus dem Verkauf dieser Produkte einen eigenen Ort zu schaffen.«

»Genau. Worauf RLF hinausläuft, ist eine Art Mikronation, eine temporäre autonome Zone. Ein Ort der Freiheit.«

Mikronation. Bezeichnung für ein Gebilde, das den Anspruch erhebt, ein eigenständiger Staat oder eine eigenständige Nation zu sein. Von anderen Staaten oder internationalen Organisationen meist nicht anerkannt. Mikronationen existieren oftmals nur auf dem Papier, auf Webseiten oder in der Fantasie ihrer Urheber – einige verfügen allerdings auch über ein physisches Territorium, zum Beispiel das in der Nordsee gelegene Sealand. Sealand wurde auf einer ehemaligen Militärbasis zehn Kilometer vor der südenglischen Küste gegründet. Bis zum 1982 von der UN beschlossenen internationalen Seerechtsübereinkommen, das die Hoheitsgewässer von drei auf zwölf Meilen Küstendistanz ausdehnte, lag Sealand außerhalb britischer Hoheitsgewässer. 1967 hat der ehemalige Major Paddy Roy Bates die 550 Quadratmeter große Plattform besetzt, um von dort aus einen Piratensender zu betreiben. 1975 erhielt Sealand eine Verfassung, die unter anderem die Staatsform einer konstitutionellen Monarchie mit patrilinearer Erbfolge vorschreibt. Bislang hat allerdings kein anderer Staat Sealand anerkannt. Zurzeit leben vier Personen auf Sealand. Kronprinz Michael, gleichzeitig auch Staatsoberhaupt, lebt in Essex auf dem Festland. Der Wahlspruch von Sealand lautet: »E Mare Libertas« (dt.: Aus dem Meer die Freiheit). Zum Schutz vor Angreifern verfügt Sealand über ein Artilleriegeschütz. Auf der offiziellen Webseite www.sealandgov.org werden zahlreiche Merchandisingartikel angeboten, unter anderem für 199,99 Britische Pfund der Titel eines Grafen oder einer Gräfin.

Temporäre Autonome Zone (TAZ). Ausgehend von historischen Piratensiedlungen in der Karibik, beschreibt der Philosoph Hakim Bey die Taktik der TAZ als einen »Aufstand, der nicht zur direkten Konfrontation mit dem Staat führt, wie eine Operation einer Guerilla, die ein Gebiet (Land, Zeit, Imagination) befreit und sich dann auflöst, um sich irgendwo/irgendwann zu re-formieren, bevor der Staat sie zerschlagen kann.« Die größte Stärke der TAZ sei »ihre Unsichtbarkeit – der Staat kann sie nicht wahrnehmen, da die Geschichte keine Definition davon kennt. Sobald die TAZ benannt (repräsentiert, mediatisiert) ist, muss sie verschwinden, wird sie verschwinden und eine leere Hülse zurücklassen, nur um anderswo wieder zu entstehen, erneut unsichtbar, weil in Begriffen des Spektakels nicht fassbar. Die TAZ ist daher eine perfekte Taktik in einer Zeit, da der Staat omnipräsent und allmächtig ist und dennoch zugleich Risse und Leerstellen zeigt.« Sie »erobert, ohne bemerkt zu werden, und zieht weiter, bevor die Karten neu gezeichnet sind«.

»Einen Raum der Freiheit«, fährt Mikael fort. »Eine Insel des Richtigen im Falschen.«

»Wow«, ruft Jan. »Gelobtes Land, Atlantis, Utopia – ein Ort, der eine bessere Zukunft verheißt. Das ist unsere Core Message. Das hat was Religiöses, das hält die Leute zusammen. Ja, das ist echt gut.«

»Aber das darf nur ein Übergang sein, etwas Temporäres«, wirft Slavia ein. »Sonst wird so was ja eine Gated Community oder ein Themenpark. Wir müssen daran denken, dass so eine Mikronation immer noch Teil des Falschen ist, das wir überwinden wollen.«

»Ja«, entgegnet Jan. »Aber es ist erst mal ein Schritt in die richtige Richtung.« Hier schließt sich der Kreis, denkt er. Für die Agentur ein Themenpark, für die Aktivisten eine Mikronation.

»Klar. Ich sage ja nur: daran denken. Nicht dass jemand glaubt, dass sei das eigentliche Ziel … Um einen Ort zu schaffen, müssen wir erst mal Strukturen etablieren. Das Geld kommt von RLF.«

»Dann ergibt Kapitalismus plötzlich Sinn«, ruft Jan. »Wir bieten Lifestyle-Produkte an, mit denen die Leute als Konsumenten aktive Teilnehmer einer Revolution werden können, weil sie den Ort der Macht finanzieren. ›Werde Shareholder der Revolution!‹ Das ist unser Slogan. Das klingt zwar absurd, Anteilseigner der Revolution, aber so ist das halt im Kapitalismus. Durch Konsum wird man Teil von etwas Großem und Wichtigem.«

»Schwarz und Weiß. Gut und Böse. Tarnung, Irritation und Täuschung«, sagt Mikael.

»Dann haben wir das mit dem Geld ja auch geklärt«, sagt Jan.

Slavia und Mikael nicken.

»Es gibt noch eine Bedingung«, sagt Mikael. »Ihr wisst ja, dass ich im Verborgenen lebe. Und das soll auch so bleiben. Also, nach außen müsst ihr RLF vertreten. Ich bleibe unsichtbar.«

»Daran habe ich auch schon gedacht«, antwortet Jan. »Ich sollte auch eher im Hintergrund bleiben. Sonst wird RLF als Kunstprojekt unglaubwürdig. Schließlich bin ich Marketingmann. Ich kümmere mich um die strategischen Fragen. Und um die Finanzierung.«

Jan und Mikael richten ihre Blicke auf Slavia.

»Ich?«

»Du bist ab jetzt das Gesicht von RLF«, antwortet Mikael.

»Face of the Revolution«, fügt Jan hinzu.

Slavia zögert einen Moment.

»Gut. Warum nicht. Und ich suche einen Ort für die Mikronation. Ich weiß, was es heißt, einen Raum zu besetzen. Und ich organisiere die Community.«

»Und um das Design der Produkte«, sagt Mikael, »kümmere ich mich.«

Ein schwarzer Bildschirm.

Stimme aus dem Off: »Hakim Bey. Autor von ›Temporäre Autonome Zonen‹, bekannt auch als ›TAZ‹. ›Hakim‹ ist arabisch und heißt Arzt, Gelehrter, Richter, während ›Bey‹ ein türkischer Ehrentitel ist. Kurz: Hakim Bey heißt vornehmer oder weiser Mann. Es ist ein Pseudonym, die dahinter verborgene Person möchte anonym bleiben. Kein Bild. Aber so viel sei verraten. Hakim Bey ist ein alter Mann mit langem, weißem Bart. Wenn er spricht, sieht man einen vorstehenden Schneidezahn. Das Gespräch findet in Woodstock statt, einem der Geburtsorte der amerikanischen Hippie-Bewegung. Hakim Bey, der deutsche Philosoph Theodor W. Adorno schrieb einmal: ›Es gibt kein richtiges Leben im falschen.‹ Wann ist es verloren gegangen, das ›richtige‹ oder das ›gute‹ Leben?«

Hakim Bey: »Na ja, ich denke, das ›richtige‹ Leben hat vor 6000 Jahren aufgehört. Wir müssen zu den Anfängen der Zivilisation zurückgehen. Wenn man sich archäologische Belege ankuckt, scheint Zivilisation über Nacht aufzutreten. Das ist erstaunlich. Hast du Pierre Clastres gelesen? *Gesellschaft gegen den Staat*?

Stimme aus dem Off: »Nein.«

Hakim Bey: »Er ist ein französischer Anthropologe, der postuliert, dass sich die Menschheit der Entstehung eines Staates Zehntausende von Jahren widersetzte. Vereinzelt wurden Versuche unternommen, einen Staat zu errichten, aber sie scheiterten. Und dann, na ja, so circa 3500 vor Christus, passierte es schließlich. Der Staat taucht auf. Und mit ihm die organisierte Religion, die eine Ideologie zur Versklavung der Mehrheit der Menschen liefert. Dieses Phänomen sehen wir erstmals in Mesopotamien. Davor kommt für Tausende von Jahren der Staat nicht vor. Warum nicht? Weil die Menschen sich ihm widersetzt haben. Ganz bewusst. Und wenn man diese Zeit analysiert, ist das Erste, was man findet, Kannibalismus und Menschenopfer. Das ist bei jeder Staatsgründung so. In Ägypten haben sie Menschenopfer in die königlichen Gräber gelegt. Bei den Sumo genauso. In China, in Südamerika - wo immer der Staat auftaucht, zeigt er seine ganze Macht. Eine Orgie der Gewalt. Die Religion, das Priestertum, das Königtum, all diese Institutionen entstehen plötzlich, sie bringen heilige Schriften hervor, die den Staat zusammenhalten. In dieser Situation befinden wir uns noch heute. Es wird nur immer ärgerlicher. Tausende Jahre vergehen, und im Grunde ändert sich nichts. Wir leben im Prinzip immer noch in Babylon. Dieses Reich ist nie untergegangen.«

Stimme aus dem Off: »Und gibt es eine Alternative?«

Hakim Bey: »Das ist DIE Frage! Du nennst es beim Namen. Wie du weißt, bin ich ein großer Befürworter Temporärer Autonomer Zonen. Wenn man davon ausgeht, dass der Staat immer bestehen bleibt, können autonome Zonen nicht für immer bestehen. Sie sind nur temporär. Aber was tun sie? Sie ermöglichen dir ein authentisches Leben. Auch wenn es nur für ein paar Minuten ist. Oder ein paar Tage oder Monate. Oder vielleicht ein paar Jahre.«

Stimme aus dem Off: »Gibt es keine Möglichkeit, diesen Zustand der Authentizität als nicht zeitlich begrenzt zu denken?«

Hakim Bey: »Das ist sehr schwierig. Fredric Jameson, ein alter Marxist, hat einmal gesagt, dass es leichter ist, sich das Ende der Welt vorzustellen als das Ende des Kapitalismus. Eigentlich ist es das, was jeder tut. Wir stellen uns immer das Ende der Welt vor. Aber das schlimmste Weltuntergangsszenario ist, dass es nicht aufhört. Dass es kein Ende gibt. Dass sich nichts je verändern wird mit dem Kapitalismus. Die Maschinen sind bereits intelligenter als der Mensch, sie haben die Macht übernommen, sie machen im Grunde, was das Geld umgesetzt haben will. Geld ist die größte Maschine von allen. Es könnte für immer so weitergehen. Und wenn das der Fall ist, werden die Temporären Zonen so wertvoll sein wie Juwelen. Nun, das ist an meinen schlechten Tagen meine Meinung. An meinen guten Tagen will ich an dem festhalten, was Bloch die ›revolutionäre Hoffnung‹ genannt hat. Entgegen aller existenzialistischer Schwermut und aller postmodernen Ironie hält man sich immer noch an dieser Hoffnung fest. Und ich weiß nicht, worauf diese Hoffnung zielen sollte, wenn nicht auf eine Revolution. Das ist wirklich abgedroschen, das ist veraltet. Es ist heute nicht wirklich beliebt. Aber vielleicht aus diesem einzigen Grund, weil es so retro und dumm ist, will ich mich immer noch daran klammern. Dummheit scheint mir das eigentlich Revolutionäre zu sein angesichts der fantastischen Intelligenz der Maschine.«

Stimme aus dem Off: »Entziehen sich diese Temporären Zonen dem Kapitalismus, oder sind sie am Ende nicht auch ein Teil von ihm?«

Hakim Bey: »Nun ja, die Kommerzialisierung der Widerständigkeit. Ich denke, wir sehen das als selbstverständlich an. Das ist der Zustand, in dem wir leben. Das ist das Geniale an der ausbeuterischen Intelligenz des Spätkapitalismus. Was macht er: Er verwandelt alles in Produkte. So ist es halt. Geld ist frei zu tun, was es tun will. Alles wird zum Verkauf angeboten. Und wenn etwas nicht verkauft werden kann, existiert es nicht. Also noch mal: Das ist der Grund, warum ich sage, dass wir eine Haltung der Dummheit einnehmen sollten. Wir sollten uns Ziele setzen, die es gar nicht gibt. Wir sollten das Unmögliche annehmen und versuchen, so zu leben, als ob dieses Leben nicht in den Trümmern des Monsterkapitalismus stattfände. Und indem wir unsere Vorstellungskraft und unsere Talente nutzen, um allen Autoritäten aus dem Weg zu gehen, wird es uns vielleicht tatsächlich möglich sein, ein annehmbares Leben zu führen. So etwas wie das gute Leben. Das gute Leben, das du dir vorgestellt hast.«

Stimme aus dem Off: »Ich frage mich, ob Kunst dazu etwas beitragen könnte?«

Hakim Bey: »Das ist meine Art zu leben. Ich glaube

daran, unbedingt. Ich glaube an die ewige Avantgarde, die irgendwie immer noch existiert, auch wenn die offiziellen Avantgardisten alle aufgegeben haben. Kunst selbst ist oder kann oder sollte eine befreiende Aktivität sein. Sie sollte darauf hinarbeiten, dich zu befreien. Sie ist an sich beglückend, sie ist das Einzige, was ich kann. Ich kann mir nicht vorstellen, wie Leute morgens aus dem Bett kommen, wenn sie keine Künstler sind. Wofür leben sie? Das ist also meine Antwort auf deine Frage. Sie ist ganz einfach: Ja, natürlich! Wie das geht? Oh, das ist eine andere Frage. Und ich will gar nicht erst versuchen, sie zu beantworten und mich damit zu beschäftigen. Ja? Nein?«
Stimme aus dem Off: »Und wenn man gar nichts macht? Sich einfach verweigert?«
Hakim Bey: »Der Gestus der Verweigerung, was auch immer das bedeutet, ist die letzte Grenze. Aber der Gestus der Verweigerung ist nicht nur eine Nische, sondern auch ein Ja zum Leben. Oder kann es sein. Denn irgendwann kann auch etwas kommen, zu dem man ›Ja‹ sagst. Verweigerung ist nicht zwangsläufig eine pessimistische, morbide Selbstaufgabe in die Hyper-Konformität des Kapitalismus. Die Verweigerung gegen die große Lüge unserer Zivilisation kann die positivste lebensbejahende Haltung sein, die heute noch möglich ist.«
Blende.

Teil 3

Für die Agentur ist wichtig, nach außen auch eine soziale Seite zu zeigen. Deshalb macht sie immer wieder freiwillig Charityprojekte, unentgeltlich, für die gute Sache. Auch die Mitarbeiter sind freiwillig dabei. Employer Volunteering. Solche Projekte verleihen der Firma ein Profil, das über bloße Dienstleistung hinausgeht. Meistens sind es Logos für Hilfsorganisationen, solche Sachen. Gesellschaftliche Verantwortung, das kommt beim Kunden gut an. Neben dem Charityzeug sind auch schräge Projekt gerne gesehen, die die Mitarbeiter selber initiieren. Ideen, mit denen man Werberpreise gewinnen kann. Subkultur geht bei so was eigentlich immer. Ein Vereinsheim für die Jugendmannschaft von St. Pauli oder ein Street-Art-Projekt. Auch das kommt beim Kunden gut an. Und für die Mitarbeiter ist es auch wichtig, weil die sonst irgendwann zu cooleren Konkurrenten abwandern. Die Führungsebene entscheidet da sehr pragmatisch. Auf irgendeiner Ebenen muss es einen Profit geben, entweder finanziell oder symbolisch.

Auch RLF ist so ein »selbstinitiiertes Projekt«. In der Agentur gibt es dafür drei Phasen: Erst kommt die Idee- und Konzeptentwicklung, dann die Planung und Finanzierung, und schließlich die Realisierung. Zwischen den einzelnen Phasen findet eine Präsentation statt, in der über den Fortgang entschieden wird.

Die erste Phase von RLF ist abgeschlossen; seit dem Treffen mit Mikael sind sechs Wochen vergangen. Sechs Wochen harte Arbeit. Intensive Gespräche mit Designern und Produzenten, Konzepte wurden entwickelt und wieder verworfen.

Die Idee steht, nun geht es darum, die nächste Stufe zu erreichen. Aber dazu braucht Jan die Ressourcen der Agentur. Also muss er sie überzeugen. Sie begeistern.

Er betritt den Konferenzraum und schaut in die Runde. Fünfzehn, zwanzig Leute. Alle sind da. Der Vorstand, klar, die Marketingfrau, die anderen Art Direktoren, der Typ aus der Event-Abteilung, aber auch ein paar junge Mitarbeiter, die glauben, dass sie ein gutes Gefühl für den Puls der Zeit haben. Er sieht es ihren Gesichtern an: Sie erwarten einen richtigen Knaller. Jeder wird persönlich begrüßt, Handschlag, bei manchen auch ein kumpelhaftes In-die-Seite-Boxen, wir sind ein Team, wir sind Buddys, wir ziehen an einem Strang. In Wirklichkeit ist es ein Raubtierkäfig.

Jan hatte zunächst darüber nachgedacht, Slavia als Joker mitzunehmen. Schöne Frauen kommen immer gut an. Allerdings musste er für die Agentur ein paar kleinere konzeptionelle Verschiebungen vornehmen, die Slavia vielleicht nicht richtig einordnen würde. Also hat er sich dagegen entschieden. Dafür hat er Laura gebeten, sich was Heißes anzuziehen.

»Okay, kann losgehen«, flüstert Laura ihm ins Ohr.

Auf die Leinwand hat Jan eine Grafik mit ineinander verschlungenen schwarzen Linien projiziert, ein unscharfes Flirren entsteht. Mikael hat sein Anfangskonzept verfeinert und für RLF einige Key Visuals entwickelt.

»Hallo alle zusammen«, beginnt Jan. »Geht es euch gut? Warum geht es euch gut? Habt ihr heute schon etwas erreicht? Oder gestern? Ja, und deshalb seid ihr so zufrieden. Gut. Aber eine Nachfrage: War es etwas Wesentliches? Etwas Echtes? Oder nur ein Erfolg um des Erfolgs willen? Eine Kampagne ist gestartet? Die Zahlen haben sich verbessert? Einen fetten Kunden akquiriert? Die Sekretärin gebumst? Na, welchen Erfolg habt ihr heute gehabt, gestern, letzte Woche? Und, war es wichtig? Kommt, seid ehrlich. Welchen Wert hat der Erfolg wirklich?«

Jan schaut den Anwesenden in die Augen. Unverständnis. Ablehnung. Wut.

»So, jetzt seid ihr wach. Gut. Ihr denkt jetzt, typische Jan-Nummer, am Anfang was Grundsätzliches. Ja, aber diesmal ist es keine Nummer. Diesmal geht es wirklich ums Grundsätzliche. Es geht um euer Leben. Und welchen Sinn es macht. Scheiße, oder? Die Frage kennt jeder. Immer mal wieder packt die uns, aus heiterem Himmel, und dann müssen wir uns eingestehen, dass weder die Sekretärin noch der neue Auftrag noch das Haus, die neue Uhr oder der Porsche uns glücklich machen. Und wisst ihr warum?« Ich hätte Prediger werden sollen, denkt Jan, oder Guru. »Ja, warum seid ihr nicht wirklich glücklich? Weil das Leben, das ihr führt, SINNLOS ist.« Seine Stimme wird wieder ruhig. »Und genau deshalb haben wir jetzt RLF. Es wird eure Seele retten, und die vieler anderer auch.«

Im Raum ist es still. Keiner traut sich, die Performance zu unterbrechen.

»Jetzt wollt ihr wissen, was das heißt: RLF. Ihr werdet nicht darauf kommen, dabei liegt es eigentlich ganz nah. Weil ihr versteht, worüber ich rede, weil ihr gerne Teil davon wäret. RLF heißt: Das richtige Leben im falschen. Dass ihr im Falschen lebt, ist euch bewusst. Ihr seid zu schwach, um das zu ändern. Aber ihr wünscht es euch. Was für eine Verschwendung von Leben, von Zeit, von Möglichkeiten, glücklich zu sein.«

Jan tritt zum Pult und gießt sich langsam ein Glas Wasser ein. Während er trinkt, sucht er nach besonders nachdenklichen Gesichtern. Die Marketingfrau sieht verunsichert aus, und auch der Vorstandsvorsitzende ist irritiert. Gut, denkt Jan, die knacke ich jetzt, die kriegen die Peitsche. Er tritt vor die Marketingfrau. »Du machst Yoga, oder?« Sie nickt. »Und hilft's? Nein, deine Ehe ist trotzdem im Arsch.« Er dreht sich zum Vertriebsleiter, der auch ein miesepetriges Gesicht macht. »Du hast dieses Jahr viel Geld für das tolle Projekt in

Afrika gespendet. Und schön CO_2 gespart, mit dem neuen Hybrid-Auto. Befriedigt? Dein Gewissen beruhigt?«

Er wartet die Antwort gar nicht erst ab, sondern wendet sich an den Vorstandsvorsitzenden. Wenn man das Alphatier hat, hat man alle. »Und du träumst seit Jahren von dem Sabbatical im japanischen Zen-Kloster. Erlaubt dir deine Frau aber nicht, weil sie Angst hat, dass du wieder deine Sekretärin mitnimmst.«

Der Chef schaut Jan böse an. »Jan, das muss jetzt wirklich nicht sein!«

»Ach komm«, wirft Jan ihm entgegen. Er darf jetzt nicht lockerlassen. »Du ärgerst dich doch nur, dass deine Frau dir nicht traut. Dabei willst du in Japan wirklich nur zu dir selbst finden. Aber das wird dir auch nicht helfen.«

Der Chef schüttelt den Kopf. Dann muss er grinsen. »Komm, Jan, mach weiter.«

Jan startet seine Powerpoint-Präsentation. Die drei Buchstaben RLF, schwarz auf weißem Grund, Neue Helvetica, im Zentrum eines flirrenden Moiré-Musters. Darunter, wie bei einem alten Wappen, der Wahlspruch: »Werde Shareholder der Revolution!«

»Ja, meine lieben Kollegen, meine Freunde. Wir sind doch Freunde, oder?« Er wartet einen Moment, bevor er weiterspricht. »Bei RLF seid ihr nicht allein. Aber RLF ist kein Lifestyle-Club, sondern eine Bewegung, die die Welt besser macht. Und ihr könnt Teil davon werden. Damit euer Leben endlich einen Sinn hat. Und nicht nur eures. Jeder kann mitmachen, er muss nur daran glauben. Und ein wenig Geld mitbringen.« Jan lacht. »Wir denken hier schließlich auch ans Geschäft. Ohne Business macht es ja keinen Sinn. Dafür könnt ihr Produkte kaufen, Urlaub machen. Alles, was Spaß macht. Aber vor allem, und das ist das Wichtigste: Ihr seid Teil einer Bewegung. Vorreiter einer zukünftigen Revolution …«

Jan klickt weiter zur nächsten Folie.

Was ist RLF?
RLF ist das richtige Leben im falschen. RLF ist der Zustand vor der Revolution, vor der veränderten Gegenwart. RLF ist der Übergang vom Bösen zum Guten. RLF ist eine Bewegung, die auf dem freien Markt der Konsum- und Luxusgüter um Mitglieder und Unterstützer wirbt. Sie ist gleichermaßen im Sichtbaren wie im Verborgenen aktiv.

»Total unlogisch, denkt ihr jetzt, oder? Revolution am freien Markt. Das kann doch nicht funktionieren. Stimmt auch. Aber nur auf den ersten Blick. Aber das erkläre ich euch später noch. Belassen wir es fürs Erste dabei, dass RLF ein innovatives Lifestyle-Unternehmen ist. Jedes Unternehmen hat eine Mission. Hier also das Mission Statement von RLF.«

Eine neue Folie erscheint, die nüchterne schwarze Schrift ist von einem flirrenden Moiré-Muster gerahmt.

Das richtige Leben im falschen
Wir leben in der falschen Welt, und wir müssen Stück für Stück daran arbeiten, dass aus der falschen Welt die richtige wird. Die Revolution muss vorbereitet, die Truppen müssen gesammelt werden. Bis die falsche Welt vernichtet ist, müssen wir das richtige Leben im falschen führen.

»An alle, die uns erst kennenlernen wollen, richtet sich unser Wahlspruch, unser Angebot, unser Versprechen«, fährt Jan fort. Die nächste Folie steht an der Wand.

»Werde Shareholder der Revolution!«

Ein paar Leute schütteln den Kopf. In der hinteren Reihe wird getuschelt.

»Okay, ein paar von euch denken jetzt, das ist zu kompliziert. Erstens schreckt Revolution ab, und zweitens passen Revolution und Shareholder-Value nicht zusammen. Aber genau darum geht es. Das ist der innere Widerspruch, mit dem wir leben. Leben müssen. Das quält uns alle. Aber mit RLF wird aus dem falschen Weg der richtige. Nur Konsum verändert die Welt. Widerstand, Revolution – aber mit Gewinn. Shareholder eben. Ihr seid Teil einer Bewegung.«

»Shareholder, was soll denn das?«, ruft einer der jungen Mitarbeiter. Auch bei anderen Zuhörern sieht Jan zweifelnde Blicke.

»Du meinst, weil nicht jeder weiß, was ein Shareholder ist? Hey, wer nicht weiß, was ein Shareholder ist, der kann sich die Produkte von RLF eh nicht leisten.«

Jetzt lachen auch die Zuhörer. Gut, denkt Jan, Kritiker lächerlich zu machen ist die beste Methode, sie zum Schweigen zu bringen.

»Also, unsere Produkte sind teuer. Denn wir wollen damit Geld verdienen. Wir sind ja ein Unternehmen, das den Kapitalismus mit seinen eigenen Mitteln überwinden will. Aber was machen wir mit dem Geld?«

Neue Folie. Schwarze Zickzacklinien.

Ziel von RLF ist die Entwicklung einer Mikronation. Sie ist der Nukleus der zukünftigen Weltrevolution. Deshalb müssen Mitglieder gewonnen und eine Organisationsstruktur aufgebaut werden. Denn am Ende entscheiden Machtkonstellationen über den Erfolg von Ideen.

»Dafür brauchen wir das Geld. Für die Mikronation. Als Ausgangspunkt für die Verbesserung der Welt. Das ist unsere ›Frohe Botschaft‹. Wir haben ja gesellschaftliche Verantwortung. Wir sind doch irgendwie auch Seelsorger.«

Die Zuhörer lachen.

»Aber vor der Weltverbesserung haben viele Angst. Denn sie bedeutet Veränderung. Nicht alles wird so bleiben, wie es ist. Diese Sorge müssen wir ernst nehmen. Sonst erreichen wir nicht die Herzen unserer Kunden.«

Jan klickt weiter.

Das Wichtigste im Leben ist, keine Angst vor Veränderung zu haben. Keine Angst zu haben und deshalb in der Lage zu sein, die Welt zu verbessern – das ist die Kernbotschaft all unserer Produkte und Services: »Show You Are Not Afraid.«

»Angst haben wir alle. Ihr auch. Das wollen wir nur nicht zugeben. Aber mit RLF hast du keine Angst mehr. Denn du bist nicht alleine. Du bist Teil der Bewegung. Die Kernbotschaft gibt uns Kraft. Und Stolz. Sie macht uns glücklich. Aber diese Botschaft richtet sich nicht an jeden. Sie ist für diejenigen bestimmt, die den ersten Schritt schon gemacht haben. Die wissen, was sie wollen. Deshalb verstecken wir unsere Botschaft und zeigen sie nur Eingeweihten.« Jan schaut noch einmal in die Runde. »Zeit für eine Pause, oder? Ihr habt bestimmt schon Kopfschmerzen von den Grafiken.«

Nicken.

»Das ist auch der Sinn dahinter. Es geht darum, sich auf das Wesentliche zu konzentrieren. Und das übt man, indem man Ablenkungen widersteht.« Jan klatscht in die Hände. »So. Ich kann mir vorstellen, dass ihr Fragen habt, bevor wir zu den konkreten Produkten übergehen.« Ein alter Trick. Wenn man eine Pause ankündigt, gibt es weniger Fragen.

Der Experte aus dem Controlling steht auf. »Aber das ist doch fast eine Sekte, oder eine Religion?«

»Ja, eine Religion. Kann man so sehen. Oder eine Sekte.

Aber, mal ehrlich, Konsum ist unsere Religion, oder? Die Leute brauchen Religionen. Und die Kirche ist eh das beste Beispiel für erfolgreiches Marketing. Ein klares Glücksversprechen, Paradies und ewiges Leben. Und es gibt tolle Rituale: Weihrauch, Kerzen, gemeinsames Singen. Dabei werden alle Widersprüche auf unerklärliche Weise wieder zusammengeführt. Und das Verrückteste an den Religionen: Es gibt sogar produktidentische Konkurrenzanbieter – na ja, fast identische, aber um Himmel und Hölle und das ewige Leben geht es immer –, und keiner geht Konkurs! Da können wir echt nicht mithalten. Marken sind die Konfessionen des Kapitalismus. Ich meine, ist Shopping nicht immer eine Art Glaubensbekenntnis?« Jan schaut in die Runde. Er breitet seine Arme aus, als wollte er einen Segen sprechen. »Shopping ist ein Akt, von dem wir uns entweder Katharsis oder Erleuchtung erhoffen, oder?«

Zustimmendes Gemurmel. Jan schaltet das Licht an und ruft Laura. Ein paar Hostessen bringen Snacks, Wasser und grünen Tee, außerdem minimalistische Gemüsehäppchen – vegetarische Sushi, gedämpfte Dim Sum, die Zuhörer sollen ja nicht ihre Energie verlieren.

Nach zehn Minuten dunkelt Jan den Raum wieder ab. Die nächste Folie erscheint auf der Leinwand.

Produkte

»Was also sind die Produkte von RLF? Was ist das Preissegment? Also, das Preissegment ist nach oben offen. Es gibt keine Grenze. Revolution ist Glamour und kann nicht teuer genug sein. Hohe Preise, hohe Margen.«

Wieder skeptische Blicke.

»Mit RLF erwirbt man den Glamour der Revolution. Mit

RLF gehört man zur globalen Avantgarde. Kauf unsere Produkte, zeig, dass du dabei bist! Dann macht es auch Spaß, die eigene Widersprüchlichkeit zu erleben. Sich endlich mal richtig wohlfühlen im eigenen Unbehagen. Schließlich ist man Teil der kulturellen Elite, die diese Widersprüche zumindest verstanden hat.«

»Und wo ist für so was der Point of Sale?«, ruft jemand aus der hinteren Reihe.

»RLF-Produkte werden nur in ausgewählten Luxusboutiquen verkauft. Und in Kunstgalerien. Vielleicht gibt es auch noch Member-Vorteile. Ihr wisst schon, registrierte Kunden können auch auf der Online-Plattform einkaufen. Aber man darf es dem Kunden auch nicht zu einfach machen. Sonst hat er ja nicht das Gefühl, in eine exklusive Runde aufgenommen zu werden. Für die Serviceleistungen muss man sich bewerben, da kann nicht jeder mitmachen. Man muss schon glaubhaft machen, dass man für RLF ein guter Markenbotschafter wäre. Ein Revolutionär eben. Man muss sich Stufe für Stufe nach oben arbeiten, jedes Mal bekommt man Zugang zu exklusiveren Produkten. Kunde und Produkt müssen zusammenpassen. Und die Entscheidung darüber überlassen wir nicht dem Kunden. Er wird von uns ausgewählt. Und leisten können muss man sich das Ganze natürlich auch, denn billig ist RLF, wie gesagt, nicht.«

»Aber was für Produkte sind das denn?«, fragt jemand.

»Die Produktgruppen sind erst mal nichts Besonderes. Ganz klassisch. Wir appellieren an die ganz alltäglichen Bedürfnisse unserer Zielgruppe. Aber eins nach dem anderen.«

Health and Wellness
Home and Living
Fashion
Accessories and Jewellery

Technical Equipment
Travel and Adventure
Research and Development
Art and Propaganda

»Also«, Jan redet jetzt schneller als vorher, die nächsten Punkte sollen dynamisch rüberkommen, »ihr seht schon, alles ganz konservativ. Im Grunde das Inhaltsverzeichnis von *Elle Decoration.*«

Auf der Leinwand ist jetzt eine Gruppe ganz in Weiß gekleideter Menschen zu sehen, die Kopfstand machen. Quer über das Bild läuft in dicken Lettern der Schriftzug »Health and Wellness«, am Rand lenken Op-Art-Muster den Blick des Betrachters ab.

»Health and Wellness. Keine Revolution ohne Körper. Das hat man jetzt ja auch wieder im Arabischen Frühling gesehen. Wir müssen uns also trainieren, damit wir fit sind, wenn es ernst wird. RLF bietet deshalb eine Mischung aus Yoga und Kampfsport an. Frieden und Konzentration nach innen, Kraft und Aggression nach außen. Das ist das ultimative Mind Body Shaping für die Revolution.«

Als Nächstes zeigt Jan das Curtain Wall House des japanischen Architekten Shingeru Ban. Eine halboffene Struktur, im Wind wehen große, zwei Stockwerke überspannende Vorhänge, die Innen- und Außenraum voneinander trennen. Über dem Schwarz-Weiß-Foto steht der Titel der nächsten Produktkategorie: »Home and Living«.

»Wie wir wohnen, mit welchen Architekturen und Einrichtungen wir uns umgeben, damit beschäftigen sich viele Menschen. Außerdem kann man in dem Bereich hohe Gewinnmargen erzielen; vom Wohnhaus bis zum Teelöffel. Aber wir müssen klein anfangen. Jedes Jahr gibt es neue Produkte, das Portfolio wird langsam wachsen. Irgendwann gibt es von RLF dann vielleicht auch ein Fertighaus. Mal sehen.«

»Und wer entwirft das Ganze?«, ruft einer der Kreativdirektoren dazwischen.

»Du jedenfalls nicht.«

»Sehr witzig. Aber jetzt mal im Ernst. Wer entwirft das? Du etwa?«

»Nein, ich doch nicht. RLF arbeitet mit internationalen Designern und Architekten zusammen. Einige hab ich für das Projekt schon gewinnen können. Und ich bin gespannt auf ihre Interpretation des Ganzen. Auf die Art, wie sie das Lebensgefühl des Widerstands in Produkten ausdrücken.«

»Geht das auch konkreter?«

»Klar. Das Prinzip ist einfach. Leute, die gutes Design machen. Stars. Und Top-Produkte.«

Das Wort »Fashion« läuft über das Bild einer Herde weißer Schafe, die auf einer kargen Gebirgswiese grasen. Das Foto ist von einer Dazzle-Grafik zerschnitten.

»Mode. Was wir am Körper tragen. Unmittelbar dran am Konsumenten. Es wird natürlich eine Kampfsport-Ausrüstung geben, Sportschuhe, Oberbekleidung, mit allem Drum und Dran. In der Mode gibt es ja einige schillernde Figuren, die man sich zum Vorbild nehmen kann. Vivienne Westwood zum Beispiel, die Queen of Punk. Und um euch mal einen konkreten Namen zu nennen: Wir werden mit einem Berliner Minimalisten arbeiten, Kostas Murkudis.«

Vivenne Westwood (geboren 1941), englische Modeschöpferin. Bekannt wurde Westwood in den frühen Siebzigerjahren, als die von ihrem Lebensgefährten Malcom McLaren gemanagte Punkband Sex Pistols wiederholt in ihren von Rockern, Fetischisten und Prostituierten inspirierten Entwürfen auftrat. Seit den Achtzigerjahren arbeitet Westwood vorwiegend mit Kombinationen aus historischen Schnitten, seltenen Stoffen und exzentrischen Mustern. Das Label der »Queen of Punk« weist sie mittlerweile als einengende Festlegung zurück. Westwood hat ihre Arbeit wiederholt als Forum für Politaktivismus genutzt. 2005 entwarf sie für die Bürgerrechtsorganisation Liberty ein T-Shirt mit dem Slogan »I am not a terrorist. Please don't arrest me.« 2007 veröffentlichte sie ein Manifest mit dem Titel »Active Resistance to Propaganda«, in dem sie dazu aufruft, jeglicher von Politik und Werbung verbreiteten Propaganda zu widerstehen. Die Frühjahr/Sommer-Kollektion 2008 trug den Titel »56«, womit Westwood gegen die Pläne der britischen Regierung protestierte, die erlaubte Zeitdauer einer Inhaftierung ohne Anklage auf 56 Tage zu erhöhen. 2006 verlieh die Queen Westwood den Ehrentitel »Dame Commander of the Most Excellent Order of the British Empire« (DBE).

Kostas Murkudis (geboren 1959), deutscher Modeschöpfer. Ab 1985 arbeitete er sieben Jahre intensiv mit dem österreichischen Designer Helmut Lang zusammen, seit 1997 entwirft er regelmäßig eigene Prêt-à-porter-Kollektionen unter seinem Namen. Außerdem ist er Spezialist für Kollaborationen, bei denen er traditionellen Marken – u. a. den Unterwäschehersteller Schiesser, Johnstons Cashmere, der Schuhmanufaktur Reiter – in exklusiven Kleinserien ein neues Gesicht gibt. Seine Entwürfe sind von einem strengen Minimalismus geprägt. Seit 2012 ist er Kreativdirektor von Closed.

»Neben Kleidung brauchen wir natürlich auch Accessoires«, fährt Jan fort. »Und Schmuck.« Die Projektion zeigt den Schriftzug »Accessories and Jewellery«, dazu einen Haufen blitzender Brillanten.

»Schmuck, man will schön sein. Gold. Edelsteine. Aber Schmuck ist nicht nur Reichtum, sondern immer auch ein Geheimnis. Nicht jeder muss verstehen, worum es geht. Das ist die neue Bescheidenheit. Er wird nicht offen gezeigt, sondern offenbart sich dem, der weiß, worum es geht. Neben Schmuck kann es natürlich auch noch andere Accessoires geben. Keine Parteiabzeichen, das wäre viel zu direkt. Aber ein Parfüm, damit man sich am Duft erkennen kann. Da würde ich gerne mit Lisa Kirk zusammenarbeiten, einer

Künstlerin aus New York. Sie hat ein Parfüm entwickelt, das nach Revolution riecht, nach Schweiß und Tränengas.«

Lisa Kirk (geboren 1967), amerikanische Künstlerin. 2005 begann sie die Arbeit an dem Parfüm »Revolution«. Dafür befragte sie zahlreiche Journalisten, Aktivisten und Radikale zu ihren Erinnerungen an den Geruch der Revolution. »Revolution« gibt es in zwei Versionen: einer für den Kunstmarkt und einer für Parfümerien. Die Preise der Kunstversion liegen zwischen 4000 und 50 000 Dollar, je nach Ausführung des rohrbombenartigen Flakons in Silber, Gold oder Platin. Eine kleine Pipette des Dufts, der angeblich nach Rauch, Benzin, Tränengas, verbranntem Gummi, Schweiß und Verwesung riecht, war 2011 für 50 Euro im Berliner Luxusgeschäft Departmentstore Quartier 206 erhältlich.

»Damit wären wir mit den Produkten fast durch. Fehlen nur noch die Ausrüstung und der Abenteuerurlaub.«

An der Wand jetzt ein Bild aus dem libyschen Bürgerkrieg. Weiße Toyota-Pick-ups, auf denen mit Panzerfäusten und Kalaschnikows bewaffnete Kämpfer sitzen. Darüber in dicken schwarzen Buchstaben: »TECHNICAL EQUIPMENT«.

»Ja, das ist der Kern des Ganzen, der Kampf. Das dürfen wir nie vergessen. Für den Kampf muss man bereit sein. Trainiert. Und ausgerüstet. Das Wichtigste im Partisanenkampf: Mobilität und Beweglichkeit. Überall sofort einsatzbereit. Deshalb brauchen wir ein Auto. Aus ›Freude am Fahren‹ wird ›Freude am Kämpfen‹.«

Jan zeigt auf das Bild an der Wand.

»Taliban-Toyotas. Infrastruktur des Widerstands. So einen Pick-up braucht auch RLF. Aber unser Auto wird etwas Feineres als ein Toyota oder Nissan. Wir könnten es zum Beispiel mit BMW entwickeln. Die haben sogar schon eine Studie für den M3 als Pick-up. Prollschlitten und Luxusgefährt, genau richtig für unsere Marke. Aber natürlich würde auch eine umgebaute Mercedes G-Klasse passen. Der VW-Touareg wäre auch nicht schlecht. Oder gleich ein Porsche Cayenne. Ihr wisst schon, Porsche und Andreas Baader, das volle RAF-Programm. Wir können mit unterschiedlichen Partnern zusammenarbeiten. Absolut durchlässig. Vielleicht machen wir das auch im Vintage-Stil, es muss von außen ja nicht immer das Neueste sein. Hauptsache, die Idee von Kampf und Widerstand kommt rüber.«

Jan holt tief Luft. Im Hintergrund erscheint die Folie »Travel and Adventure«.

»Kaufen ist das eine, erleben das andere. Wir organisieren für unsere Konsumisten Incentives, bei denen sie lernen, was Kampf ist. Trainingslager bei der ETA, dem Leuchtenden Pfad in Peru, den Maoisten in Nepal. Was halt so geht. Echte Experten, kein Theoriegedöns.«

Jan beobachtet seine Zuhörer sehr genau. Es ist die Probe aufs Exempel. Denn genau das war der Punkt, an dem er sich mit Slavia und Mikael uneinig war. Sie wollten keinen Kontakt zu Terrorgruppen, aber für Jan ist das marketingtechnisch ein echter Knaller. Und da lässt er sich nicht reinreden. Mit dem Verbotenen zu spielen, mit illegalen Widerstandsgruppen, schafft eine Form der Aufmerksamkeit, auf die Jan nicht verzichten will. Die Öffentlichkeit giert nach Sachen, die politisch total unkorrekt sind.

»Mit jedem gekauften Produkt beteiligt sich der Konsument am Kampf gegen Ausbeutung und Unterdrückung durch den Kapitalismus. Aber Kampf ist nicht alles. Es gibt ja auch friedliche Wege zur Revolution.«

An der Wand jetzt ein Bild vom Tahrir-Platz, demonstrierende Menschenmassen in der Abenddämmerung.

»Also, es geht auch friedlich. Vielleicht. Halbwegs friedlich. Sollte man jedenfalls auch versuchen. Und erleben. Wem also die Adventures in Nepal oder Südamerika zu hart sind, für den haben wir auch die softe Variante im Programm. Zusammen mit Canvas bieten wir eine Art Fortbildungskurs für friedlichen Widerstand an. Nein, nicht mit Converse«, entgegnet er einem Zwischenruf. »Canvas. Das ist die Abkürzung für ›Centre for Applied Nonviolent Action and Strategies‹. Ein Revolutions-Thinktank aus Serbien. Die haben praktische Erfahrung, nicht nur aus ihrer Heimat. Sie sind in vielen Ländern aktiv. Da könnten unsere Mitglieder, unsere RLF-Aktivisten-Konsumisten lernen, wie man Sitzblockaden so organisiert, dass sie auch von allen Medien wahrgenommen werden. Canvas, das sind die Mahatma Gandhis von heute.«

Jan schaut sich in der Runde um. Laura bestätigt ihm mit einem aufmunternden Lächeln, dass die Sache gut läuft. Sie sitzt in der letzten Reihe, um das Getuschel der Kollegen mitzuhören.

»So«, setzt Jan seinen Vortrag fort, »dann kommen jetzt noch ein paar Informationen über die ökonomischen Rahmenbedingungen. Die Produkte von RLF gibt es nur in ausgewählten Modeläden. Luxussegment. Das habe ich ja eben schon erwähnt. Als Erstes haben wir eine Kooperation mit dem Berliner Fashion-Guru Andreas Murkudis angedacht. ›Exclusive Goods, Rare Clothing‹, das ist sein Motto. Nur Topmarken, Maison Martin Margiela, Dries van Noten, balenciaga, dazwischen ausgewähltes Porzellan, feine Lederwaren, Taschen, auch ein paar Möbel und sogar Kinderkleidung. Alles wirklich teuer, aber halt auch geil. Der Laden sieht aus wie eine Galerie, das entspricht auch dem Umfeld, da sind einige gute Galerien. Internationales Publikum. Das sind die Leute, die wir für RLF gewinnen wollen. Weil sie ihr eigenes Leben im falschen schon satthaben, sich aber letztlich doch nicht davon trennen können. Der Point of Sale ist exklusiv.«

Jan presst seine Daumennägel in die Kuppen der Zeigefinger, ein kurzer Schmerz durchzuckt ihn. Volle Konzentration.

»Was ich bisher beschrieben habe, war die Markenoberfläche.« Jans Stimme ist jetzt tiefer und ruhiger als zuvor. »Der eigentliche Inhalt von RLF ist aber die Ökonomie, die Frage, was mit dem Gewinn passiert. Das ist der Markenkern.«

Auf der Leinwand erscheint jetzt eine neue Folie, der Hintergrund ist schwarz, und in leuchtendem Weiß erscheint: »Research and Developement«.

»RLF ist keine Marketingidee. Sondern ein erster Schritt zur Revolution. Am Anfang steht das richtige Leben im falschen. Aber irgendwann soll es nur noch das richtige Leben sein.« Jan unterstreicht »im falschen« mit einer Handbewegung. »Und dieser Traum soll nicht nur ausgedrückt, sondern auch gelebt werden. Als Übergang zu einer wirklich besseren Welt. RLF erprobt, wie eine solche bessere Welt aussehen könnte, indem wir eine Mikronation errichten.« Jan holt tief Luft. »Was eine Mikronation ist, wollt ihr wissen? Das ist ein utopischer Rückzugsraum, der nicht nur in der Imagination existiert, sondern auch in der Wirklichkeit.« Jan hat sich entschieden, von »utopisch« zu sprechen, weil seine Zuhörer das eher verstehen als »anderer Ort« oder »Heterotopie«. Mikael und Slavia hatten zwar viel Wert auf diese philosophischen Begriffe gelegt, aber das ist Jan jetzt egal. Solche Korrekturen behält er sich vor.

»Was soll das denn sein? Ein Ferienressort?«, wirft der Marketingchef ein.

»Nein, natürlich nicht. Es gibt da draußen einige Leute, die an so was rumprobieren, alternative Gruppen und so, Künstler, aber das kann man alles noch viel besser machen. Und das ist das Ziel von RLF. Einen Freiraum schaffen, wo die Menschen so sein können, wie sie sind. So übernimmt RLF gesellschaftliche Verantwortung.«

Es dauert keine zehn Sekunden, und die Stille wird von leisem Getuschel abgelöst. Dann reden alle laut durcheinander. Der Marketingchef ist wieder aufgesprungen, der Vorstandschef klatscht begeistert, einer der Kreativdirektoren schüttelt den Kopf, es wird lebhaft diskutiert.

»... so was kann man doch nicht ernsthaft am Markt platzieren ... so ein Scheiß! ... nein, das ist supergeil ... und wo machen wir Gewinn? ... damit hat der das letzte halbe Jahr vergeudet? ... Mann, ich habe Kopfschmerzen von dieser Scheiß-Grafik ... die beste Idee für Trend- und Marktforschung, die ich in den letzen Jahren gehört habe ... Perfektes Subthreshold-Marketing ... wenn es mal eine Mitglieder-Datei von RLF gibt, die ist Gold wert ...«

Jan beobachtet die Aufregung zwei, drei Minuten. »Leute ... Kollegen ...«, ruft er, jedes Mal ein bisschen lauter. »Wollen wir da nicht gemeinsam drüber reden?«

Die Gruppe beruhigt sich langsam wieder, als Erstes meldet sich der Marketingchef zu Wort.

»Alles sehr faszinierend. Überraschend. Gut. Aber eine kommerziell erfolgreiche Produktwelt funktioniert anders«, er fuchtelt mit den Händen in der Luft herum. »Ich meine, alleine die Werbekampagne dazu, wie soll das denn funktionieren?«

Es folgt eine Reihe weiterer Anmerkungen, alle argumentieren in die gleiche Richtung: cooles Projekt, aber keine Vermarktungschancen.

Jan hört sich das an. Genau damit hat er gerechnet. Sie können halt nicht aus ihrer Haut. Fantasielose Werber. Und die denken, sie hätten mich bei einem Fehler erwischt.

»Ihr habt ja alle recht«, beginnt er ganz entspannt. »Das Ding hat keine Vermarktungschancen. Jedenfalls nicht auf dem üblichen Weg. Und deswegen gehen wir einen anderen, den es so noch nie gegeben hat. Wir tarnen das Unternehmen. Wir werden keines der Produkte bewerben. Keine Printanzeigen, keine Fernsehspots. Null Mediakosten. Man wird die Produkte zwar in ein paar Concept Stores, unseren exklusiven Partnerboutiquen, kaufen können, aber ihre eigentliche Heimat haben sie auf einem anderen Markt, der seine eigenen Mechanismen hat.«

Jan betrachtet mit Freude die Gesichter seiner Zuhörer. So eine Präsentation hat er schon lange nicht mehr hingelegt.

»RLF ist ein Kunstwerk. Es wird in Galerien und in Museen ausgestellt. Wenn ich etwas kaufe, kaufe ich es nicht als normales Consumer Product, sondern als Kunst.«

Jan macht wieder eine Pause.

»Also noch mal, damit alle es verstehen. RLF tritt nach außen nicht als Unternehmen auf, sondern als Kunstwerk. Konzeptkunst, die sich als Unternehmen ausgibt. Und Kunst ist nicht billig, das weiß jeder. Aber wir nehmen die Kunst in die Pflicht, unsere Kunst soll was bewegen, was verändern. Alles klar?«

»Und wo ist der Künstler?«, wirft ein junger Pseudo-Hipster aus der Kreativabteilung ein, der schon länger mit Jan auf Kriegsfuß steht.

»Ein Konzeptkunstwerk braucht natürlich einen Kopf. Und das sind nicht wir. Nicht die Agentur. Auch nicht ich. Jetzt wisst ihr, warum es vorhin die Rubrik ›Art and Propaganda‹ gab.«

Auf der Leinwand erscheint jetzt wieder eine Projektion. Das Bild eines Mannes in einem weißen Kapuzenpullover. Von hinten. Das Gesicht ist nicht erkennbar.

»Das ist Mikael. Mikael Mikael. Er ist unser Mann in der Kunst. Weil er im Untergrund lebt und nie öffentlich in Erscheinung tritt, glauben manche in der Kunstszene, dass es ihn gar nicht gibt. Für uns also der perfekte Künstler. Seine Art zu arbeiten passt so gut zu RLF, dass man fast glauben könnte, RLF sei Mikaels eigene Idee.«

Jan zeigt einige Fotos von Mikaels Arbeiten, verschiedene Gebäude, an denen das »Show You Are Not Afraid«-Poster klebt. Die neue Bundesnachrichtendienst-Zentrale in Berlin, das Gefängnis in Stuttgart-Stammheim, das Olympiadorf in München. Klinisch klare Fotos. Wie aus einem Bildband über modernistische Architektur.

»Das Poster gibt es in seinen Ausstellungen auch zum Mitnehmen. Und wisst ihr, was passiert ist?«

Jan zeigt ein Bild von vierzig nackten Frauen, die sich hinter einem Protestbanner aufgestellt haben. Eine der Frauen im Hintergrund hält das Poster von Mikael Mikael hoch.

»Das ist die Aktion einer israelischen Aktivistin, Or Tepler. Die Frauen haben so ihre Solidarität mit einer ägyptischen Künstlerin bekundet. Die heißt Aliaa El Mahdi und hat 2011 Aktfotos von sich ins Internet gestellt, nicht als Pornographie, sondern als Protest gegen die Ungleichbehandlung von Männern und Frauen in Ägypten. Und dann wurde sie von aufgebrachten Islamisten mit dem Tode bedroht. Or Tepler hat über Facebook vierzig israelische Frauen zusammengetrommelt, und die haben gemeinsam dieses Nacktfoto gemacht. Mit dem Poster von Mikael Mikael. Ob die Aktion El Mahdi geholfen hat, sei dahingestellt, aber das Bild ging um die Welt.«

Jan zeigt eine Serie von Zeitungsartikeln und Webseiten mit dem Foto.

»Ja, das ist Mikael Mikael. Politische Kunst findet ihren Weg in den realen politischen Raum.«

Jan betrachtet seine Zuhörer. Lauter zustimmende Gesichter. »Aber wie gesagt, ihr werdet Mikael Mikael nie zu Gesicht bekommen. Auch das ein Prinzip von RLF – auftauchen, abtauchen, wieder präsent sein, dann plötzlich verschwinden. Alle sind Partisanen. Darum geht es bei RLF.«

»Ein geniales Konzept«, sagt der Vorstandsvorsitzende.

»Das machen wir, ja, das müssen wir unbedingt machen ...« Er kuckt sich um. Die anderen nicken. Dann klatschen alle.

Jan genießt den Augenblick. Volltreffer.

Seit Jan in der Agentur ist, gibt es nur drei Bewertungen. Es gibt »spannende Idee, spannendes Konzept«. Und dann kommt irgendein »aber«, mit dem die Absage eingeleitet wird. Nicht direkt, sondern freundlich verpackt, so dass das Team dann selber entscheidet, das Projekt besser nicht weiterzuverfolgen. Selbststeuernde Organisation, das ist so ein Schlagwort dafür, dass die Chefetage nicht die unangenehmen Entscheidungen fällen muss. Dann gibt es »keine Gewinnaussichten, zu experimentell«. Damit ist gemeint: Schluss damit, aufhören. Und schließlich gibt es noch »gutes Konzept«. Darauf folgt dann meistens ein: »Und ich hab da noch eine Idee.« Damit ist die Arena eröffnet für Änderungsvorschläge und Ergänzungen. In mehreren Runden wird gemeinsam nachgedacht. So kann die Agentur sich die Ideen der Mitarbeiter aneignen, aus der Idee eines Einzelnen oder eines kleinen Teams die Idee der ganzen Firma machen. Für das Team, das das Konzept entwickelt hat, ein frustrierender Vorgang. Es muss zusehen, wie ihm die eigene Idee langsam aus den Händen gleitet und ein neues Gesicht bekommt. Aber das ist das Spiel, da muss jeder durch. »Ich hab da noch eine Idee« ist auf jeden Fall besser als ein »aber«. Bei der nächsten Runde, also ein halbes Jahr später, wird dann die überarbeitete Version noch mal präsentiert. Wenn man Pech hat, gibt es dann erneut ein »ich hab da noch eine Idee«, aber normalerweise ist es dann irgendwann auch gut. Schlimmstenfalls kommt das tödliche Lob, dass das Projekt nun so weit entwickelt wurde, dass es »seiner Zeit voraus ist«. Seiner Zeit voraus zu sein, das ist das Ende.

Das höchste der Gefühle ist »sehr gute Idee«. Das heißt,

dass das Projekt akzeptiert ist. Kommt aber eigentlich immer erst, wenn das Projekt überarbeitet wurde und sich alle in der Agentur damit identifizieren können. Und dann sagt meist noch der Finanzvorstand oder jemand vom Controlling, dass man an den Finanzplan noch mal »ran muss«. Dann wird das veranschlagte Budget gekürzt, wodurch die Sache immer noch platzen kann. Das ist die Notbremse.

Ein »geniales Konzept« mitsamt einem »das müssen wir unbedingt machen« kam bei dem Ritual bislang noch nicht vor, jedenfalls nicht in den Jahren, die Jan in der Agentur arbeitet. Nicht mal die Jungs von den Finanzen erheben Einspruch, sondern klatschen wie alle anderen. Freie Bahn, denkt sich Jan. Volle Kraft voraus. Wenn das keine Freigabe ist …

Er verbeugt sich, er liebt diese übertriebenen theatralischen Gesten. Laura bringt ihm ein Glas Wasser. Die Präsentation ist zu Ende, Jan schüttelt dem Vorstandsvorsitzenden die Hand, einige Kollegen klopfen ihm auf die Schulter, der Marketingchef raunt ihm im Vorübergehen »cooler Hund« zu und boxt ihn in die Seite.

Als sich die Runde aufgelöst hat, sinkt Jan in einen der leeren Stühle. Ein wohliges Kribbeln fließt seinen Rücken hinab, wie bei einem leichten Orgasmus.

Ein paar Minuten später sitzt er in seinem Büro. Er ist immer noch high von der Präsentation. Er ruft Slavia an. Sie ist begeistert. Aber leider wird er sie erst in ein paar Wochen wiedersehen. Schade. Sie verabreden, dass Jan allein zu Mikael fährt, um ihm von der Präsentation zu berichten.

Er legt auf. Plötzlich spürt er zwei Hände auf seinen Augen. Keine Stimme. Aber er erkennt den Geruch.

»Sei still«, flüstert Laura. »Und lass die Augen zu.«

Laura nimmt die Hände von seinen Augen und dreht seinen Stuhl um 180 Grad.

»Jetzt kannst du sie aufmachen.«

Laura zieht langsam ihr T-Shirt über den Kopf. Sie trägt keinen BH.

»Das ist deine Belohnung für die Show vorhin.« Laura kniet sich vor Jan und knöpft seine Hose auf. Dann zieht sie langsam ihren Minirock hoch. Sie trägt keine Unterhose.

Jan lehnt sich zurück und schließt die Augen.

»So, jetzt gibt es den ersten Preis«, flüstert sie ihm ins Ohr.

Jan stöhnt leise auf.

Ja, er liebt Präsentationen.

Und das Gefühl, erfolgreich zu sein.

Nahaufnahme. Handkamera. Diffuses Licht.
Eine Frau mit langen blonden Haaren, möglicherweise gefärbt. Schmales Gesicht. Schwarze Lederjacke. Cooler Gesichtsausdruck.
Im Hintergrund eine Bar, Barhocker. Ein alternatives Kulturzentrum in Paris.
Klangkulisse: Ab und zu fremde Stimmen.
Stimme aus dem Off: »Inna Schewtschenko. Mitglied der Femen, einer feministischen Aktivistinnengruppe aus der Ukraine. Berühmt wurden sie, weil sie mit nacktem Oberkörper demonstrieren, um Polizei und Medien zu provozieren. In Frankreich schult Inna Schewtschenko jetzt Frauen in Protest. Inna Schewtschenko, was ist heute Widerstand?«
Inna Schewtschenko: »Für mich als Aktivistin, die Teil einer Gruppe ist, die eine eigene Form von Protest erfunden hat, ist Widerstand natürlich Straßenkampf, von Angesicht zu Angesicht. Wir sind

alle auf der Suche. Wir sind auch bereit, über gewaltlosen Protest zu sprechen, denn ich stamme aus einem Land, wo Gewaltlosigkeit ignoriert wird. Deswegen simulieren wir Gewalt, wenn wir unseren Feind attackieren. Die Simulation von Gewalt ist eine wirklich gute Art, unsere Feinde wissen zu lassen, dass wir bereit sind, eines Tages unsere Poster gegen Waffen einzutauschen, wenn sich die Situation verschlechtern sollte.«

Stimme aus dem Off: »Eine Menge Werbeagenturen nutzen Formen von Protest, um Waren zu verkaufen. Sie simulieren Protest. Auf der anderen Seite nutzen Protestbewegungen die Methoden der Werbung, um Aufmerksamkeit zu generieren. Wie ist das Verhältnis von Werbung und politischem Aktivismus?«

Inna Schewtschenko: »Wir sehen da eine sehr starke Parallele. Wir benutzen die Strategien der Werbung: Mit Frauenkörpern wird Werbung für Autos, Bier und was weiß ich was gemacht. Auf diese Weise werden die Körper von Frauen in Sexobjekte transformiert. Wir als Frauenbewegung haben uns eines Tages gesagt, dass wir dasselbe tun können, nur eben für unsere eigenen Zwecke. Jeder benutzt diese Strategien für seine eigenen Zwecke. Einige böse Typen, um etwas zu verkaufen und Geld zu machen, und einige gute Typen, wie wir Aktivistinnen, um ihre Ideen und Anliegen zu promoten. Jeder einzelne unserer Proteste ist eine Promo-Aktion, Werbung für unsere Ideen. Wir setzen wirklich gut aussehende, sexy Frauen ein, wie sie sonst nur in Werbekampagnen zu sehen sind.«

Stimme aus dem Off: »Am Ende ist Kapitalismus ein System, in dem alles verkauft und zu einem Produkt

wird. Seid ihr eine antikapitalistische Bewegung?«
Inna Schewtschenko: »Natürlich. Alle unsere Aktivitäten sind antikapitalistisch; weil dort alles anfängt.«
Stimme aus dem Off: »Ist es nicht merkwürdig, kapitalistische Methoden wie das Marketing zu verwenden, um den Kapitalismus zu bekämpfen? Kann man ihn mit seinen eigenen Mitteln schlagen?«
Inna Schewtschenko: »Das ist nicht merkwürdig. Das ist ein kreativer Akt.«
Stimme aus dem Off: »Aber das ist doch total widersprüchlich?«
Inna Schewtschenko: »Ich sehe da keinen Widerspruch. Diese neue Methode wird kritisch beäugt, nur weil sie auf etwas basiert, das als kapitalistischer Gedanke markiert ist. Wir drehen jetzt eben alles um. Ja, bislang waren nackte Frauen ein Symbol für die Sexindustrie. Wenn du nackt warst, bedeutete das, dass du eine Prostituierte warst. Heute bedeutet nackt zu sein, eine Kämpferin zu sein. Du kannst deinen nackten Körper dazu benutzen, deine Sache voranzubringen, sie nicht zu verkaufen, sondern sie zu promoten! Wir benutzen den Körper als Poster, wir schreiben unsere Botschaften auf unsere Körper. So erzeugen wir eine neue Haltung zum nackten weiblichen Körper. Es gibt ihn nicht mehr nur in der Sexindustrie, sondern auch da, wo über Protest geredet wird.«
Blende.

Der Campingplatz liegt direkt an der Ostsee, der nächste Ort ist einige Kilometer entfernt. Die meisten Camper übernachten hier auf dem Weg nach Schweden oder zurück von dort. Ein paar Leute haben Dauerstandplätze. Ihre Wohnmobile sind mit An- und Ausbauten versehen, zu einem festen Domizil geworden. Dazwischen finden sich noch ein paar leere Plätze.

Der Vorschlag, sich hier zu treffen, kam von Mikael. Sich zu oft am selben Ort zu sehen, sei zu gefährlich. Alle zwei Wochen treffen sich die beiden, fast jedes Mal woanders. Jan hat aufgehört, die Orte zu zählen. Einen Tag vor der Verabredung schickt Mikael ihm GPS-Koordinaten und irgendeinen Anhaltspunkt, in zwei getrennten Mails oder SMS, von unterschiedlichen Adressen. Bloß keine Spuren.

Zwischen Sanddünen der Eingang. Eine Schranke, daneben das Pförtnerhäuschen. »Für Wohnwagen pro Nacht 7,– DM Stellplatzgebühr«, steht auf einem vergilbten Plakat. Jan klopft gegen die Fensterscheibe.

»Nichts mehr frei«, brummt der Mann.

Jan klopft noch mal; Frühjahr ist Nebensaison, der Platz ist, soweit er das vom Eingang aus sehen kann, nicht voll besetzt. »Ich will hier nicht übernachten. Ich suche Stellplatz F23.«

»Gibt es hier nicht.« Der Mann schaut gar nicht erst von seiner Zeitung auf.

Jan geht an der Schranke vorbei. Vor einem großen Lageplan bleibt er stehen. F23 befindet sich am Rand des Geländes.

Er passiert die Latrine und ein paar der eingehausten Anhänger. Dann sieht er, versteckt hinter einem ausrangierten LKW, einen alten Wohnwagen.

Mikael ist wie immer ganz in Weiß gekleidet, er hat die Kapuze tief ins Gesicht gezogen und die Augen hinter einer Sonnenbrille versteckt. Er schaut sich vorsichtig um.

»Komm rein.«

Der Wagen wirkt innen geräumiger als von außen. Mikael weist auf die kleine halbrunde Sitzecke.

»Und, wie geht es dir?«, fragt er Jan.

»Ehrliche Antwort?«

Mikael nickt.

»Gemischt. Stress mit Valerie. Und in der Agentur geht es auch drunter und drüber.«

»Wieso das?«

»Letzte Woche hat der Sportartikelhersteller den Urban Force abgesagt.«

»Warum?«

»Eine richtige Begründung gibt es nicht. Aber der Chef glaubt, dass das jetzt nach dem ganzen Occupy-Zeug nicht mehr nur cool, sondern auch wirklich, na ja …«, Jan sucht nach dem richtigen Ausdruck, » … ernst ist. Das in eine Werbekampagne und ein Produkt zu übersetzen, geht dem Auftraggeber wohl zu weit. Glaube ich jedenfalls. Sagen würden die so was aber nie.«

»Und RLF?«

»Das ist ja das Komische. Seit das mit dem Urban Force geplatzt ist, steht die Agentur noch mehr hinter RLF als vorher. Die Chefs sind richtig heiß drauf. So nach dem Motto ›Jetzt erst recht!‹ und ›Denen zeigen wir's!‹. Aber ich glaube, dass die alle nicht verstanden haben, worum es bei RLF eigentlich geht. Für die ist das eine fette Marketingmasche.«

»Das ist doch gut so. Das müssen sie sich auch sagen, sonst könnten sie gar nicht mitmachen. Gehört zur Tarnung. Alle verstehen etwas anderes darunter, je nachdem, was ihnen gerade passt, oder was sie sich zutrauen. Das ist die Logik der Irritation.«

»Und bei dir?«, fragt Jan.

»Hab mir ein paar Produkte ausgedacht.«

»Lust auf einen Spaziergang?«

Jan und Mikael durchqueren die Dünen, bis sie vor einer kleinen Hütte stehen. Das Holz ist ausgebleicht, die Bank davor schon fast komplett von Sand bedeckt.

»Zuerst hab ich einige Zeit hier verbracht, dann hab ich die Leute vom Campingplatz kennengelernt. Der Pförtner hat mir den alten Wohnwagen angeboten. In der Hütte wär es im Winter auch zu kalt gewesen.«

»Hab mir gleich gedacht, dass ihr unter einer Decke steckt.« Jan stochert mit den Füßen im Sand, macht mit seinem Handy ein Foto von dem Häuschen, dann ziehen sie weiter.

»Kennst du Autoprogettazione von Enzo Mari?«

»Klar.«

Enzo Mari (geboren 1932), italienischer Designer und Freidenker. Schon in den Siebzigerjahren entwarf er eine Möbelserie, mit der er gegen den Kapitalismus kämpfen wollte: Autoprogettazione (dt.: selbst herstellen). Der Kunde bekam kein fertig montiertes Produkt, sondern nur eine Anleitung, nach der er sich die Möbel aus Materialien aus dem Baumarkt selbst zusammenbauen sollte. Zu dieser Serie gehörte ein Holzstuhl aus einfachen Latten, der Sedia 1 Chair, sowie Tische und andere Möbel.

»Vor ein paar Jahren«, setzt Mikael fort, »hat eine finnische Möbelfirma die Lizenzen gekauft und den Stuhl neu aufgelegt.«

»Wie neu aufgelegt? Ich denke, den soll man selber bauen?«

»Ja. Aber Artek, so heißt die Firma, die schicken einem den Bausatz, alles fertig zugeschnitten, in einen Karton verpackt. Musst du nur noch zusammenhämmern.«

»Und was kostet das dann?«

»350 Euro.«

»Absurd.«

»Eben. Deshalb geben wir dem jetzt einen symbolischen Mehrwert.«

»Namen, Verpackung und das ganze Drumherum?«

»So in etwa. Letztlich geht es um die Marketingstrategien, die du mir erklärt hast. Deiner Meinung nach kommt es doch vor allem darauf an, ein Produkt mit gesellschaftlicher Anerkennung zu verknüpfen. Wenn du es schaffst, dass dein Produkt dieses gewisse Prestige hat, kannst du es für viel mehr Geld verkaufen, als dich die Herstellung gekostet hat. Die Gewinnspannen werden riesig. Es gibt auch Künstler, die mit diesem Effekt arbeiten.«

Christoph Büchel (geboren 1966). Schweizer Künstler. Bei der Kunstmesse Frieze New York zeigte er 2012 sechs Einkaufswagen, die Mitarbeiter seiner Galeristen Hauser & Wirth New Yorker Obdachlosen abgekauft hatten, mitsamt den Gegenständen, die die Obdachlosen damit durch die Stadt transportieren. Die Galeriemitarbeiter zahlten den Obdachlosen 350 bis 500 Dollar pro Wagen. Den Kunstsammlern wurden die Wagen für 35 000 bis 50 000 Dollar angeboten. Der Titel des Projekts: »1 %«. Seinen Anteil am Verkaufserlös will Christoph Büchel angeblich für die Realisierung einer Obdachlosenparade in New York einsetzen.

»Und was heißt das jetzt für den Mari-Stuhl? Da sind die Herstellungskosten ja fast gleich null.« Jan hat keine Lust auf Mikaels lange Ausführungen.

»Das ist ja genau der Punkt. Artek liefert sogar die Nägel mit. Und bei den Nägeln, also bei dem, was alles zusammenhält, da setzen wir an. Wir vergolden die Nägel. Fertig.«

Jan denkt einen Moment nach.

»Entweder man baut das Ding nicht zusammen. Oder

man schlägt mit dem Hammer die Vergoldung ab. Stuhl oder nicht Stuhl, Gold oder nicht Gold, das ist hier die Frage. Hat fast was von Zen-Buddhismus. Unsere Version des Stuhls gibt es dann aber nur in limitierter Auflage.«

Mikael wirft Steinchen auf einen Baumstamm und fährt fort. »Mit Mari kann man noch mehr machen. Von dem gibt es auch Geschirr. KPM. Königliche Porzellan-Manufaktur Berlin. Am Ende hast du eine komplette Esszimmereinrichtung in der ganzen Bandbreite von Luxus bis Do-it-yourself.«

»Und sonst?«, fragt Jan.

»Wohnzimmer.«

»Wie?«

»Deutschland. Bürgerlichkeit. Wohnzimmer. Da gibt es ein paar interessante Sachen. Zum Beispiel ein Sofa von Konstantin Grcic, zu dem verschiedene Überwürfe angeboten werden. Cape heißt das Teil.«

Konstantin Grcic (geboren 1965), deutscher Produkt- und Industriedesigner. Befragt nach einem möglichen »Zuviel« an Design in der gegenwärtigen Welt entgegnet Grcic in einem Interview: »Unser Leben ist so viel besser, als es jemals war, und das hat auch mit Design zu tun. Weil Design ein Impulsgeber ist, ein Katalysator für Dinge, die sich verändern.«
Für die britische Firma Established & Sons entwarf Grcic 2011 das Sofa Cape. In seiner quaderhaften Form mit umlaufend gleich hohen Arm- und Rückenlehnen erinnert es an den IKEA-Topseller Klippan. Klippan wird von vielen Besitzern mit verschiedenen Überwürfen dekoriert. Dieses Prinzip übernimmt Cape. Es wird mit zwei Überwürfen geliefert, die genau auf Größe und Form des Sofas abgestimmt sind. So kann der Benutzer sein Wohnzimmer momentanen Stimmungen, der Jahreszeit oder dem Geschmack seiner Gäste anpassen. Cape ist als Ein- und Zweisitzer erhältlich.

»Ich hätte Lust, das Sofa einfach zu übernehmen, wie es ist, und einen neuen Überwurf zu machen.«

»Und wie soll der aussehen?«

»Da steht natürlich die Kernbotschaft drauf. ›Show You Are Not Afraid‹. Aber die wird verdeckt von einer Goldstickerei. Und wenn man oft und lange genug darauf sitzt und sich die Stickerei abschubbert, kommt der Satz zum Vorschein. Dafür ist dann das Gold weg. Da muss man sich halt entscheiden, was man will.«

»Und sonst, was kommt sonst noch ins Wohnzimmer?«

»Alles, was auch sonst in einem Wohnzimmer steht. Ein Bücherregal zum Beispiel. Wir nehmen das FNP von Axel Kufus.«

Axel Kufus (geboren 1958), deutscher Designer. In den Achtzigerjahren war er ein Vertreter des »Neuen deutschen Designs«. Sein erfolgreichstes Möbel ist das Regalsystem FNP, das seit 1989 von Nils Holger Moormann produziert wird. Es besteht aus geschlitzten MDF-Platten und wird von Aluschienen und -stiften zusammengehalten. Aufgrund seiner Einfachheit wird es gerne kopiert, allerdings nicht von kommerziellen Anbietern, sondern von Designern und Architekten für den Eigengebrauch.

»Und die kleinen Metallstifte, die das Regal zusammenhalten, machen wir aus Gold. Massiv.«

»Das wird aber teuer!«

»Teuer ist relativ.« Mikael lacht. »Und Gold hat halt seinen Preis. Dann brauchen wir noch einen Tisch, einen Teppich, eine Tapete und natürlich ne Lampe. Alles in Schwarz, Weiß und Gold. Von der Tapete kriegt man richtig Kopfschmerzen, weil die so ein Muster hat, bei dem sich alles dreht. Im Stil unserer CI. Und die Rückseite ist mit unserer Kernbotschaft versehen, in Gold. Sieht natürlich nur der, der sie anbringt. Irritation, Täuschung, Tarnung. Unsere Themen eben. Der Teppich wird im Iran geknüpft, von Hand, echter Perser, wie sich das gehört. Aber am geilsten ist die Lampe.«

»Und zwar?«

»Die Stehlampe besteht aus einem Maschinengewehr, die Tischlampe aus einer Pistole. Eigentlich superhässlich, aber irgendwie auch gut.«

»Du meinst die von Philippe Starck?«

Philippe Starck (geboren 1949), französischer Designer. Starck gestaltet sowohl vergleichsweise preisgünstige Gebrauchsgegenstände als auch luxuriöse Interieurs, so etwa 1982 die Privaträume des französischen Präsidenten François Mitterrand im Élysée-Palast. 2005 entwarf Starck für den Hersteller Flos die Guns-Kollektion. Die Stehleuchte ist einem M16-Sturmgewehr nachgebildet, die Tischlampe einem AK47-Maschinengewehr (Kalaschnikow) und die kleine Beistelllampe einer Beretta. Sie sind mit einer 18-karätigen Goldbeschichtung erhältlich.

»Aber die ist doch schon aus Gold?«, meint Jan.

»Genau. Deshalb wird sie ja auch schwarz lackiert. Und wenn der Lack ab ist …«

»… dann kommt das Gold zum Vorschein. Langsam verstehe ich, was du meinst. Immer geht es um Wertschöpfung und Wertvernichtung. Grundfragen des Kapitalismus.«

»RLF halt«, schließt Mikael.

Die beiden gehen eine Weile weiter nebeneinander her.

»Dann werde ich mich mal um die Einwilligung der Designer und Produzenten kümmern«, unterbricht Jan die Stille. »Von wegen Markenkooperation und so.«

»Wieso denn das? Wir hacken das doch einfach …«

»Spinnst du? Das geht nicht«, unterbricht ihn Jan. »Symbolisches Hacking, um die Konsumenten zu verwirren, das ist okay. Aber so richtig? Hey, das ist Produktpiraterie, denk doch mal ans Urheberrecht. Das sind Copyrightverletzungen. Das können wir nicht bringen.«

»Jan, mach dich locker. Appropriation Art, das sagt dir nichts, oder?«, fragt Mikael nach einer Weile.

Appropriation Art. Sammelbegriff für künstlerische Arbeiten, deren Autoren Arbeiten anderer Künstler kopieren. Der Akt des Kopierens ist dabei wesentlicher Teil des künstlerischen Ansatzes. So problematisiert die Appropriation Art wesentliche Kategorien, Begriffe und Handlungsformen der Kunst im Feld von Autorschaft, Originalität, Kreativität, Marktwert, Gender und Subjekt. Bekannteste Vertreter dieses künstlerischen Genres sind Elaine Sturtevant, Louise Lawler, Sherrie Levine, Richard Prince, Robert Longo, Cindy Sherman und Jeff Koons. Appropriation Art bewegt sich immer an den Grenzen des Urheberrechts. Die Rechtslage ist weder in Deutschland noch in anderen Ländern eindeutig. Es kommt immer wieder zu gerichtlichen Auseinandersetzungen. 1991 etwa erstattete der Fotograf Art Rogers Anzeige wegen Urheberrechtsverletzung gegen den Künstler Jeff Koons und die ihn vertretende Sonnabend Gallery. Koons hatte seine Assistenten beauftragt, eine Plastik nach einem von Rogers aufgenommenen Foto anzufertigen, auf dem ein Mann und eine Frau zu sehen sind, die acht Hundewelpen auf dem Schoß halten. Koons bat seine Assistenten, den Hunden weiße Kugelnasen sowie Halskrausen zu verpassen; die Menschen sollten Gänseblümchen in den Haaren tragen. Koons' Anwälte argumentierten, es handele sich bei dessen Plastik um eine Parodie, somit einen »fair use« des Ursprungsfotos, die Urheberrechte des Fotografen würden also nicht verletzt. Das Gericht wies diese Argumentation zurück. Koons wurde zu einer Entschädigungszahlung verurteilt und musste das letzte ihm verbliebene Exemplar des »String of Puppies« an Rogers übergeben. Die anderen drei Exemplare hatte Koons bereits für insgesamt 367 000 US-Dollar verkauft.

»Aneignungskunst. Sich Dinge einfach aneignen, weiterführen, verändern. Wie die chinesischen Meister, die ältere Meister kopierten, aber dabei auch weiterentwickelten. So machen wir das bei RLF auch. Und für die, die wir uns aneignen, ist das eine Ehre. Eine Ehre«, betont Mikael, »keine Copyrightverletzung.«

Jan zieht die Augenbrauen hoch.

»Ach komm, tu nicht so. Das ist in der Werbung doch

genauso. Und im Design gibt es das auch. Ora-Ïto ist so ein Fall, allein deshalb schon müssten wir mit dem zusammenarbeiten«, fährt Mikael fort.

Ora-Ïto (geboren 1977), französischer Designer. Als Autodidakt entwarf er fiktive Produkte für bekannte Markenfirmen und präsentierte fotorealistische Renderings dieser Produkte im Internet, unter anderem den Hack-Mac, ein Apple PowerBook im Camouflage-Look. 1999 wurde er schlagartig berühmt, nachdem die Zeitschrift *Jalouse* einen von ihm entworfenen Louis-Vuitton-Rucksack vorgestellt hatte. Louis Vuitton erhielt Hunderte Anfragen, Kunden stürmten die Läden. Eine »echte« Louis-Vuitton-Version wurde nie produziert, dafür fertigten chinesische Produktpiraten Fakes des vermeintlich »echten« Luxusrucksacks an.
In der Folge erhielt Ora-Ïto Aufträge von Markenfirmen, inzwischen führt er in Paris ein klassisches Design- und Architekturstudio mit circa fünfzehn Mitarbeitern.

Sie nähern sich einer kleinen Siedlung. »Lass uns umkehren«, sagt Mikael.

Auf einer kleinen Anhöhe, von der aus man den Strand gut überblicken kann, bleibt Mikael stehen.

»Kurze Pause?«

Die beiden setzen sich auf einen Holzstamm. »So, das ist erst mal mein Stand. Jetzt fehlt nur noch eins.«

»Was denn?«, fragt Jan.

»Dein Schuh.«

»Der Urban Force?«

»Klar. Damit hat doch alles angefangen. Jetzt, wo der Auftraggeber abgesagt hat, können wir den Sneaker ja zum RLF-Produkt weiterentwickeln. Wir hacken deine eigene Idee. Und wenn du dich das nicht traust, dann fragst du diesen Sportartikelhersteller halt, ob sie eine Limited Edition machen wollen oder so.« Mikael lacht. »Als Markenkooperation. Die Kontakte hast du doch ...«

Mikael steht auf. Jan schüttelt den Kopf und folgt ihm mit ein paar Schritten Abstand.

»Was ist für dich an RLF eigentlich Kunst?«, fragt Jan unvermittelt.

»Auf die Frage habe ich schon länger gewartet«, antwortet Mikael. »Für dich ist das eher eine geniale Marketingidee.«

Jan will widersprechen, aber Mikael unterbricht ihn mit einer abrupten Handbewegung. »Ja, ja, ich weiß, du willst damit auch die Welt verändern. Volles Risiko gehst du dabei aber nicht. Du bist und bleibst ein Werber, der eine Idee verkaufen will. Das ist schon okay. Aber mach dir nichts vor.«

»Ich mach mir nichts vor«, sagt Jan. »Echt nicht. Ich will nur endlich was Sinnvolles machen.«

»Schon klar. Aber für mich geht es um was anderes. Ich will nicht die Welt verändern. Das kann Slavia machen. Ich bin Künstler. Kunst ist nur Kunst, mehr nicht. Kunst zettelt keine Revolutionen an. Aber Kunst kann die Welt darstellen, wie sie ist – und wie sie sein könnte. Und damit den Menschen die Augen öffnen. Dann begreifen sie plötzlich Sachen, die sie vorher gar nicht auf dem Schirm hatten.« Er schaut Jan ins Gesicht. »Kuck dich an. Du erlebst das doch gerade. Kunst. Du fängst an, Dinge zu denken, die du vorher nicht gedacht hast. Du bleibst zwar der Werber, der du bist, aber du bekommst ein Gefühl ... sagen wir ein Gefühl für das Wirkliche und für das Mögliche. Das, was sein könnte, aber noch nicht ist.«

Jan nickt.

»Das, was ich mache, bildet die Realität so ab, wie sie ist«, fährt Mikael fort. »Vielleicht etwas überzeichnet. Aber durch diese Zuspitzung wird die Realität lesbarer. Also, ich mache Realismus. Dazu gehört dann auch das Marketing. Und wie man es anders machen könnte. Das Wirkliche und das Mögliche zeigen. In ihrer Verschiedenheit erlebbar machen, verstehst du? Und wenn Leute dann eine Revolution anzetteln, ist das auch gut.«

Realismus. Bezeichnet unter anderem eine im 19. Jahrhundert aufkommende Form von bildender Kunst und Literatur. Entgegen den idealisierenden und historisierenden Darstellungen des Klassizismus und der Romantik versuchte realistische Kunst, die alltägliche Wirklichkeit möglichst sachlich abzubilden. Die Hinwendung zum Realismus war oftmals politisch motiviert und sollte die Widersprüche der damaligen Gesellschaftsordnung zutage treten lassen.

Kapitalistischer Realismus. In Anspielung auf den »sozialistischen Realismus« in Deutschland verwendete Bezeichnung für eine Kunstrichtung, deren Gegenstände vor allem Waren sind. Durch die überzeichnete Wiedergabe der kapitalistischen Bild- und Formsprache sollte die westliche Konsumgesellschaft entlarvt werden. Die Entstehungsgeschichte des Begriffs ist unscharf, wird aber vor allem Gerhard Richter (geboren 1932), Konrad Lueg (1939-1996), Manfred Kuttner (1937-2007) und Sigmar Polke (1941-2010) zugeordnet. Einer breiteren Öffentlichkeit wurde der Begriff erstmals 1963 als Titel einer von ihnen organisierten Kunstausstellung im Möbelhaus Berges in Düsseldorf präsentiert: *Leben mit Pop – Eine Demonstration für den Kapitalistischen Realismus.* Dem Spannungsfeld von Kunst und Kapitalismus blieben die Protagonisten auch in ihren späteren Karrieren verpflichtet. Gerhard Richter ist der teuerste lebende Künstler. Konrad Lueg wurde unter seinem bürgerlichen Namen Konrad Fischer erfolgreicher Galerist, Manfred Kuttner beendete 1967 seine freie künstlerische Tätigkeit und ging in die Werbung.

»Dann ist RLF für dich eine aktuelle Form von kapitalistischem Realismus?«

»Ja«, antwortet Mikael. »Deshalb ist RLF ja kein Kunstwerk, das nur innerhalb des Kunstbetriebs existiert, sondern auch ein Unternehmen. Ich meine, es gibt viele Künstler, die mit Marken zusammenarbeiten. Dior, Louis Vuitton, was weiß ich. Sondereditionen, Shop-Dekorationen, Handtaschen, da geht alles. Businesskunst.«

»Businesskunst?«, fragt Jan.

»Ja, so nennt man das. Weil es nur noch ums Geschäft geht. Glauben jedenfalls viele Kritiker. Ist mir aber total egal. Ich find bloß, bevor man mit so Marken zusammenarbeitet, kann man gleich sein eigenes Unternehmen gründen. In einer Welt, in der alles total ökonomisiert ist, ist Kunst eben auch ein Unternehmen. Oder eine Marketingidee. Was weiß ich. Das sichtbar zu machen und konsequent zu Ende zu führen, das ist der Realismus der Gegenwart. Und dann ist mir auch egal, ob RLF als Kunst wahrgenommen wird oder nicht.«

Mikael denkt ähnlich wie ich, sagt sich Jan. Nur vom komplett entgegengesetzten Standpunkt aus.

Bernadette Corporation, amerikanische Künstlergruppe. 1994 von Bernadette Van-Huy, Thuy Pham und Antek Walczak in New York gegründet. Dabei gerierte sich die Bernadette Corporation nicht als Künstlergruppe, sondern als Fashion Label. Sie brachten verschiedene Kollektionen auf den Markt, die schließlich in Magazinen wie *Harper's Bazaar* und *Purple* präsentiert wurden. Gleichzeitig stellten sie ihre in den ästhetischen Codes von Hochglanzmagazinen entsprechenden Präsentationen auch in Galerien aus, und ihre Arbeit wurde auch in Publikationsorganen wie *Artforum* und *Texte zur Kunst* vorgestellt. 1999 beendete die Gruppe ihre Tätigkeit als Fashion Label und begann, eine eigene Zeitschrift namens *Made in USA* herauszubringen, für deren Erscheinungsbild sie sich Stilmerkmale anderer Magazine (Format, Covergestaltung etc.) aneigneten. 2003 produzierte Bernadette Corporation den Film *Get rid of yourself*, der anhand von politischen Protestformen wie z. B. dem Schwarzen Block den Möglichkeiten von Identitätsverweigerung nachgeht.
Die Arbeit der Bernadette Corporation wurde in zahlreichen Galerien und Museen ausgestellt.

»Aber es gibt noch einen anderen Realismus als den aus der Kunstgeschichte«, erklärt Mikael weiter. »Als in der Malerei im 19. Jahrhundert zum ersten Mal mit Realismus etwas Sozialutopisch-Revolutionäres gemeint wurde, haben auch Politiker angefangen, von Realismus zu sprechen. Aber die meinten damit genau das Gegenteil.«

»Realpolitik?«, fragt Jan.

»Genau. So hieß das schon bei Bismarck. Und auch heute reden die Politiker ja davon, dass man realistisch sein soll. Wir sollen die Alternativen zum bestehenden System nicht denken. Eine Art Utopieverbot. Und da setzt RLF an. Denn RLF kann wie ein Virus in das bestehende System eindringen, den Code der Konsumenten verändern. Wie eine Krebszelle, die die Helferzellen des Körpers aktiviert, um ihn zu zerstören, und dann produziert der Körper seine eigenen Krebszellen, zersetzt sich selbst, genau so soll RLF funktionieren. Den Kapitalismus von innen zerfressen ...«

Mikaels Wohnwagen kommt in Sichtweite.

»Gut, dann machen wir so weiter«, sagt Jan, als sie dort ankommen. »Nächstes Treffen in zwei Wochen?«

»Ja, das passt. Gleiche Zeit. Den Ort gebe ich dir noch durch«, antwortet Mikael. Er öffnet die Tür zum Wohnwagen, Jan wirft noch mal einen Blick aufs Interieur: nur das Wesentliche, optimiert auf den engen Raumbedarf, alles ziemlich abgenutzt, beinahe vergammelt.

Auf dem Weg vorbei an den Wohnmobilen und dem Pförtner schaut Jan auf sein Handy. Eine Nachricht von Slavia. Sie ist in Berlin und will ihn sehen. Er stellt sich vor, wie sie ihm auf der Straße entgegenläuft, er sie in die Arme schließt und ihren Körper durch die Kleidung spürt. Er lässt den Porsche an und genießt das tiefe Röhren des anspringenden Motors.

Ein schwarzer Bildschirm. Kein Bild.

Klangkulisse: Cafégeräusche, Popmusik, Geschirrklappern.

Stimme aus dem Off: »Judith Butler. Geboren 1956. Amerikanische Philosophin und Adorno-Preisträgerin. Judith Butler, Adorno hat einmal gesagt: ›Es gibt kein richtiges Leben im falschen.‹ Heute denken viele Leute, dass wir im falschen System leben. Was bedeutet dieses Adorno-Zitat also für uns?«

Judith Butler: »Darauf habe ich zwei Antworten. Die erste ist, dass Adorno das Wort ›System‹ nicht benutzt. Einer der Hauptaspekte seiner ›negativen Dialektik‹ ist, dass die Welt keine systematische Gesamtheit mehr ist. Sie ist kaputt. Die Wahrheit ist nicht das Ganze. Die Tatsache, dass wir die Frage stellen können, ob und wie man ein gutes Leben im schlechten führen kann, bedeutet, dass es noch nicht vollkommen festgelegt ist, welches Leben wir haben. Mit anderen Worten: Wir haben eine Wahl. Und das bedeutet, dass das System nicht geschlossen ist. Das ist wichtig. Die Tatsache, dass wir diese Frage stellen können, zeigt, dass das System nicht geschlossen ist und dass das falsche Leben kein System ist. Wir leben in einer schlecht organisierten Welt, aber sie hat Risse. Deshalb ist es möglich einzugreifen. Protest ist möglich, weil wir in ein schlechtes Leben intervenieren können. Die zweite Antwort ist: Man kann nicht sein ganzes Leben im Protest leben. Niemand lebt die ganze Zeit Protest. Man muss Miete zahlen, man muss zur Arbeit gehen, schlafen, sich um die Grundbedürfnisse kümmern. Man kann nicht die ganze Zeit protestieren. Wenn wir die ganze Zeit protestieren würden, dann könnten wir vielleicht das richtige Leben im falschen führen. Oder das gute Leben im schlechten. Aber das kommt für die Menschen nicht infrage. Wir haben andere Bedürfnisse und alltägliche Erlebnisse, und deshalb ist Protest immer episodisch. Er kann organisiert sein, er kann periodisch auftreten, aber niemand lebt in konstantem Protest. Wir leben immer - bis zu einem gewissen Grad - das schlechte Leben im schlechten. Ich denke, dass wir keine andere Wahl haben, als manchmal mit einer Welt zu kollaborieren, der wir uns entgegenstellen.«

Stimme aus dem Off: »Aber ein Charakterzug des Kapitalismus ist, dass er alles inkorporiert. Auch Protest. Wie sollten wir damit umgehen?«

Judith Butler: »Jeder antikapitalistische Protest - beziehungsweise die Grundbedürfnisse der Community - muss irgendwie finanziert werden. Du musst zu Protestaktionen fahren, du musst an Essen und Unterkunft denken. Du bist Teil der Ökonomie. Dein Protest ist Teil der Ökonomie.«

Stimme aus dem Off: »Aber wie weit kann diese Komplizenschaft gehen? Es gibt so viele Konzerne, die von Protestbewegungen profitieren wollen.«

Judith Butler: »Natürlich profitieren Leute von Protestbewegungen auch ökonomisch. Man kann sagen, sie verkaufen Protest-Chic. Viele Unternehmen werden so was machen. Der Kapitalismus zieht aus allem Profit, es ist egal, woraus. Hauptsache es gibt Geld, einen Spielraum und einen Markt. Er wird giftige Verbindungen eingehen und in antikapitalistische Protestbewegungen investieren. Es ist ihm egal. Protest gegen Kapitalismus? Gut, Hauptsache, es verkauft sich. Das sollte uns nicht überraschen. Die wirklich wichtige Frage ist doch, ob diese ganzen Aneignungen den Wert der Bewegung steigern oder ob dadurch deutlich wird, dass die Bewegung total angepasst und durch kapitalistische Konzerne und Marketinggelder endgültig korrupt geworden ist. Aber so ist es nicht, und ich glaube auch nicht, dass es sich dahin entwickelt. Es gibt Komplizenschaft - und damit verbundene Schwierigkeiten. Wenn man sich vorstellt, die ganze Protestbewegung wäre nichts weiter als eine Marketingkampagne, dann wäre sie, nun ja, dann wäre sie verloren. Dann wäre sie korrupt, vereinnahmt und leer.«

Stimme aus dem Off: »Wenn sich Protest in einem Verhältnis der Komplizenschaft mit dem Kapitalismus befindet, frage ich mich, ob wir uns eine Form des Konsums vorstellen können, die zu Protest wird? Kann Konsum zu sozialem Wandel beitragen?«

Judith Butler: »Es gibt eine Theorie des kreativen Konsums. Aber dass ich durch den Kauf von Konsumgütern und die Festigung meiner Position als Konsument Protestler werde, ich also gleichzeitig Konsument und Protestler bin - das klingt mir doch sehr nach einem selbstgefälligen Manöver. Konsum als Ausgangspunkt für Protest zu nehmen, dass macht nur den Konsumenten und den Konsum wichtiger. Da habe ich keine Hoffnung.«

Stimme aus dem Off: »Welche Möglichkeiten des Protests gibt es dann für bürgerliche, ›bourgeoise‹ Leute?«

Judith Butler: »Um ein guter Bourgeois zu sein,

muss man bereit sein, ein gewisses Unbehagen in seinem behaglichen Leben zu ertragen, lernen, damit umzugehen, und sich dieses Unbehagen auch erhalten. Das heißt nicht, dass man sich verrückt machen und schuldig fühlen muss. Das hat nichts mit Selbstgeißelung zu tun. Das wäre politisch lähmend. Sich selbst fertigzumachen, hat nichts mit echtem Handeln zu tun. Denn du lässt es dir einfach weiter gut gehen - nur dass du dich dann für dein Vergnügen bestrafst. Das ist kein tolles Verhaltensmuster. Um da rauszukommen, braucht es mehr Affirmative Action der Solidarität.«

Stimme aus dem Off: »Wenn es also kein richtiges Leben gibt, gibt es ein weniger falsches Leben, in dem wir leben könnten?«

Judith Butler: »Das am wenigsten falsche Leben, das wir leben können, ist das mit anderen. Mit anderen Worten: Es geht nicht um mich und was ich tun sollte oder wer ich bin und ob ich gut oder böse bin, diese ganze narzisstische Voreingenommenheit. Davon muss man sich lösen und stattdessen solidarisch handeln. Diesen Schritt muss man machen, um von der narzisstischen Schuld und der narzisstischen Selbstgefälligkeit wegzukommen.«

Blende.

Ein paar Stunden später ist Jan in Berlin. Er parkt sein Auto in der Torstraße. Die ganze Auguststraße ist blockiert. Vor dem Eingang der Kunstwerke hat sich eine Menschenmenge gebildet. Schräg gegenüber ein zweiter Pulk. Er steht vor der ehemaligen jüdischen Mädchenschule, in der sich mehrere Galerien und ein Restaurant befinden. In den Kunstwerken wird die Berlin Biennale eröffnet, in der Mädchenschule findet ein Empfang anlässlich des Gallery Weekends statt. Autos kommen nicht mehr durch, ein Polizist versucht, die Straße frei zu bekommen.

Frühling liegt in der Luft, kurze Röcke und offene Hemden. Slavia steht am Eingang der Kunstwerke. Jan erkennt sie schon von Weitem, der Wind zerzaust ihr langes Haar. Fast wie vor sechs Monaten, erinnert sich Jan an das erste Wiedersehen in Berlin. Er hat sie vermisst, trotzdem begrüßen sie sich mit Wangenkuss, wie flüchtige Bekannte oder ein noch unsicheres Pärchen beim zweiten Rendezvous.

Gemeinsam machen sie sich auf den Weg in die Ausstellung, ein Unterfangen, das schwieriger ist, als es klingt. Der Innenhof ist voll von Menschen. Jan und Slavia drängen sich an den anderen Besuchern vorbei.

»Auf dieser Biennale wird dich einiges an deine Agentur erinnern. Kuck dir mal den Eingang an!« Slavia zieht Jan hinter sich her, die beiden drängeln sich an den anderen Besuchern vorbei durch den engen Gang, der in die eigentliche Ausstellungshalle führt. Er ist komplett in Orange gehalten, über dem Durchgang steht »Occupy Biennale«. In das »O« von Occupy ist das Logo der Biennale eingearbeitet.

»Sieht aus wie eine Werbeveranstaltung«, sagt Jan. »Ich würde aber keine so aufdringliche CI-Farbe verwenden.«

Die Wandbeschriftung kündigt die große Überraschung der Ausstellung an, die eigentlich keine ist, weil sie schon auf den Vorveranstaltungen diskutiert und in den Feuilletons ausgebreitet wurde. Im Hauptraum befindet sich kein Kunstwerk, sondern ein Occupy-Camp. Improvisierte Zelte, in der Mitte eine Art Versammlungsplatz mit Stühlen und Bänken, überall Plakate und Aufsteller. Jan betrachtet zwei großformatige Banner, die quer durch den Raum gespannt sind. Auf einem steht »Systemfehler«, auf dem anderen »This is not our museum, this is your action space«. Der Aktivismus der meisten Besucher beschränkt sich darauf, Fotos zu machen.

Jan und Slavia gehen weiter zur »Bar of Liquid Democracy«. Jan bestellt sich ein Bier. »Was kriegst du?«

Der Barmann im gebatikten Pullover grinst ihn breit an. »Das musst du selbst entscheiden.«

Jan gibt ihm fünf Euro und liest den Zettel, den er zum Bier bekommen hat.

»Das Bier ist Open Source«, erklärt der Mann. »Das ist das Rezept. Jetzt kannst du dir dein eigenes Bier brauen.« Er reicht Jan noch einen Flyer über die Piratenpartei und die Liquid-Democracy-Software.

Dann übernimmt ein anderer Mann kurz den Dienst hinterm Tresen. Bei ihm kann man nicht mehr selbst entscheiden, was man zahlt. Er verlangt eine Summe zwischen 1,50 und drei Euro. »Wenn du drei Euro bezahlst, kriegt es der nächste umsonst. Versteht du, das ist kollektiv«, erklärt er einem Besucher.

Andere Menschen, andere Regeln, auch das ist Liquid Democracy, denkt Jan. Der Typ mit dem Batik-Pullover kommt zurück, jetzt kann man den Preis wieder selbst bestimmen.

»Schon ein bisschen wie im Zoo«, meint Jan zu Slavia und bleibt vor einem Schild stehen, das an der Brüstung festgemacht ist. Auf mehreren aneinandergetackerten Papptafeln steht in neonorangefarbener Schrift: »Please don't stay here. Go downstairs and take part.«

Jan schaut sich um, die meisten Besucher folgen der Aufforderung genauso wenig wie er. Seit Jahrzehnten machen sich Propaganda- und Marketingexperten Gedanken, wie man Menschen verführen kann, und die hier glauben, dafür reichen ein paar Papptafeln, guter Wille und orangene Leuchtschrift. Jan schüttelt den Kopf und dreht sich zu Slavia um. »Das kann so nicht funktionieren. Menschen wollen sich nicht vereinnahmen lassen, sondern sichere Distanz halten. Außerdem ist das hier total unsexy.« Er hält einen Moment inne. »Das ist ja eigentlich auch der große Vorteil von Kunst. Der Betrachter wird nicht Teil davon, sondern kann immer Betrachter bleiben. Er wird angezogen, aber nicht aufgesogen.«

»Artur Żmijewski will mit seiner Ausstellung aber was komplett anderes.« Slavia zieht eine Art Zeitung aus ihrer Tasche und beginnt, daraus vorzulesen: »Wir stellen Kunst vor, die tatsächlich wirksam ist, Realität beeinflusst und einen Raum öffnet, in dem Politik stattfinden kann.«

»Aber warum zeigt er dann keine Kunst, sondern inszeniert hier so ein Camp?«

Arm in Arm gehen ein Mann und eine Frau durch die Haupthalle und skandieren etwas, das Jan auf der Empore nicht verstehen kann.

Ein paar Besucher bleiben stehen, kucken sich die Szene an, gehen weiter. Einige Aktivisten verlassen ihre Zelte und setzen sich im Kreis auf den Boden.

»I am the moderator«, ruft nun der Mann, »we are talking about democracy here.«

Die Leute im Sitzkreis wiederholen lautstark: »We are talking about democracy here.«

»Who never took part in an assembly?«, fragt der Moderator und versucht, die Regeln und Prinzipien der Assembly zu erklären, die Handzeichen, das Rederecht, die Abstimmungen. Dabei macht er immer wieder Pausen, damit die Gruppe seine Worte nachsprechen kann.

»Please don't interrupt ... If you want to speak, raise your hand ... We as moderators, facilitators will look who wants to speak and try to share speaking times. The moderators will not express personal opinions ...« Gebetsmühlenartig wiederholen die Umsitzenden die Halbsätze.

»Do not judge what others say. No criticism without proposal.«

Auch eine Form, Identität zu konstruieren, sich als Gruppe zu fühlen, denkt Jan, während er weiter dem Chor der Aktivisten lauscht. Ihn nervt der leierartige Tonfall, der durch die Wiederholung entsteht. Er zeigt auf den Moderator.

»Das scheint ja ein Profi zu sein.«

»Ja«, antwortet Slavia, »in seinem ›echten‹ Leben arbeitet er für eine Unternehmensberatung als Kommunikationstrainer.«

»Dann hat er hier sein öffentliches ›richtiges Leben im falschen‹, oder was?«

»Kann man so sehen. Er versucht, was er im Consulting gelernt hat, hier sinnvoller anzuwenden.«

»Und dann setzt er sein bei Occupy erworbenes Wissen auch für die andere Seite ein, oder was?« Jan erwartet von einem gesellschaftskritischen Kunstprojekt mehr als Kompetenzmaximierung. Seine Aufmerksamkeit wird wieder auf die Versammlung gelenkt, als der Moderator laut »Proposal« in den Saal ruft. »Proposal«, wiederholen die anderen Aktivisten.

»Let's talk about how we feel taking part in this artistic

place. From now on, if you want to speak, just raise your hand. Are there any questions?«

»Diese ganzen Individualisten«, Jan zeigt auf das im Raum versammelte Kunstpublikum, »wollen nicht Teil einer Gruppe sein und erst recht nicht bei so einer Demokratieperformance mitmachen.«

»We need a bit of silence«, ruft der Moderator in die Runde, »so we can hear each other.« Erneut wiederholt die Gruppe laut skandierend das Gesagte. Jan und Slavia verstummen, aber die Mehrheit des Kunstpublikums hat kein Interesse an der Demokratieaufführung.

»Please come down!«, ruft der Moderator den Wartenden auf der Empore zu. »This is part of the curatorial process.« Aber die Leute unterhalten sich trotzdem weiter. Nach ein paar Minuten löst sich die Mini-Assembly wieder auf. Jan und Slavia verlassen die Haupthalle, um die kleineren Ausstellungsräume zu besichtigen.

»Sei nicht so hart«, sagt Slavia. »Diese Biennale ist ein soziales Experiment, ein Kunstexperiment, ein Experiment für alles Mögliche. So was darf auch scheitern.«

»Ich glaube halt, dass diese Haltung des Dagegenseins nichts bringt.«

»Weil du am Ende eh nicht auf der Seite von denen bist, die gegen das System sind?«

Jan zuckt mit den Schultern, wortlos schauen sie sich noch ein wenig in der Ausstellung um. Auf dem Weg zum Treppenhaus steht in großen Lettern »Global Change« an der Wand, darunter klebt ein ebenfalls in leuchtendem Orange gedrucktes Manifest. Sie gehen an verschiedenen Arbeiten vorbei, einer riesigen Jesusstatue aus Styroporblöcken, einem Fahnenwald, Videoinstallationen. Jan bleibt vor einem Video stehen. Eine Gruppe von Frauen mit blonden Haaren erklimmt einen Kirchturm, dann ziehen sie ihre

T-Shirts aus und skandieren mit nackten Brüsten Parolen, bis die Polizei kommt, sie gewaltsam die Treppen hinabzerrt und schließlich in einen Polizeitransporter sperrt.

»Das gefällt dir, was?«, sagt Slavia, »das sind Femen.«

»Ich weiß«, entgegnet Jan. »Die hab ich auch schon interviewt.«

»Wegen der Titten?«

»Nein, wegen ihrer Art, Protest mit der Sprache der Werbung zu verknüpfen.«

»Neues Vorbild?«

»Zumindest funktioniert's. Ich muss hinkucken.«

Sie schauen sich noch einen Moment das Video an, dann nimmt Slavia Jan beiseite. »Wollen wir jetzt ins Hotel fahren?«

Die beiden laufen Richtung Torstraße. »Lass uns ein Taxi nehmen«, sagt Jan. Der Porsche kommt bei Slavia bestimmt nicht gut an. Er winkt ein Taxi heran, die beiden steigen ein. »Zum Marriott.«

Die Geschäfte haben schon geschlossen, es herrscht kaum Verkehr. Plötzlich kommt das Taxi zum Stehen.

»Was ist das denn für ein Scheiß«, sagt der Fahrer. Ein quer über die Friedrichstraße verlaufendes Baugerüst versperrt die Durchfahrt.

»Peace Wall«, eine Arbeit der mazedonischen Künstlerin Nada Prlja. Sie war Bestandteil der 7. Berlin Biennale und sollte südlich des Check Point Charlie auf die immer noch bestehende Teilung Berlins hinweisen. Allerdings nicht zwischen Ost und West, sondern – stellvertretend für die globale Ungleichheit – zwischen dem reichen Stadtteil Mitte mit seinen glamourösen Modegeschäften und dem armen, migrantisch geprägten Kreuzberg. Wegen Anwohnerprotesten, Beschwerden von anliegenden Geschäftsinhabern und Vandalismus wurde sie noch vor Ablauf der Biennale abgebaut.

»Das ist kein Scheiß«, unterbricht ihn Slavia, »das ist Kunst.«

»Mhm«, schnaubt der Taxifahrer, »vor allem steht das Ding im Weg. Der Umweg kostet Sie jetzt mindestens drei Euro.«

»Das ist genau das Problem der Biennale«, meint Jan leise zu Slavia. »Sie will Politik und Kunst sein, ist aber beides nicht. Das bringt doch nichts. Die Leute, die sich für Kunst interessieren, gehen hier kurz hin, kucken, dann gehen sie wieder weg. Mit ihrem wirklichen Leben hat das nichts zu tun, sie leben hier ja nicht. Und die Leute, deren Alltag von so einer Installation betroffen wird, verstehen nicht, was damit gemeint ist, sondern regen sich nur drüber auf. Weil das für die kein Kunstwerk ist, sondern ein Verkehrshindernis.«

»Jan, seit wann machst du dir denn Gedanken über Kunst? Das ist die Aufgabe von Mikael. Du bist der Marketingmann.«

»Ja, ich weiß. Aber bei RLF gehört das beides nun mal zusammen. Und deshalb funktioniert es auch. Mikael braucht mein Marketing, um seine Kunst Wirklichkeit werden zu lassen, und ich seine Kunst, damit mein Marketing mehr ist als nur Marketing. Und genau wegen dieser Mischung ist RLF viel wirksamer als diese Agitprop-Kunst, die ins Leere läuft.«

Das Taxi hält vor dem Marriot. Kaum im Hotelzimmer, beginnt Slavia, Jans Hemd aufzuknöpfen.

Nahaufnahme. Handkamera. Licht von links.

Ein Mann mit schwarzen, abstehenden Haaren. Große Augen, schmale Lippen. Glatt rasiert. Grüner Overall.

Im Hintergrund Kaffeemaschine, Mikrowelle, Bierbänke.

Klangkulisse: Werkstattgeräusche.

Stimme aus dem Off: »Joep van Lieshout. Künstler, Designer, Revolutionär. Geboren 1963 in Ravenstein in den Niederlanden. Baut mit ›AVL Ville‹ in Rotterdam einen modernen Freistaat auf, um ein anderes Leben zu erproben. Seine Freiheit wollte er auch mit einer eigenen Armee und eigenen Waffen verteidigen. Nachdem die Polizei AVL Ville geräumt und den Traum vom freien Leben zerstört hatte, entwickelte er ›Slave City‹ und ›New Tribal Labyrinth‹, dystopische Modelle gesellschaftlichen Zusammenlebens. Joep van Lieshout, gibt es so etwas wie das richtige Leben im falschen?«

Joep van Lieshout: »Ich glaube, das hängt total davon ab, was man richtig nennt. Ist es ein richtiges Leben, alle Frauen, denen man begegnet, sofort zu schwängern und die Männer zu töten? Ist das richtig? Wollen wir, dass die ganze Welt voll mit Künstlern ist? Ja, dann gibt es einen richtigen Teil im falschen. Und einen falschen Teil im richtigen. Also, es hängt davon ab, was man als richtig oder nicht richtig bezeichnet. Für mich ist es total richtig, das zu machen, was ich will. Aber ganz viele Leute sagen, das ist total schlecht und nicht gut für die Welt und so weiter und so fort. Aber wenn man die zehn Gebote als Richtlinien für das richtige Leben nimmt, dann ist das schon ein bisschen eingeschränkt.«

Stimme aus dem Off: »Brauchen wir neue Freiräume, Mikronationen, Freistaaten? Müssen wir uns auf die Suche nach einem alternativen Leben machen? Und können uns dabei kommerzielle Anbieter unterstützen?«

Joep van Lieshout: »Ja, denn es gibt heute ganz viele Leute, die irgendein Parallelleben führen, einem Hobby nachgehen, in dem sie sich ihre eigene Welt bauen. Das bietet ein riesiges Potenzial für die Wirtschaft. Und einen Freistaat zu schaffen ist ein bisschen größer und besser, als zum Beispiel Mitglied in einem Motorradverein zu sein. Alle Leute vereinen sich heutzutage in irgendeiner Lifestyle-Gruppe.«

Stimme aus dem Off: »In deinen Projekten ›Slave City‹ und ›New Tribal Labyrinth‹ setzt du dich mit dem Kapitalismus auseinander. Glaubst du, dass der Kapitalismus sich selbst so reformieren kann, dass er wieder funktioniert?«

Joep van Lieshout: »Ob der Kapitalismus wieder funktionieren kann? Ja, er funktioniert doch noch. Wir haben einfach eine reiche Zeit hinter uns, und jetzt kommt eine Zeit mit etwas weniger Geld. In den Achtzigerjahren, in denen ich aufgewachsen bin und auf der Kunstschule war, gab es auch Armut. Da war alles ein bisschen scheiße und kaputt. Ich weiß nicht genau, ob Kapitalismus gut ist. Ich weiß auch nicht, ob Demokratie gut ist. Jedenfalls nicht die Demokratie, die wir jetzt haben. Die Demokratie, die wir jetzt haben, funktioniert eigentlich wie der Kapitalismus. Ideen oder Gesetze werden vermarktet, und es wird gekuckt, was sich am besten verkauft. Und das wird dann gemacht. Das ist dann selten das, was gut für die Welt und für die Menschen ist. Aber dann kommt sofort diese sehr schwierige Gegenüberstellung von Freiheit und Nicht-Freiheit. Wenn man sagt, wir sollen an die Zukunft denken, das tun, was langfristig gut ist, dann wird man im Heute wahrscheinlich unfrei sein. Dann wird es wahrscheinlich einen Diktator geben. Das ist ein Problem, das man eigentlich nicht lösen kann. Wahrscheinlich muss man ein bisschen von beidem haben.«

Stimme aus dem Off: »Welchen Beitrag leisten denn deine künstlerischen Projekte? Liefern die Vorbilder? Sind sie Kritik?«

Joep van Lieshout: »Das sind ins Extrem getriebene Beispiele für Alternativen. Das ›New Tribal Labyrinth‹ ist eigentlich ein neues kapitalistisches System, aber sehr konsequent. Eigentlich so konsequent, dass es fast nicht mehr geht. Genau wie die ›Slave City‹. Um zu zeigen, dass so was möglich ist - auch wenn es vielleicht nicht erwünscht ist. Vielleicht wird jemand weitere Ideen in diese Richtung entwickeln. Jemand wie du zum Beispiel …«

Blende.

Teil 4

9.00 Uhr, Teamsitzung. E-Mobility und die Frage, was nach dem Pedelec kommt. Jan interessiert sich nicht für Elektrofahrräder und hört der Marktanalyse des Politologen nicht richtig zu. Dass das bestehende Produktangebot unbefriedigend ist, weiß er auch so. Dazu muss er nicht weltweit die Blogs von Fahrradfreaks lesen.

Laura hat angekündigt, dass sie nachher mit ihm reden muss. Worüber, wollte sie nicht sagen. Scheiße, denkt Jan, hätte ihr wenigstens was schenken können. Er grinst Laura an, die ihn aber ignoriert.

Plötzlich kommt die Sekretärin des Vorstandsvorsitzenden und winkt ihn raus. »Jan, der Chef will dich sprechen. Ist wohl was Dringendes.«

Der Vorstandsvorsitzende steht an der verglasten Fensterfront und schaut auf den Hafen. Als Jan reinkommt, dreht er sich langsam um. »Ich hab gute Neuigkeiten.«

Sie setzen sich an den Besprechungstisch.

»Es geht um RLF«, fährt der Chef fort. »Wie ist da eigentlich der aktuelle Stand?«

Jan berichtet von den Produktideen und den Gesprächen mit den Designern. Hier und da schmunzelt der Chef, schließlich unterbricht er Jans Ausführungen. »Das passt. Das passt sehr gut.« Er schenkt Jan Wasser nach und nimmt selbst einen Schluck aus seinem Glas.

»Inhaltlich sind wir sehr weit, kurz vor der Umsetzung«, schließt Jan. »Nur was die Finanzierung angeht, stehen wir nicht ganz so gut da.«

Der Vorstandsvorsitzende macht eine wegwerfende Geste. »Wir hatten letzte Woche eine Präsentation in Paris, Verkaufsplattform für eine Modekette. Danach waren wir essen. Ich saß neben einer sehr hübschen jungen Dame, die auch bei der Präsentation dabei war. Weil ich nicht so recht wusste, worüber ich mich mit ihr unterhalten sollte, hab ich ihr von RLF erzählt. Sie fand das alles ziemlich interessant, die ganze Mischung aus Mode, Design, Kunst und Kapitalismuskritik. Die sah echt gut aus, distinguiert. Schwarze Haare, eigentlich nicht mein Typ.« Er schaut durch die Glaswand zu seiner Sekretärin, die im Vorraum an ihrem Schreibtisch sitzt, und lacht. Jan auch. »Wie auch immer, am Ende des Abends wollte sie meine Nummer haben.«

Jan hat keine Ahnung, warum sein Chef ihm das alles erzählt.

»Gestern«, fährt der Chef fort, »hab ich dann rausgefunden, wer sie war: die persönliche Assistentin des Eigentümers.«

Noch immer weiß Jan nicht, worauf sein Chef hinauswill.

»Und jetzt hat sie mich doch tatsächlich angerufen.« Er schaut auf seine goldene Uhr. »Eben, vor fünf Minuten.«

Schön, denkt Jan.

»Wegen RLF. Sie hat ihrem Chef davon erzählt. Und der ist nicht nur steinreicher Unternehmer, sondern auch Kunstsammler. RLF interessiert ihn sehr. Du sollst ihm das Projekt in Paris persönlich vorstellen.«

»Gut«, sagt Jan. »Was versprichst du dir davon?«

»Jan. RLF ist eine geniale Idee. Aber um sie umzusetzen, braucht man Geld. Und er hat Geld. Sehr viel Geld.«

»Und wer ist ›er‹?«

»Sag ich dir nicht. Das wirst du schon selber rausfinden. Franzose, Unternehmer, Kunstsammler. Vielleicht der wichtigste der Welt.«

»Wir«, er blickt zu seiner Sekretärin, »haben schon Flüge

für euch gebucht. Mikael wird ja wohl nicht mitkommen, wenn ich das richtig verstanden habe, aber vielleicht diese … wie heißt sie noch mal?«

»Slavia.«

»Genau, Slavia. Ach so, die Präsentation ist heute Abend. Und sie muss verdammt gut sein, er hat nur eine halbe Stunde Zeit.«

Jans Team diskutiert immer noch über die Zukunft des Elektrofahrrads.

»So, Leute, die Sitzung ist beendet. Ich muss heute noch nach Paris. Wegen RLF.«

»Kann ich dir helfen?«, fragt der Politologe.

»Ja, ich brauche eine Präsentation. Und zwar jetzt sofort.«

»Okay, ist in zwei Stunden fertig.«

»Kuck, dass du schneller fertig bist, und schick sie dann bitte direkt an den Chef. Er leitet sie weiter. Also, an die Arbeit.«

Alle packen ihre Sachen zusammen.

»Ach, Laura, wir reden, wenn ich wieder zurück bin, okay?«

Er sieht, dass sie kurz davor ist, zu heulen, aber dafür hat er jetzt echt keinen Kopf. Er will sie kurz in den Arm nehmen, doch sie steht auf und knallt die Tür hinter sich zu.

Jan steigt in den Porsche, er muss zu Hause frische Klamotten holen. An der ersten roten Ampel zieht er sein Handy aus der Tasche und googelt den Namen Bernard Arnault.

Bernard Arnault (geboren 1949), Kunstsammler und Inhaber des Luxusartikel-Konzerns Louis Vuitton Moët Hennessy (LVMH). *Forbes* zufolge war er 2012 mit einem Vermögen von 41 Milliarden US-Dollar der viertreichste Mensch der Welt. Seine Tochter Delphine Arnault, stellvertretende Geschäftsführerin von Dior, lancierte 2011 eine Kooperation der Modemarke mit dem Künstler Anselm Reyle. Die Kollektion »Anselm Reyle pour Dior« umfasst unter anderem Taschen, Schmuck und Schuhe in Tarnmuster sowie eine Palette von Nagellacken in Neonfarben und Glitzer. Arnault sieht in Reyles Arbeiten eine »genuine Modernität« am Werk, die mit Materialien und Farben auf eine ebenso freie Weise spiele wie Dior. Die Produkte sind limitiert und nur in ausgesuchten Dior-Verkaufsstellen erhältlich.

Arnault, das könnte passen. Mode. Kunst. Jan gibt den nächsten Namen ein.

François Pinault (geboren 1936), französischer Unternehmer und Kunstsammler. Mit seinem Unternehmen PPR (ehemals Pinault-Printemps-Redoute) seit 1990 im Luxusgütergeschäft tätig. Zu seiner Gruppe gehören Modemarken wie Gucci, Yves Saint Laurent, Bottega Veneta, Balenciaga, Brioni und Stella McCartney, Schmuckfirmen wie Boucheron, aber auch das Weingut Château Latour, der Sportartikelhersteller Puma und das Auktionshaus Christie's. Seit 2003 werden die Geschäfte der Holding von seinem Sohn François-Henri geführt, der Umsatz lag 2011 bei 16,8 Milliarden US-Dollar. Nach einem Plus von 17 Prozent in den Bereichen »Luxury« und »Sport & Lifestyle« ist laut François-Henri Pinault »organisches Wachstum« auch das Ziel der nächsten Jahre. Bis 2020 will er die Verkaufserlöse verdreifachen und die Firma zum führenden Unternehmen in den Bereichen Nachhaltigkeit und Corporate Social Responsibility machen.
Die Kunstsammlung von François Pinault, die Werke von Andy Warhol, Mark Rothko und Damien Hirst umfasst, wird seit 2006 in Venedig gezeigt. Pinault gehört der am Canal Grande gelegene Palazzo Grassi, den er vom japanischen Architekten Tadao Ando zum Museum umbauen ließ. 2009 kam die ehemalige venezianische Zollbehörde, die Punta della Dogana, hinzu. Auch dieses Gebäude ließ Pinault von Ando umbauen.
Das Lebensmotto von Pinault lautet: »*Je ne regrette jamais*. Ich habe keinen Sinn für Nostalgie. Mich interessiert die Zukunft.«

Einer der beiden ist es. Jan gibt Gas, grüne Welle auf der Elbchaussee. Die letzte Ampel, bevor er links abbiegen muss. Die krieg ich noch, denkt er und schaltet einen Gang runter. Knapp vor dem entgegenkommenden Fahrzeug zieht er um die Kurve. Aus dem Augenwinkel sieht er ein Auto ruckartig aus einer Parklücke schießen.

Er tritt mit voller Kraft auf die Bremse. Zu spät.

Er hat Glück gehabt, niemand ist verletzt. Das andere Auto, ein alter Golf, hat eine eingedrückte Fahrertür. Bei Jan ist die rechte Seite eingedellt.

Scheiße. Er schaut auf die Uhr: noch drei Stunden bis zum Abflug. Er kennt die Fahrerin des Golf, eine Nachbarin, ihr Sohn und Tim sind im selben Fußballverein. Jan nimmt die Schuld auf sich, sie tauschen Adressen und Versicherungsdaten aus. Nach wenigen Minuten steigt er wieder ins Auto, für die 500 Meter braucht er keinen Abschleppwagen.

Jan schließt die Tür auf und schmeißt seine Tasche in die Ecke.

»Was ist denn mit dir los?«, fragt Valerie. »Alles okay?«

»Im Gegenteil.«

Valerie geht in die Küche und schaut aus dem Fenster. Sie sieht das kaputte Auto.

»Bist du verletzt? Soll ich einen Arzt rufen?«

»Nein, so schlimm ist es nicht.« Jan fasst sich an den Kopf. Er spürt einen stechenden Schmerz. »Nur ein Blechschaden. Trotzdem Scheiße. Und zu allem Überfluss muss ich auch noch in zwei Stunden am Flughafen sein. Paris. Wegen RLF.«

Jans Blick fällt auf den Notizblock. »LAURA« steht da, in Valeries Schrift.

»Was wollte die denn?«, fragt Jan.

»Diese Laura? Keine Ahnung. Wollte sie nicht sagen. Meinte, es sei was Persönliches. Sie ruft noch mal an.«

»Aha.«

»Wieso ruft die eigentlich bei uns zu Hause an? Die hat doch bestimmt auch deine Handynummer, oder?«

Das Telefon klingelt. Valerie kuckt auf das Display. »Hier, ich glaub, das ist sie wieder.«

»Scheiße«, entfährt es Jan. Er nimmt den Hörer in die Hand und drückt den Anruf weg. Er geht ins Schlafzimmer und packt seine Reisetasche. Zwei frische Hemden, ein dunkler Anzug, Krawatte, Kaschmirpullover, Rasierzeug, Zahnbürste.

Im Flur stellt sich Valerie ihm in den Weg. »Musst du mir irgendwas sagen?«

»Nein, nichts«, antwortet Jan. »Ich muss nach Paris. Hab ich dir doch gesagt. Mein Flieger geht gleich.«

»Und diese Laura?«

»Laura? Was weiß ich. Ich hab grad keinen Nerv für Praktikantinnen mit Liebeskummer.«

»Liebeskummer?«, schreit Valerie ihn an. »Hast du was mit der?«

»Nein, da ist nix«, stammelt Jan.

»Und warum ruft sie dann hier an? Mit einer Stimme, als würde sie gleich losheulen?«

»Valerie, bitte. Ich muss jetzt los. Über Laura können wir sprechen, wenn ich wieder da bin.«

»Also gibt es was zu besprechen, ja? Was ist los? Glaub bitte nicht, dass ich mich von dir anlügen lasse. Ist mir egal, dass du jetzt nach Paris musst!«

Jan zuckt mit den Schultern. Er kommt sich vor wie in einem schlechten Film. Porsche kaputt, Laura ruft ihn zu Hause an, Termin in Paris mit einem schwerreichen Kunstsammler. Noch eine Stunde vierzig. Wirklich kein passender Moment. Egal. »Willst du das wirklich wissen?«

Valerie nickt.

»Ich hab ein Mal mit ihr geschlafen, das ist alles. Einfach nur Sex. Sex, verstehst du. Sonst nichts. Überhaupt nichts. Ein Mal. Ein einziges Mal. Wahrscheinlich hat sie sich mehr davon versprochen. Was weiß ich, es interessiert mich nicht. Überhaupt nicht. So, und jetzt muss ich zum Flieger.«

»Du willst jetzt wirklich nach Paris?« Valerie hat Tränen in den Augen.

»Natürlich, ich muss«, antwortet Jan und stopft ein paar Kopfhörer in seine Laptop-Tasche.

Valerie steht auf und gibt ihm eine Ohrfeige. »Warum?«

Jan hält sich die Backe und schweigt.

»Warum?«, wiederholt Valerie.

Wieder zuckt Jan mit den Schultern. Was soll's, denkt er, vielleicht ist es gar nicht schlecht, wenn es mal raus ist. Freiheit statt Verlogenheit.

»Sie hat mich halt angemacht. Junge Praktikantin, sexy, gute Figur.«

»Ach so. Sie hat dich angemacht? Im Büro? Machst du so was öfter? Ist das normal oder was?«

Jan antwortet nicht.

Dann fragt sie: »Hast du auch noch mit anderen Frauen im Büro geschlafen?«

Jan macht die Tasche zu.

»Und sonst? Machst du sonst auch mit Frauen rum? Wenn du in London bist? Oder in Paris? Fliegt diese Laura auch mit? Ich hab verdammt nochmal das Recht auf eine Antwort!«

Jan nimmt seine Aktentasche und dreht sich langsam zu Valerie. Dann platzt es aus ihm heraus. »Was denkst du denn? Dass es mir reicht, einmal im Monat Sex zu haben, wenn du zufällig mal keine Kopfschmerzen hast? Wer bin ich denn?«

Valerie rennt aus dem Zimmer. Jan schaut auf die Uhr. Noch eineinhalb Stunden. Er nimmt sein Gepäck, ruft noch einmal »Tschüs«. Dann lässt er die Tür hinter sich ins Schloss fallen.

Nahaufnahme. Handkamera. Licht von oben rechts.
Ein Mann, helle, leicht abstehende rötliche Locken. Vollbart. Beim Sprechen gestikuliert er stark mit der rechten Hand.
Im Hintergrund ein schwarzes Ledersofa.
Keine Nebengeräusche.
Stimme aus dem Off: »Tomas Sedlacek. Ökonom. Berühmt wurde er mit dem Bestseller *Die Ökonomie von Gut und Böse*, einer Art Reise in die Moralgeschichte der Wirtschaft. Tomáš Sedláček, Theodor W. Adorno schrieb einmal: ›Es gibt kein richtiges Leben im falschen.‹ Heute sind viele Menschen unzufrieden mit unserer Gesellschaft. Sie halten sie für ungerecht und suchen nach anderen Formen des Zusammenlebens und des Wirtschaftens. Leben wir in einer ungerechten Gesellschaft? Produziert der Kapitalismus als System ›das Falsche‹? Und wenn ja: Gibt es ein richtiges Leben im falschen?«
Tomáš Sedláček: »Absolut, aber ich möchte das noch etwas vertiefen. Warum empfinden wir unsere heutige Gesellschaft als ungerecht? Haben wir genug Freiheit? Mein Argument ist: In erster Linie nicht, weil wir tatsächliche Ungerechtigkeit und Unfreiheit erleben, sondern weil wir eine bestimmte Vorstellung haben, wie eine gerechte Gesellschaft aussehen sollte – das ist das Erbe des Christentums. Nehmen wir ein dummes Beispiel: In einer

primitiven Gesellschaft hackt ein Krieger einem Bauern den Kopf ab. Ist das gerecht? Für uns ist das natürlich ungerecht. Das Problem ist aber, dass es viele Formen von Gerechtigkeit gibt. ›Wer zuerst kommt, mahlt zuerst‹ ist eine Form von Gerechtigkeit. In Geschäften ist es nur gerecht, dass derjenige, der zuerst kommt, auch zuerst bedient wird. Aber in einer medizinischen Notfallsituation bekommt derjenige zuerst ärztliche Hilfe, der sie am dringendsten benötigt. Oder Handys: Wer das nötige Geld hat, bekommt den besten Service. In der Bahn ist es manchmal der Älteste, der sitzen darf, manchmal ist es die Frau, manchmal der Mann, manchmal das Kind. Innerhalb eines Tages, innerhalb einer Stunde wechseln wir zwischen zehn verschiedenen Systemen von Gerechtigkeit. Insofern unterstütze ich die Kritik an dem System, in dem wir leben. Absolut. Andererseits: Wenn wir mehr Freiheit wollen, was meinen wir eigentlich damit? Wenn ich die Occupy-Bewegung richtig verstehe, ist ihre Kritik, dass das wirtschaftliche System nicht so funktioniert, wie wir uns das wünschen. Wir haben einen Zombie geschaffen, der unsere Seele auffrisst. Und deshalb müssen wir das System verändern. Aber wenn wir uns über das System beschweren, dann schwingt noch etwas anderes mit. Tief im Inneren ist es auch eine Enttäuschung über uns selbst. Ich wäre auch gern freier, würde meine Wahlmöglichkeiten gerne so ausüben, dass ich kreativer sein kann. Ich wäre gern mehr ich selbst – aber was bedeutet es, ich selbst zu sein? Dieser psychoanalytische Blick greift tiefer als die reine Systemkritik. Es ist die existentielle Kritik an Menschen, die in relativer Freiheit leben, aber nicht wissen, was sie damit anfangen sollen.«

Stimme aus dem Off: »Aber produzieren nicht Werbung und Marketing genau diese Unzufriedenheit? Diesen Wunsch nach Freiheit, der gar nicht eingelöst werden kann? Ein Beispiel dafür ist der berühmte Slogan von Nike: ›Just do it.‹ Aber dieser Slogan ist nur ein leeres Versprechen und keine ernst gemeinte Handlungsaufforderung.«

Tomáš Sedláček: »Das ist natürlich ein Mythos – aber ein sehr glaubwürdiger Mythos. Ich denke, dass das der Unterschied zwischen Kommunismus und Kapitalismus ist. Der Kommunismus konnte keinen glaubwürdigen Erfolgsmythos anbieten. Keiner wollte der Klempner sein. Selbst als kleines Kind konnte man den ganzen Unsinn nicht glauben, den sie uns erzählt haben. Und auch heute werden uns noch Mythen verkauft, nur auf eine raffiniertere Art. Und wir kaufen es immer noch ab. Sogar wir Intellektuelle. Sie haben ›Just do it‹ als Beispiel genannt. Ich frage immer: ›Was tun?‹ Was ist es denn, das ich nicht tun kann? Oder drücke ich meine Freiheit aus, indem ich Nike-Schuhe kaufe? Drücke ich meine Freiheit aus, indem ich Kunde einer Telekommunikationsgesellschaft werde, die sagt ›sei frei, beweg dich so frei, wie du kannst‹?«

Stimme aus dem Off: »Aber das sind doch genau die leeren Versprechungen, die Lügen des kapitalistischen Systems! Das ist doch keine Freiheit.«

Tomáš Sedláček: »Hier muss man die Frage stellen, wer diese Werbekampagnen kreiert. Denn die Werbung ist der Kit, der die Konsumgesellschaft zusammenhält. Und ich mag ein wenig unhöflich sein, aber diejenigen, die diese Kampagnen kreieren, sind keine Ökonomen. Und sind es die Politiker, die Rechtsanwälte, die das System stärken? Nein. Wer hat denn den ›Just do it‹-Slogan erfunden? Es sind Künstler. Sehr gute, hoch bezahlte Künstler. Und du kannst es ihnen nicht mal vorwerfen. Denn wir sitzen alle im selben Boot. Ich akzeptiere Kritik, aber nur wenn man sich selbst miteinbezieht. Ja, das System ist nicht perfekt, das System hat in gewisser Hinsicht versagt. Es hat viele Widersprüchlichkeiten, viele ungerechte Seiten, aber das sind wir, du und ich, die das System erschaffen haben. Es steht nicht über uns, wie die Strukturalisten glauben. Das System ist etwas, das wir selbst erschaffen haben.«

Blende.

Paris. Jan hetzt zum Taxistand.

»Zum Le Royal Monceau«, liest Jan von dem Ausdruck ab, den er aus seiner Ledermappe gefummelt hat. »Avenue Hoche.«

Das Hotel kennt er nicht, aber sein Chef hat gesagt, dass es ihm bestimmt gefallen würde – »voll auf Kunst getrimmt, passt zu RLF«.

Dreißig Minuten später nehmen ihn livrierte Pagen unter einem Jugendstilvordach in Empfang. Die Einrichtung ist elegant, aber nicht angeberisch. »Unsere Inneneinrichtung stammt von Philippe Starck«, erklärt der Concierge, nachdem Jan gesagt hat, dass er sich für Kunst und Design interessiert. »Und wenn Sie ein paar Tipps haben wollen für Ihren Aufenthalt – unser Art Advisor, eine ganz reizende Kollegin, empfiehlt Ihnen gerne aktuelle Ausstellungen in Paris.«

»Danke, vielleicht melde ich mich bei ihr.« Wahrscheinlich gehört das Hotel auch zum Imperium des Kunstsammlers, denkt sich Jan.

Ein Page begleitet ihn nach oben. Die Innenwände des Fahrstuhls glänzen rot. Auch der Hotelflur, der vom Aufzug zum Zimmer führt, ist eine optische Herausforderung. Er ist komplett schwarz-weiß gestreift – die Wände, der Boden, die Decke, alles. Das könnte auch von Mikael sein, denkt Jan. Augenflirren, volle visuelle Dröhnung.

Das Zimmer soll wohl an ein Künstleratelier erinnern. Eine Gitarre steht rum, als würde gleich eine Jamsession starten. Vor dem Bett ein großer Spiegel, fast raumhoch. Jan holt ein frisches Hemd aus seiner Tasche und hängt den Anzug auf. Danach geht er ins Bad und duscht.

Als er um halb sieben ins Foyer kommt, wartet die Assistentin des Kunstsammlers bereits auf ihn. Sie steht an der langen Bar, die sich durch den Raum zieht, und trinkt einen Kaffee. Jan grinst, er hat die Schwärmereien seines Chefs noch im Ohr.

»Hallo, Sie müssen Jan sein. Ich bin Jeanette. Sie sind alleine?«

»Ja. Slavia ist auf dem Weg und kommt erst später. Aber für das Geschäftliche bin eh ich verantwortlich.«

»Schön, dass es so kurzfristig geklappt hat. Hatten Sie eine gute Reise?« Sie schaut auf die Uhr. »Wir haben noch eine Viertelstunde. Einen Kaffee?«

Sie gibt dem Kellner ein Zeichen. Jan betrachtet den Tresen. Er sieht aus, als wäre er aus Eis, in dem lauter Luftbläschen eingefroren sind.

»Ich muss Sie noch auf eine Bedingung hinweisen.«

»Und die wäre?«, fragt Jan.

»Egal, wer Sie in welchem Zusammenhang fragt, Sie haben meinen Chef nie getroffen. Sein Name taucht nirgendwo auf. Ob er Ihr Projekt nun kauft, unterstützt oder vielleicht doch uninteressant findet .... wobei ich davon eigentlich nicht ausgehe.«

Ihre Nase kräuselt sich, wenn sie lächelt.

»Also völlig unabhängig davon, wie das Gespräch ausgeht«, fährt Jeanette fort, »Sie haben ihn nie getroffen und werden seinen Namen auch nie erwähnen. Sind Sie damit einverstanden?«

»Wenn das die einzige Bedingung ist, bin ich einverstanden.«

»Gut.« Sie schaut wieder auf ihre Uhr. »Wir müssen los, sonst kommen Sie zu spät.«

In einer Seitenstraße bleibt Jeanette vor einer unscheinbaren Haustür stehen. Sie gibt einen Code ein. Jan hat etwas Pompöses erwartet, doch die Innenräume sind sachlich und modern gestaltet. An den Wänden abstrakter Expressionismus. Mit dem Fahrstuhl fahren sie ins oberste Stockwerk, Jeanette begleitet Jan in einen Besprechungsraum. Hier herrscht eine ganz andere Atmosphäre als im Entree: Möbel aus dem späten 19. Jahrhundert, dazu alte Teppiche und fein gemusterte Tapeten. Durch die großzügig verglasten Fenster sieht man den Arc de Triomphe.

»Hier können Sie warten, er wird gleich da sein. Wir sprechen uns später wieder.«

Ein älterer Herr tritt ein. Schmal, aber ein eher rundes Gesicht. Leicht gebräunt. Kurze graue Haare. Kristallblaue Augen. Entspannter Ausdruck. Dunkelblauer Anzug.

»Schön, das Sie gekommen sind, ich freue mich wirklich sehr. Setzen Sie sich doch.«

Jan verweist auf seine Präsentation.

»Ja, meine Assistentin hat sie schon durchgesehen. Ich weiß, dass das Projekt noch nicht fertig ist. Dass Sie noch viel vorhaben. Und dass Sie damit die Welt verändern wollen. Ich habe schon Ähnliches gefördert, und ich bin nicht der Einzige, der so etwas unterstützt. Ich mag Kunstwerke, die eine Mission haben.«

Eine Mission, genau, denkt Jan, so soll RLF rüberkommen.

»Ich habe Sie hierher eingeladen, weil ich Ihnen deutlich machen will, warum ich in RLF einsteigen möchte. Ich kann mir vorstellen, dass das für Sie und Ihre Partner wichtig ist«, fährt der Sammler fort. »Für mich spiegelt RLF vieles wider, was ich selbst versucht habe. Aber auch sehr vieles, was ich mich selbst nicht getraut habe. Mein Leben besteht aus zwei Leidenschaften: ein Unternehmen führen und Kunst sammeln. Beides mit höchsten Ansprüchen. Es hat viel miteinander zu tun, aber es sind getrennte Welten. RLF führt diese beiden Welten zusammen, und es will die Welt verändern. Es ist der Mosaikstein, der in meinem Portfolio noch fehlt.«

Genau, denkt Jan, Kunstwerk *und* Unternehmen.

»Ich bin Geschäftsmann, Sie sind es auch. Begreifen Sie mein Engagement als Investition in die Zukunft. Ich werde eine Art ... eine Art stiller Teilhaber an einer besseren Welt. Ein ... wie heißt das noch mal bei Ihnen?«

»Shareholder der Revolution.«

»Schön. Shareholder der Revolution.« Der Kunstsammler lächelt leise vor sich hin. »Eine schöne Rolle. Und gleichzeitig sammle ich die Kunst, die dabei entsteht. Sehen Sie, so kann ich meine Leidenschaften miteinander verbinden. Und der Welt etwas Gutes tun. Und dafür biete ich Ihnen ... ach, sehen Sie selbst.«

Er gibt ihm einen kleinen Umschlag. Als Jan den Umschlag aufreißen will, legt ihm der Kunstsammler die Hand auf den Arm.

»Keine Eile. Denken Sie in Ruhe drüber nach. Die Details erklärt Ihnen meine Assistentin. Sie hat Ihnen sicherlich schon gesagt, dass es noch eine Bedingung gibt. Ich wiederhole sie trotzdem noch mal. Damit wir uns da ganz und gar einig sind.« Sein Ton wird jetzt scharf. »Niemals fällt mein Name. Es ist nicht schlimm, wenn Gerüchte kursieren. Die machen manches interessanter. Aber offiziell fällt nie mein Name.«

Die Tür geht auf, die Assistentin tritt ein.

»Jeanette. Wir sind gerade fertig.« Er wendet sich wieder an Jan. »Haben Sie noch eine Frage? Nein? Gut. Ich hoffe, Sie können Ihre Mitstreiter überzeugen.«

Jan ist immer noch völlig benommen. »Ja, das hoffe ich auch.«

Der Kunstsammler verabschiedet sich, Jan bleibt mit der Assistentin am Besprechungstisch sitzen.

»Ich soll Ihnen noch ein paar Details darlegen. Wir glauben nicht, dass man RLF wie ein Gemälde kaufen kann. Und soll. Wir sollten es so behandeln, wie es sich selbst sieht: als Unternehmen. Das Investment ist Risikokapital. Verteilt auf fünf Jahre. Wir erhalten von allen entstehenden Produkten eine Erstausgabe. Den Wert, den diese Produkte zwei Jahre nach ihrer Erstpräsentation auf dem Markt haben, verrechnen wir als Rückzahlung der Investition. Wenn Sie mit Ihrer Firma das Geld investiert haben, ohne dass es einen entsprechendes Return of Invest gibt, schreiben wir die Differenzsumme als Verlust ab.«

»Und wer bekommt das Geld?«, fragt Jan. »Meine Agentur?«

»Nein, die Agentur bekommt eine Vermittlungsgebühr für den Deal.«

Gut, denkt Jan.

»Das Geld kommt auf eine Bank in der Schweiz«, fährt Jeanette fort. »Zugriff haben Sie, Slavia und Mikael Mikael. Wir haben die Verträge vorbereitet. Ich gebe sie Ihnen mit. Lesen Sie sie gründlich. Wenn Sie mit Ihren Partnern gesprochen haben und alle einverstanden sind, melden Sie sich bei mir. Vielleicht können wir sie ja schon in Venedig unterschreiben. Wir eröffnen dort bald eine große Ausstellung.«

»Ich denke schon, dass ich meine Partner überzeugen kann. Dient ja alles der Sache.«

»Gut. In Venedig sind Sie natürlich unser Gast.«

Jan tippt die Adresse des Restaurants, in dem er mit Slavia verabredet ist, in sein iPhone ein. Noch einmal rechts, dann noch zweihundert Meter, und er müsste da sein. Rue Balzac, eine Seitenstraße der Champs-Élysées. Eine gute Empfehlung, denkt Jan, als er vor dem Pierre Gagnaire steht. Er hat hier noch nie gegessen, aber er kennt die Restaurants, die der gleiche Koch in London und Hongkong betreibt. Vor allem das Sketch in London mag er sehr.

Jan ist zehn Minuten zu früh. Er zögert kurz und ruft dann Valerie an.

Julia hebt ab. »Hallo«

»Ah, Julia, du bist es. Wie geht es euch?«

»Na ja, Mama geht es nicht so gut. Sie sitzt auf dem Sofa und heult. Soll ich sie dir mal geben?«

»Ja, bitte.«

Julia ruft nach Valerie, Jan kann nicht verstehen, was die beiden sagen. Wahrscheinlich hat Julia ihre Hand auf den Hörer gelegt, das macht sie immer.

»Sie will nicht mit dir reden.«

»Gib sie mir trotzdem.«

»Mama, Papa will dich trotzdem sprechen.«

Wieder hält sie den Hörer zu.

»Sie kommt gleich.«

»Was willst du?«, fragt Valerie mit tonloser Stimme.

»Ich wollte mich melden.«

»Bist du schon in Paris?«

»Ja, ich habe gerade den Deal meines Lebens gemacht.«

»Den was?« Valeries Stimme überschlägt sich. »An dem Tag, an dem du deiner Frau sagst, dass du sie seit Jahren betrügst, fliegst du nach Paris und machst den ›Deal deines Lebens‹?«

»Valerie, du verstehst das nicht …«

»Doch, doch. Ich verstehe das.« Valerie schreit jetzt.

»Valerie, die Kinder …«

»Die Kinder? Die sind dir doch eh scheißegal.«

»Valerie, ich …«

»Wenn dir dein Business wichtiger ist als deine Frau, deine Kinder, deine Familie, wenn du ausgerechnet an so einem Tag nach Paris fliegen musst, dann … dann kannst du da gerne bleiben. Aber das ist ja eh das, was du dir eigentlich wünschst, oder?«

»Valerie, jetzt hör auf. Es gibt Sachen, die kann man wirklich nicht am Telefon besprechen …«

»Du hast angerufen, Jan. Nicht ich. Wärst du hiergeblieben, in Hamburg, dann hätten wir reden können.«

»Ja, okay, vielleicht war das ein Fehler …«

»Ja, das war ein Fehler. Ein großer. Und ab sofort gibt es Sachen, über die wir überhaupt nicht miteinander sprechen. Viel Spaß mit deinem ›Deal des Lebens‹.«

Dann legt sie auf.

Jans Herz klopft. Er schaut das Telefon an, überlegt kurz, dann drückt er auf Wahlwiederholung. Niemand nimmt ab. Er macht das Telefon aus und geht ins Restaurant.

Slavia hat ihre Haare zu einem Dutt hochgesteckt. Um den Hals trägt sie eine feine, goldene Kette, dazu dünne, goldene Ohrringe.

»Du glaubst nicht, wo ich gerade war«, beginnt Jan.

»Ich hab keinen blassen Schimmer. Also, was willst du mir verkaufen? Denn du willst mir doch was verkaufen, oder?«

»Gut analysiert.«

Der Kellner bringt die Vorspeisen. Gedankenverloren beginnt Jan zu essen. Valerie hat recht. Er wünscht sich einen Neuanfang. Mit Slavia. Das ist jetzt die Chance. Er schaut sie an. Ob sie dazu bereit ist? Ein Leben mit mir?

»Hat die Vorspeise dir die Sprache verschlagen? Oder träumst du?«

Jan zuckt zusammen.

»Ich hatte gerade ein Gespräch. Es ging um … Ich hab einen Kunstsammler getroffen. Auf Vermittlung meiner Agentur.«

»Und was wollte er?«

»Es war eine Verkaufsverhandlung. Wegen RLF.«

»Was?« Slavia legt das Besteck aus der Hand und verschränkt die Arme vor der Brust. »RLF verkaufen? Wie soll das denn gehen?«

»Er ist Kunstsammler. Und Unternehmer. Er identifiziert sich voll und ganz mit der Idee. Kunst, Konsum, die Welt verändern – RLF hat alles, was ihn interessiert. Und deshalb will er RLF kaufen. Für ihn ist das ein symbolisches Risikoinvestment. Alles, was er will, ist eine Erstausgabe jedes Produkts. Das ist für uns doch kein Problem. Und wir hätten ein richtiges Startkapital.«

Er schaut in Slavias regungsloses Gesicht. Missmutig probiert sie von den Hummerschwänzen, die der Kellner inzwischen gebracht hat.

»Und der Preis stimmt«, fügt er hinzu. »Mit dem Geld starten wie die Mikronation. Wie hieß diese französische Gruppe mit dem Bauernhof noch mal, von der du erzählt hast?«

»Das unsichtbare Komitee.«

Unsichtbares Komitee, Pseudonym einer Gruppierung aus Frankreich, die 2007 das Manifest *L'insurrection qui vient* (dt.: *Der kommende Aufstand*) veröffentlicht hat. In diesem Text werden Strategien für zukünftige Aufstände beschrieben, zum Beispiel Sabotage: »Die soziale Maschine mit einiger Auswirkung zu sabotieren bedeutet heutzutage, sich die Mittel zur Unterbrechung ihrer Netze wieder anzueignen und neu zu erfinden. Wie können eine TGV-Linie oder ein Stromnetz unbrauchbar gemacht werden? Wie können die Schwachstellen der Computer-Netzwerke gefunden, wie die Radiofrequenzen gestört und die Flimmerkiste wieder zum Rauschen gebracht werden?«
Der Philosoph Julien Coupat (geboren 1974) gilt als Kopf des Unsichtbaren Komitees. 2005 gründete Coupat gemeinsam mit Yl-

dune Lévy und weiteren Freunden eine Kommune im Dorf Tarnac. Die Gruppe betrieb einen Bauernhof und einen Laden. Einige Mitglieder wurden dabei offenbar von sehr wohlhabenden Eltern unterstützt.

Als in der Nacht vom 7. auf den 8. November 2008 eine TGV-Strecke sabotiert wurde, fiel der Verdacht schnell auf Coupat und Lévy, die sich in der Nacht unweit der Bahnlinie aufgehalten hatten. Sie wurden zu diesem Zeitpunkt bereits rund um die Uhr von der Polizei beschattet, weil sie im Januar 2008 vor einem Gebäude der US-Armee in New York demonstriert hatten, das später zum Ziel eines Bombenattentats geworden war.

Wer die TGV-Strecke wirklich sabotiert hat, ist bis heute ungeklärt.

»Wir könnten diese ganze verlogene Welt hinter uns lassen«, sagt Jan. »Eine neue Form von Gemeinschaft, ein Zusammenleben, bei dem alle gleichberechtigt sind.« Jan leert sein Glas Wein.

»Dann haben wir ja alles im Griff«, antwortet Slavia.

»Du bist also einverstanden?«

Slavia grinst. »Das ist doch das Ziel von RLF. Teure Konsumprodukte zu verkaufen, um die Revolution zu finanzieren. Und vorher eine Mikronation ins Leben rufen. Insofern sind wir doch voll im Plan.«

»Nur wie man Mikael davon überzeugt, ist mir noch nicht ganz klar.«

»Das krieg ich schon hin.«

»Gut«, antwortet Jan. »Auf die Freiheit!«

»Und auf die neue Mikronation!«, sagt Slavia.

Slavia hält einen Moment inne, setzt ihr Glas ab und greift nach Jans Händen.

»Und deine Frau, deine Kinder, dein Job, die Agentur, wie stellst du dir das vor?«

Jan lacht gehässig. »Das ist aus und vorbei! Ich bin jetzt frei!«

»Aber deine Familie?«

Jan schweigt.

»Du willst dich trennen? Scheidung? Das ist ganz schön kompliziert und langwierig.« Sie zieht unter dem Tisch ihre Schuhe aus und fährt mit einem Fuß an Jans Bein entlang. »Das geht auch viel einfacher.«

»Wie denn?«

»Du musst einfach verschwinden.«

»Verschwinden?«

»Dir eine neue Identität zulegen ... und dafür muss dein altes Leben ... sterben.«

»Schöner Spiegel«, sagt Slavia, als sie im Hotelzimmer ankommen. Sie stellt sich breitbeinig vor Jan und zieht langsam ihr Kleid aus. Er betrachtet ihren Körper, die festen, großen Brüste, die langen blonden Haare. Dann dreht er sich auf den Bauch, Slavia führt seine Hände hinter dem Rücken zusammen. Mit einem Seidenstrumpf fesselt sie die Handgelenke, mit dem anderen verbindet sie ihm die Augen. »Jetzt musst du dich auf deine Imagination verlassen«, flüstert sie ihm ins Ohr. »Und dreh dich wieder um.« Sie zieht ihm die Hose aus und beginnt, seinen Schwanz zu küssen. Plötzlich spürt er einen brennenden Schmerz in der linken Brustwarze. Er stöhnt auf.

»Magst du das?«, fragt Slavia.

»Was war das?«

Der gleiche Schmerz in der rechten Brustwarze.

»Das war die Spitze meines Messers.«

Dann hört Jan, wie Slavia eine Champagnerflasche vom Tisch nimmt. Er spürt ein paar Tropfen über seinem Oberkörper. Schließlich streicht sie mit ihren Brüsten langsam über sein Gesicht.

»Jetzt beginnt dein neues Leben«, flüstert sie ihm ins Ohr

und umschließt mit festem Griff seine Hoden. Jan schüttelt sich vor Schmerz und Erregung.

Nahaufnahme. Handkamera. Leichtes Gegenlicht.
Ein alter Mann sitzt vor einem Fenster in einem Sessel. Wenige, sehr kurze graue Haare. Hellblaues Hemd, dunkle Krawatte, darüber ein beiger Wollpullover mit V-Ausschnitt.
Beim Sprechen ist sein Blick in die Ferne gerichtet, er macht lange Pausen, sucht nach der richtigen Formulierung. Seine Stimme klingt liebevoll, fast zärtlich. Sein Deutsch ist altmodisch und von französischer Grammatik geprägt. Er spricht melodisch, fast singend.
Keine Nebengeräusche.
Stimme aus dem Off: »Stéphane Hessel. Geboren 1917 in Berlin. KZ-Überlebender, Résistancekämpfer, Menschenrechtler. 2010 veröffentlichte er den Aufruf *Empört Euch!*. Stéphane Hessel, gibt es ein richtiges Leben im falschen? Gibt es einen Weg in eine bessere Zukunft?«
Stéphane Hessel: »Es gibt einen Weg, und zwar einen Weg, der das ganze Paradigma menschlichen Lebens verändern will. Er führt uns davon weg, dass wir Gewalt brauchen, dass wir Konflikte brauchen, dass wir uns gegenseitig übertreffen wollen, und dahin, dass wir möglicherweise wie Schmetterlinge aus den Raupen schlüpfen. So könnte die Menschheit eine Metamorphose vollziehen, die Elemente der Hoffnung hervorbringt. Das klingt alles sehr übertrieben und sehr abstrakt, aber es kann ganz konkret vor sich gehen. Dadurch, dass zum Beispiel

soziales Wirtschaften wichtiger wird als die kapitalistische Wirtschaft. Oder durch die Erziehung – wir müssen den Kindern schon ganz früh die Idee mitgeben, dass sie verantwortlich sind für etwas, das weitergehen kann, weil es mit Schönheit zu tun hat. Lassen Sie mich ein, zwei Verse von Keats zitieren. Der sagt am Ende seines wunderbaren Gedichts über eine griechische Urne: ›Beauty is truth, truth beauty. That is all you know on earth and all you need to know.‹ ›Truth‹, die Wahrheit, das Gegenteil vom Falschen, hängt zusammen mit dem Schönen. Schönheit und Wahrheit, das sind die beiden Bedingungen, um eine neue Menschheit hervorzubringen.«

Stimme aus dem Off: »Und welche Rolle spielt die Kunst dabei?«

Stéphane Hessel: »Eine enorm wichtige. Allerdings nicht im Sinne eines schönen Bilds oder eines schönen Lieds, sondern Kunst im Sinne der schöpferischen Kraft der Künstler. Jene, die nicht nur etwas hervorbringen, sondern es so hervorbringen, dass es eine Kraft bekommt und dass es einen Widerstand leistet gegen das, was inakzeptabel ist. Also, die Kunst, die Kultur, die Zivilisation beginnen dort, wo eine menschliche Gruppe, ein Volk, ein Land, eine Partei etwas schafft, was künstlerisch wirkungsvoll ist.«

Stimme aus dem Off: »Wir leben in einer Zeit, in der Unternehmen jede Kritik wieder in ein Instrument der Werbung verwandeln. Wir sehen, dass viele Werbekampagnen mit Motiven von Widerstand und Protest arbeiten, aber nicht, um die Welt zu verändern, sondern um ihre Produkte zu verkaufen. Was ist vor diesem Hintergrund heute Widerstand oder Protest?«

Stéphane Hessel: »Das ist eine wichtige Frage. Ich denke, Widerstand kann auf viele Weisen geschehen, nicht nur im Privaten oder im Einzelnen, sondern im Ganzen. Wir sprachen von Demokratie – Demokratie bedeutet eigentlich Widerstand der Nicht-Privilegierten gegen die wenigen, die privilegiert sind. Daher braucht man einen allgemeinen Widerstand. Er darf nicht nur Einzelaspekte betreffen. Er muss die ganze Art und Weise, wie Gesellschaften regiert werden, angreifen. Diese wäre eine neue Form, Bürger zu sein. Wir sollen mitmachen. Widerstehen heißt auch mitmachen.«

Stimme aus dem Off: »Die große Kunst der Gegenwart ist die Werbung. Die große Verführung. Braucht das, was Sie als Widerstand beschrieben haben, braucht diese Veränderung des politischen Systems eine eigene Form von Werbung? Oder steht Werbung in unüberbrückbarem Widerspruch zu dem, was Sie als ›Wahrheit‹ beschrieben haben?«

Stéphane Hessel: »Oh ja, leider ist Werbung, wenn man sie als ein Grundprinzip des Handelns versteht, sehr gefährlich. Man darf nicht all seine Energie in die Werbung stecken. Man braucht Energie, um Kunst zu schaffen, Wahrheit. Das Nachdenken über das Wahre und nicht über das Falsche. Werbung benutzt das Falsche, um ihre Ziele zu erreichen. Und darin liegt die Gefahr. Wir leben in einer korrupten Welt, weil sie viel zu sehr von Werbung bestimmt ist. Wir müssen das Falsche aber verneinen.«

Stimme aus dem Off: »Was also ist zu tun? Wie müssen wir unser Denken ändern, um zum Entstehen des ›Richtigen‹ beizutragen?«

Stéphane Hessel: »Dazu gibt es bei Adorno bereits einige Anregungen. Man muss frei bleiben und die Wahrheit tief in sich empfinden.«

(Stéphane Hessel schaut in die Ferne.)

Blende.

Slavia fliegt von Paris direkt nach Berlin, um sich mit Mikael zu treffen. Sie will ihn überzeugen, dass der Deal mit dem Kunstsammler für alle von Vorteil ist. Jan fliegt nach Hamburg. Vom Flughafen fährt er direkt nach Hause. Er hofft, dass sie sich in Frieden trennen können.

Er parkt das Auto vor dem Haus, betrachtet die klassizistische Fassade, die Nachbarhäuser, die gepflegten Gärten. Bürgerliche Repräsentation. Seine Eltern waren immer stolz darauf, dass er sich so ein tolles Haus leisten kann. Erstarrte Formen. Das Einzige, was hier lebendig wirkt, ist das Spielzeug – die beiden Fußballtore, die Timmy zu seinem letzten Geburtstag bekommen hat, der Sandkasten. Im nächsten Sommer möchte Valerie ihn durch einen Teich ersetzen. Unter dem Dachvorsprung das Kaminholz, das er eigentlich hacken wollte. Aber er war ja immer im Büro.

Er geht den kleinen Weg zur Haustür entlang, vorbei an den beiden Kräuterbeeten, die Valerie angelegt hat.

Er klingelt.

Keiner da.

Er sucht seinen Haustürschlüssel.

Komisch, denkt Jan, seit wann hakt denn das Schloss. Er probiert es noch mal, schaut sich den Schlüssel an, ja, es ist der richtige, er steckt ihn noch mal rein, versucht, aufzuschließen. Erfolglos.

Valerie hat das Schloss austauschen lassen. Seine Jogging-Schuhe, die sonst immer vor der Tür standen, sind weg. Und am Klingelschild ist sein Name durchgestrichen. Er geht in den Garten und schaut durch das Fenster. Drinnen sieht alles aus wie bisher, nur das Hochzeitsfoto auf dem Klavier fehlt.

Valerie versteckt für die Kinder immer einen Schlüssel,

denkt Jan, falls sie früher nach Hause kommen. Er geht zum Gartenhaus, greift vorsichtig hinter den Kartoffelsack und zieht einen Briefumschlag hervor. Der Umschlag ist viel zu leicht. Kein Schlüssel. Scheiße. Er schaut ihn sich genauer an. Sein Name steht darauf.

Jan,
lange dachte ich, dass Du Dein Selbstbewusstsein aus Deinem Job ziehst. Aber das reicht Dir anscheinend nicht. Dann müssen wir uns halt trennen, das ist wahrscheinlich besser für Dich und für mich auch. Ich bin mit den Kindern für ein paar Tage bei meinen Eltern. Bitte melde Dich nicht, ich will Dich jetzt erst mal nicht sehen müssen. Für allen weiteren Kontakt hier die Adresse meines Anwalts.

Er zerknüllt den Brief, wirft ihn in das Rosenbeet und tritt einen der Tontöpfe um, in denen Valerie auf der Terrasse Rosmarin zieht. Der Topf zerbricht, die Erde verteilt sich auf den Steinplatten.

Er schaut noch einmal auf das Haus. Zehn Jahre Gefangenschaft. Er bestellt ein Taxi zum Büro. Während der Fahrt ruft er die Sekretärin des Vorstandsvorsitzenden an.

»Hallo. Ich brauch ein kurzes Gespräch mit dem Chef.«

»Das wird heute schwierig. Er hat lauter Termine.«

»Egal.« Jan ist voller Energie. »Ich brauch den Termin ja auch nicht heute.«

»Ach so«, entgegnet die Sekretärin, »dann schaue ich mal, wann …«

»Ich brauch ihn jetzt gleich!«

Die Sekretärin lacht.

»Das war kein Witz.«

Die Sekretärin hört auf zu lachen. »Das geht jetzt aber nicht.«

»Ich bin in zehn Minuten da, dann will ich ihn sprechen. Wer noch dabei ist, ist mir egal. Ich platze auch gerne in ein Meeting rein. Alles kein Problem.«

Jan legt auf.

Er fühlt sich gut.

In der Agentur fährt er sofort mit dem Fahrstuhl in die Vorstandsetage. Ohne anzuklopfen öffnet er die Tür zum Vorzimmer, hebt kurz die Hand, ist schon fast an der Tür zum Vorstandsbüro. Die Sekretärin springt auf und stellt sich vor ihn. »Jan, er hat wirklich keine Zeit.«

Er schiebt sie zur Seite. »Natürlich hat er Zeit!«

»Aber wundere dich nicht, wenn er durchdreht. Er steht gerade ziemlich unter Strom.«

Als Jan den Raum betritt, sitzt der Chef in seinem Sessel und telefoniert. Als er aufgelegt hat, dreht er sich zu Jan um.

»Du siehst ja ziemlich fertig aus. Was ist denn los? Paris ist doch gut gelaufen. Wurde mir zumindest so gesagt.«

»Da bist du ja besser informiert als ich.« Jan lacht bitter.

»Was gibt's also?«

»Ich kündige. Ich hör auf. Sofort.«

»Das kommt überhaupt nicht infrage! Du bist der Mann für die Trends – und der beste, den es gibt. Das hast du mit RLF ja gerade mal wieder bewiesen!« Der Vorstandschef steht auf und legt einen Arm um Jans Schulter. »Vielleicht brauchst du einfach mal Urlaub. Abstand. Spann einfach mal aus. Lass das alles sacken.«

»Ich muss nicht ausspannen. Ich brauche einfach ein ... ein anderes Leben!«

»Aha«, sagt der Vorstandsvorsitzende. »Was hältst du davon: Du fährst nach Venedig – da ist doch die Unterschrift geplant, oder? Und dann machst du Urlaub. Gehst in die Berge, ein paar Tage wandern. Oder runter ans Mittelmeer.

Adria. Strand. Zwei, drei Wochen, so lange, wie du zum Runterkommen brauchst. Und dann kommst du zurück, und wir reden in Ruhe über alles. Wir brauchen dich hier nämlich.«

»Ihr braucht mich? Quatsch.« Dem geht's doch nur um die Provision, denkt Jan. Zehn Prozent vom Verkaufspreis, da wird er ganz fürsorglich. »Ich hol jetzt meine Sachen. Dann flieg ich nach Venedig, so früh wie möglich, unterschreib den Vertrag, und dann hast du deine Provision. Okay?«

Der Chef atmet erleichtert auf. »Ja, das ist gut. Und dann machst du Urlaub. Ruhst dich aus. Und wenn du wieder hier bist, besprechen wir in Ruhe, wie alles weitergeht. Einverstanden?«

Jan starrt ihn an. Ohne ein Wort zu sagen, dreht er sich um und verlässt das Büro.

Kaum ist er draußen, vibriert sein Handy. Eine SMS von Slavia. Mikael ist einverstanden. Gut, denkt Jan. Er ruft Jeanette an, aber die geht nicht dran. Also schreibt er eine SMS. »We are ready.«

Fünf Minuten später klingelt sein Telefon. Jeanette.

»Herzlichen Glückwunsch. Eine gute Entscheidung.«

»Wie geht es jetzt weiter?«, fragt Jan.

»Kommen Sie doch nach Venedig. Die Verträge sind ja schon vorbereitet.«

»Wann?«

»Übermorgen Abend? Wir geben einen kleinen Empfang, da können wir alles besprechen.«

»Und wo?«, fragt Jan.

»Das zu erklären, ist viel zu kompliziert. Ich schick einfach ein Boot zum Hotel. Apropos Hotel. Wir reservieren im Bauer. Einverstanden?«

»Perfekt. Dann kümmere ich mich gleich um die Flüge.«

»Dann sehen wir uns in Venedig.« Jeanette legt auf. Jan

starrt noch eine Weile auf sein Telefon. Paris. Berlin. Venedig. Übermorgen werde ich unterschreiben. Dann hab ich genug Geld, um ein völlig neues Leben anzufangen.

Nicht das richtige Leben im falschen.

Sondern das richtige Leben.

Jan hat für Slavia und sich Sitzplätze auf der rechten Seite des Flugzeugs gebucht, weil man dann beim Landeanflug auf Venedig sehen kann. Er liebt diese Stadt.

Jan greift nach Slavias Hand. Sie erwidert seinen festen Druck und lehnt ihren Kopf an seine Schulter. Er lässt seine Hand auf ihren Oberschenkel gleiten. Jan schließt die Augen. Er kann es immer noch nicht glauben.

Das Flugzeug macht eine Linkskurve. Jan bekommt Herzklopfen, als unter ihnen die Lagune auftaucht. Der Canal Grande, der sich durch die Stadt schlängelt, der Campanile am Markusplatz. Mit einem leichten Ruck setzt das Flugzeug auf. Jan schaut auf die Uhr. Noch fünf Stunden, dann ist er ein reicher Mann.

»Wollen Sie den kürzesten Weg nehmen oder einen kleinen Umweg zur Rialto-Brücke?«, fragt der Fahrer des Wassertaxis.

»Canal Grande natürlich«, sagt Jan.

Sie steigen in das elegante Holzboot und setzen sich auf die weißen Ledersitze, der Fahrer prescht los. Sie fliegen fast übers Wasser, Gischt spritzt gegen die Scheiben.

»Das ist die Toteninsel«, erklärt Jan, dann macht das Boot eine Rechtskurve, schließlich biegen sie in einen kleinen Kanal, schlängeln sich in Richtung Canal Grande. Es geht vorbei an alten Palazzi, Jan weißt Slavia auf Details der Fassaden hin, begeistert sie für den morbiden Charme der dem Untergang geweihten Stadt. »Genau die richtige Umgebung für einen vorgetäuschten Selbstmord, oder?«, sagt Jan lachend.

»So romantisch, und so tragisch.« Er zieht das »a« in »tragisch« in die Länge. Slavia lacht und gibt ihm einen Kuss.

»Wir sind da«, sagt der Fahrer. An dem kleinen Steg, der zum Eingang des Palazzo führt, wartet schon ein Page und nimmt ihnen das Gepäck ab.

Das Bauer ist das beste Hotel am Platz. Während der Biennalen trifft man sich nach Mitternacht auf der Terrasse des Hotels, um noch ein paar Drinks zu nehmen. Bis in die Morgenstunden hinein wird dann gefeiert. Seit ein paar Jahren ist das Haus zweigeteilt. Im Altbau aus dem 18. Jahrhundert befindet sich das vornehme »Palazzo«, in dem Jan und Slavia untergebracht sind, im modernistischen Anbau aus den Vierzigerjahren das »normale« Fünfsternehotel.

Der Page führt sie zu ihrem Zimmer. »Zimmer 209. Hier wären wir.« Der junge Mann verabschiedet sich mit einer Verbeugung.

»Wow«, ruft Slavia, »das ist ja eine Suite.«

An den Wänden alte venezianische Spiegel, dazwischen seidene Tapeten. An der Decke historischer Stuck und Leuchter aus farbigem Muranoglas. Fenster zum Canal Grande, ein kleiner Balkon. Ein Tisch, zwei Sessel, ein Sofa, ein Kamin.

Auch das zweite Zimmer ist voller Spiegel, dazu Deckengemälde mit halbnackten Putten. In der Mitte des Raums steht ein Himmelbett. Dahinter das Bad, weißer Marmor und goldene Armaturen.

Jan tritt auf den kleinen Balkon. Slavia umarmt ihn. Er spürt ihre harten Brustwarzen im Rücken.

Das Zimmertelefon klingelt. »Ja, hallo«, brummt Jan verschlafen in den Hörer. »Was, wie spät ist es? Ja, wir sind gleich unten. Zehn Minuten, okay?« Er legt auf. »Wir müssen los, in einer halben Stunde beginnt der Empfang.«

Slavia liegt nackt auf dem Sofa. Sie steht auf und geht ins

Bad. Einen Moment später steht sie in einem langen weißen Bademantel wieder vor ihm. »Ich bleibe hier. Geh du allein zu dem Empfang.«

»Komm schon! Mit dem Wassertaxi durch Venedig, ein toller Palazzo ...«

Slavia schüttelt den Kopf. Während Jan seinen Smoking holt, setzt sie sich wieder aufs Sofa. »Ich ruh mich lieber aus. Es wird bestimmt noch eine anstrengende Nacht«, sagt sie vieldeutig.

Jeanette wartet schon im Boot. Sie begrüßt Jan mit einem Wangenkuss. »Wir können uns doch duzen, oder?«

»Klar.«

»Gefällt euch das Hotel?«

»Gefallen? Es ist umwerfend.«

Schweigend sitzen sie einander gegenüber. Jan wirft einen Blick auf ihre Beine. Sie lächelt kurz und dreht ihren Kopf in Fahrtrichtung. Jan sieht sie jetzt im Profil, die lange, gerade Nase, die dunklen Haare, die sie zu einem Knoten zusammengebunden hat. Sie schiebt ihr Bein langsam zur Seite, das Kleid rutscht ein Stück nach oben.

Das Boot biegt in einen kleinen Seitenkanal. Jan verliert die Orientierung. Nach ein paar Minuten legen sie vor einem Palazzo an, am Quai sind Fackeln aufgestellt, aus dem Innenraum erklingt Klaviermusik.

Als Jan ihr beim Aussteigen die Hand reicht, hält Jeanette sie einen Moment länger als notwendig. Wieder ein Lächeln.

Sie durchqueren die Empfangshalle, deren Decke von mächtigen Holzbalken getragen wird. Jan bleibt fasziniert stehen. Die verzierten Balken sind durchgebogen, die Vergoldungen abgeblättert. In der Mitte der Halle steht ein Flügel, der Pianist spielt Chopin.

Jeanette stellt Jan den Gästen als »Geschäftspartner« vor. Schließlich stehen sie vor dem Kunstsammler.

»Eine gute Entscheidung«, begrüßt er Jan, »eine sehr gute Entscheidung. Jeanette kümmert sich um Sie, oder?«

Schon hat sich der Sammler wieder seinen Gesprächspartnern zugewendet.

Jeanette zieht Jan weiter. »Willst du jetzt unterschreiben? Die Papiere liegen bereit.«

Sie gehen eine Treppe hoch, Jeanette öffnet die Tür zu einem kleinen Büro. Ein älterer Herr stellt sich als Notar vor. Er verliest den auf Englisch verfassten Vertrag. Alles wie besprochen, fünf Millionen in fünf Jahresraten, Rückzahlung in Form der Kunstwerke. Perfekt. Der Notar liest alles aufmerksam durch, drückt dann einen altmodischen Stempel auf die Papiere, unterschreibt und reicht seinen Füllhalter an Jan weiter. Die Abendsonne spiegelt sich in den Fenstern der gegenüberliegenden Fassade. Jan zieht die Kappe vom Füller und setzt seinen Namen unter den Vertrag.

Der Notar wirft einen letzten Blick auf die Unterschriften, nickt und legt ein Exemplar in eine Ledermappe. Er erhebt sich, reicht Jan feierlich die Hand und übergibt ihm die Mappe.

»Bitte sehr. Genießen Sie den Aufenthalt in Venedig.«

»Herzlichen Glückwunsch«, gratuliert ihm Jeanette. »Alles geht weiter wie vorher. Nur dass ihr jetzt aus dem Vollen schöpfen könnt.«

Ja, denkt Jan, alles geht weiter wie zuvor. Und wird doch ganz anders.

Ihm ist schwindelig. Er will so schnell wie möglich zurück ins Hotel. Nach dem Essen bringt Jeanette ihn zu einem der bereitstehenden Boote. Sie bietet ihm einen Martini aus der Bordbar an. »Eine halbe Stunde hinaus aufs Meer?«, fragt Jeanette.

Jan zögert einen Moment. »Nein. Einfach zum Hotel. Ich bin müde.«

Alles dreht sich, die Bilder, die Gedanken, die Gefühle. Vielleicht der Wein, vielleicht die Aufregung, Jeanette, das Geld.

»Lassen Sie mich hier raus«, sagt er zum Bootsführer, als sie die Accademia-Brücke passieren.

Sie verabschiedet sich mit einer langen Umarmung. »Adieu«, flüstert sie ihm ins Ohr.

Jan rennt ein Stück, spürt den Steinboden unter seinen Füßen. Auf einer Brücke bleibt er keuchend stehen. Vor seinem inneren Auge laufen Präsentationen ab. Das ist jetzt alles vorbei. Jetzt bin ich ein freier Mann. Bilder von Valerie kommen ihm in den Kopf, das gemeinsame Haus in Hamburg, die Kinder.

Völlig verschwitzt setzt er sich auf eine Treppe. Er knöpft sein Hemd auf. Eine kühle Brise weht vom Meer in den Kanal. Er spürt den feuchten Wind auf seiner nackten Haut. Fünf Minuten später ist er im Hotel.

Slavia liegt lasziv auf dem Bett, die Beine leicht gespreizt. Auf dem Nachttisch steht eine Flasche Champagner. »Bingo, Bingo, Bingo!«, ruft Jan. Er reicht Slavia die Mappe und wirft die Smokingjacke auf den Boden. Dann gießt er den Champagner in zwei Gläser.

»Auf die Freiheit!« Als er anstoßen will, legt Slavia ihm die Hand auf den Arm. »Warte. Es fehlt noch was.«

Jan kuckt sie verwundert an.

»Für die Freiheit haben wir doch einen ganz besonderen Plan.«

»Den Abschiedsbrief?«

Slavia nickt.

»Und dann?«

»Morgen früh fahren wir mit dem Schiff raus und werfen deine Smokingjacke ins Meer. Dein Portemonnaie lassen wir in der Innentasche. Und dann reisen wir ab. Die finden hier deinen Abschiedsbrief, irgendwann wird die Jacke an den Strand gespült. Die Trennung von deiner Frau, die Kündigung. Depressionen. Selbstmord. Tod in Venedig – klarer Fall.«

»Und die Leiche?«

»Braucht man nicht. Deine Frau wird dich auch so für tot erklären lassen. Und das macht sie bestimmt, sonst kommt sie ja nicht an die Lebensversicherung und so.«

Slavia schmiegt sich an ihn, ihr warmer Körper erregt ihn.

»Komm, mach schon!«, flüstert Slavia ihm ins Ohr. Sie reicht ihm den Champagner. »Hier, nimm einen Schluck.«

Jan setzt sich an den kleinen Sekretär in der Ecke des Zimmers und beginnt zögerlich zu schreiben. Nach einer Weile setzt er den Stift wieder ab.

»Und, fertig?«

Jan nickt.

»Lies vor.«

Liebe Valerie,
ich kann und will so nicht mehr leben. Die Welt ist verlogen. Es gibt kein richtiges Leben im falschen. Und ich halte das nicht mehr aus. Ich muss an einen anderen Ort, ganz weit weg, wo ich nicht von Lügen umgeben bin. Ich sehe keinen anderen Ausweg.
Ihr werdet ohne mich glücklicher sein.

Slavia lacht. »Ganz weit weg, das ist gut.«

Er setzt ein schwungvolles »Jan« unter den Brief.

Slavia nimmt einen ihrer Seidenstrümpfe und verbindet Jan die Augen. Dann führt sie ihn ins Schlafzimmer. Sie zieht etwas aus ihrer Tasche. Jan legt sich auf das Bett, und während Slavia langsam mit ihren Brüsten über seinen Körper streicht und seine Haut mit Küssen bedeckt, bindet sie seine Arme und Beine an den Bettpfosten fest.

»Jetzt versuch, dich loszumachen«, flüstert sie ihm zu. Jan reißt an den Stricken, die Knoten ziehen sich fester zu.

»Dann kann der Spaß ja jetzt losgehen.« Sie holt seinen Sektkelch, taucht einen Finger hinein und benetzt vorsichtig seine Lippen. »Aber vorher musst du dich noch stärken.« Sie stützt seinen Kopf im Nacken und hält ihm das Glas an die Lippen. Jan trinkt gierig, während Slavia ihn weiter streichelt.

Dann klopft es an der Tür.

»Wer ist das denn?«

»Vielleicht eine Überraschung von unserem Kunstsammler«, antwortet Slavia. Sie wirft sich einen Bademantel über und geht zur Tür.

Jan hört eine dunkle Frauenstimme, die ihm irgendwie bekannt vorkommt, kann sie aber niemandem zuordnen.

»Überraschung!«, sagt Slavia.

Jemand beugt sich über ihn und gibt ihm einen Kuss. Haare fallen auf seine nackte Haut. Er kennt den Geruch, die Stimme, aber er weiß nicht, wer die Frau ist. Er versucht, sich von den Fesseln zu befreien, aber die Stricke schneiden nur noch tiefer in die Haut.

Ein Reißverschluss, das Rascheln von Stoff, der zu Boden fällt. Ein BH-Verschluss wird gelöst.

Jan riecht wieder die Frau, spürt ihre Schamlippen auf seinem Gesicht. Gleichzeitig beginnt jemand, seinen Schwanz zu lutschen.

»Ihr kennt euch?« Jan hat Angst, ist aber gleichzeitig erregt.

»Ja, gut sogar.«

Die fremde Frau lacht.

»Du kennst sie«, hört er Slavia sagen. Sie drückt fest auf seinen Schwanz. Jan heult auf. Dann nimmt sie ihn wieder in den Mund.

»Wer bist du?«, stöhnt Jan.

»Willst du reden oder Spaß mit uns haben?«, fragt die Frau. »Soll ich dir was über das Verhältnis von Protest, Gewalt und Kapitalismus erzählen?«

Bei dem Wort Gewalt durchzuckt es Jan. »Was machst du denn hier?«

»Ich will mit euch feiern!«

Er hört, wie eine weitere Champagnerflasche geöffnet wird.

»Zimmerservice, Komplettprogramm. Ein bisschen Sex, ein bisschen Theorie.«

»London«, keucht Jan.

»Ich hab dir doch gesagt, dass wir uns wiedersehen werden.« Sie streichelt ihn zärtlich. »Und versprochen ist versprochen.«

Jan hört, wie die beiden Frauen sich küssen. Er hat aufgehört, sich auf dem Bett zu winden, und liegt jetzt ganz ruhig da. »Dann war das alles kein Zufall?«

»Nichts ist Zufall«, antwortet Angélique. »Alles ist Teil des Plans. Wir haben dich gebraucht. Du warst der Experte für die Regeln des Kapitalismus.«

»Aber du hast es nicht verstanden«, ergänzt Slavia, »und das ist schade. Sehr schade.«

»Was hab ich nicht verstanden?«

»Du dachtest, alles sei ein großer Spaß.«

»Denk an London«, fällt ihr Angélique ins Wort. »Seit den Riots wurden etliche Menschen ins Gefängnis gesteckt, weil sie sich das geholt haben, was die Werbung ihnen versprochen hat. Sie sind keine Irren, keine dummen Verbrecher, sondern die Betrogenen des Kapitalismus.«

»Und du?«, sagt Slavia. »Du träumst davon, ein reicher Mann zu sein. Und von dem, was du mit dem Geld jetzt machen willst.« Slavia und Angélique lachen.

»Du denkst an dich. Was für dich gut ist. Aber du denkst nie über dich hinaus«, sagt Angélique. »Du bist es nicht wert, Teil von RLF zu sein.«

Jan wird schwindelig. Er kann keinen klaren Gedanken mehr fassen.

Alles folgt einem geheimen Plan, in den er nicht eingeweiht war. Wer und was ist Teil dieses Plans?

Der Chef?

Der Kunstsammler?

Valerie?

Was ist echt, was ist richtig, was ist falsch?

Slavia beugt sich über ihn und nimmt ihm die Augenbinde ab. »Es ist vorbei«, flüstert sie ihm ins Ohr.

Angélique löst zuerst die Fesseln an den Füßen, Slavia bindet ihm die Hände los. Jan reibt sich die Handgelenke, betrachtet die Striemen. Slavia wirft ihm seine Klamotten zu. Langsam zieht er sich das Hemd an. Er fühlt sich benommen.

»Und, was jetzt?«

»Du kannst tun und lassen, was du willst. Ich glaube, du hast eh verstanden, worum es geht«, antwortet Angélique.

»Ich brauch frische Luft.«

Er zieht sich die Hose an und taumelt auf den kleinen Balkon. Er hat das Gefühl für die Zeit verloren. Die Bar auf der Terrasse hat schon längst geschlossen, es dämmert bereits, bald wird die Sonne aufgehen. Alles dreht sich vor seinen Augen, er verliert das Gleichgewicht, hält sich mit beiden Händen an der Balustrade fest, sein Oberkörper kippt nach vorne. Er sieht unter sich den Canal Grande und die schmale Terrasse. Die Markisen sind eingefahren, Tische und

Stühle weggeräumt. Das Wasser fließt langsam. Langsam, aber stetig. Dem Morgen entgegen. Er beugt sich noch ein wenig vor, spürt eine Hand auf seinem Rücken, eine langsam kreisende Bewegung, zärtlich, mit ganz leichtem Druck. Jan genießt die Berührung, gibt ihr nach, beugt sich noch ein klein wenig über das Geländer.

Dann spürt er eine zweite Hand, sie fasst ihn an der Schulter, zieht ihn zurück, dann eine dritte. Sie wollen ihn aufrichten, ziehen ihn mit aller Kraft nach hinten. Jan wehrt sich, klammert sich an die Balkonbrüstung.

»Komm rein, Jan«, flüstert die eine Stimme. »Leg dich wieder hin«, die andere.

Aber Jan will draußen bleiben. »Lasst mich, lasst mich los«, schreit er. Er nimmt seine Hände von der Balustrade und drückt die beiden Frauen mit ganzer Kraft nach hinten weg. Endlich, denkt er, endlich bin ich frei. Er beugt sich wieder nach vorne. Und plötzlich fühlt er sich ganz leicht.

Den Aufschrei von Slavia hört er nur noch leise, wie aus weiter Ferne.

Epilog

»Fertig.« Halblaut klappe ich den Computer zu.

Was ist der richtige Weg, das Falsche zu überwinden? Ist ein richtiges Leben im falschen möglich? Und wenn ja, wie sieht es aus?

Irgendwo im Geflecht der möglichen Antworten hat Jan sich verirrt. Seine Orientierung verloren. Wobei er das anscheinend nicht bemerkt hat. Tja, Jan wollte jemand anderes sein, als er war. Und das geht halt meistens schief.

Plötzlich klingelt das weiße iPhone vor mir auf dem Schreibtisch. Jans iPhone. Eine unbekannte Nummer. Wer sollte Jan jetzt noch anrufen, schießt es mir durch den Kopf. Ich warte einen Moment unentschlossen, dann siegt meine Neugierde.

»Hallo?«

»Hier ist Mikael.« Bevor ich etwas sagen kann, spricht er weiter. »Schön, dass du fertig bist. Ich bin in der Nähe und bring dir noch was vorbei.«

Er legt auf.

Ich schaue auf das iPhone. Natürlich. Deshalb hatte mir Mikael ein iPhone gegeben. Nicht aus Zufall. Er – oder wer auch immer – hat mich genauso mit dem Telefon überwacht wie vorher Jan. Irgendwo da draußen ist jetzt auch mein letztes Jahr archiviert. Und er will, dass ich das weiß. Nur deshalb hat er angerufen. Er kündigt seine Besuche sonst ja nie an.

Zehn Minuten später klingelt es an der Tür.

Mikael.

Kaum eingetreten, drückt er mir eine DVD in die Hand. »Hier. Hab die Interviews zu kurzen Clips zusammengeschnitten. Ein Trailer ist auch dabei.«

»Musst du gleich wieder los? Ich hab noch ein paar Fragen.«

Mikael folgt mir in die Küche.

»Wie kann man eigentlich Shareholder von RLF werden?«, frage ich.

Mikael lacht.

»Das entscheidet jeder für sich selbst. Natürlich kann man erst mal so viele RLF-Produkte wie möglich kaufen. Die Anteilsscheine an der Revolution. Das ist ein guter Anfang. Aber es reicht nicht. Es kommt darauf an, wie du dein Leben veränderst. Wie du zu einer besseren Welt beiträgst. Aber ob du wirklich Teil der Bewegung bist oder nicht, entscheidet sich woanders. Und zwar hier.« Mikael zeigt auf die Stelle, unter der sich das Herz befindet.

Ich nicke.

»Das ist der Preis«, sagte Mikael nach einer längeren Pause.

»Welcher Preis?«

»Den man zahlen muss, wenn man was verändern will.«

»Es gibt noch eine Sache, die ich nicht verstanden habe. Warum gibt es kein einziges Bild von Angélique auf dem Handy?«

»Weil sie nicht erkannt werden will«, antwortet Mikael.

»Also doch ein Pseudonym?«

»Du hast es nicht herausgefunden?«

Ich denke einen Moment nach, erinnere mich an einige der Szenen. Vergleiche sie mit dem, was Mikael mir früher über seine Erlebnisse von New York erzählt hat. Dann wird mir klar, wer sich hinter Angélique verbirgt.

»Ich muss jetzt los«, sagt Mikael plötzlich.

»Warte, eine Frage noch: Wozu braucht ihr eigentlich das Buch?«

»Wozu?«, antwortet Mikael. »Weil wir RLF der Wirklichkeit entziehen wollen, damit es in der Wirklichkeit mehr Macht entfalten kann.«

Ich gieße mir noch eine Tasse Tee ein. Erst jetzt wird mir das ganze Ausmaß von RLF klar. Alles war von Anfang an geplant. Angélique. Show You Are Not Afraid. Auch RLF ist Teil des großen Spiels. Sie hält alle Fäden in der Hand. Und trickst alle aus.

Jan war nur ein Instrument. Wahrscheinlich, weil er nie gewusst hat, wer er selbst überhaupt war. Und Slavia? Über sie weiß ich letztlich am wenigsten. Noch eine Schachfigur im großen Spiel. Ich lege die DVD ein und drücke auf Play.

Ein schwarz-weißes Moiré-Muster.
Als Musik: »The People United Will Never be Defeated« von Frederic Rzewski.
Einzelne Buchstaben, wie mit Schreibmaschine geschrieben, erscheinen nach und nach auf dem Bildschirm und werden zu einem Text.

Werde Shareholder der Revolution.
Sei ein Freiheitskämpfer.
Be RLF!
rlf-propaganda.com

Blende.

Dank

Das Gesamtprojekt RLF wäre nicht möglich ohne die Mitarbeit meines Teams und vieler Kooperationspartner. Besonders erwähnen möchte ich Moritz Ahlert, Anne Levy und Wilma Renfordt.

In der HFBK Hamburg habe ich einen Ort gefunden, der mir Raum und Zeit zum Denken und Experimentieren gibt. Den Menschen, die diese Institution ausmachen, gilt dafür mein ausdrücklicher Dank.